1170平方公里

SHI YAN
WU SHENG

誓言无声

寒竹　李海娈

著

青海人民出版社

图书在版编目（CIP）数据

誓言无声 / 寒竹 , 李海娈著 . -- 西宁 : 青海人民
出版社 , 2025. 3. -- ISBN 978-7-225-06852-7

Ⅰ . I25

中国国家版本馆 CIP 数据核字第 20248SX915 号

誓言无声

寒竹　李海娈　著

出 版 人　樊原成

出版发行　**青海人民出版社有限责任公司**
　　　　　西宁市五四西路 71 号邮政编码:810023 电话:(0971)6143426(总编室)

发行热线　（ 0971 ）6143516/6137730

网　　址　http://www.qhrmcbs.com

印　　刷　陕西龙山海天艺术印务有限公司

经　　销　新华书店

开　　本　890 mm × 1240 mm　1/32

印　　张　11.75

字　　数　250 千

版　　次　2025 年 3 月第 1 版　2025 年 3 月第 1 次印刷

书　　号　ISBN 978-7-225-06852-7

定　　价　49.00 元

目　录

楔　子

　　海峑是"核二代"。对于海峑，父亲所从事的事业，是在二二一厂退役的消息传遍世界的时候才在她的面前揭开了神秘面纱。父亲和身边叔伯们曾经的一举一动像电影一样浮现在她的面前。那一刻，她似乎才读懂了父辈们离开家乡远赴青海的责任和担当，一个个形象在她心中变得伟岸起来。

　　对于二二一厂，海峑始终像个过客，在二二一厂的学校上了六年学，高中毕业后，便匆匆赶赴其他州县工作，除了亲人，她无暇顾及二二一厂的变迁。当她以建筑公司员工的身份再次回到二二一厂，回到曾经生活过的家园工作和生活的时候，二二一厂已经交给地方政府，自己的父母亲、弟弟妹妹也被安置到了合肥，在那里他们开始了全新的工作和生活。每天与一栋栋她熟悉的楼房擦肩而过，她感到了越来越多的失落，黄楼似乎是从旧时光中穿梭而来的老者，失去了往日的风采，电影院安静地伫立在不老的阳光下，仿佛苍老了许多。海娈感到了前所未有的孤独。

时间在前行，社会在发展，二二一厂的一些老旧建筑被相继拆除。当一栋栋楼房从海娈眼中消逝，她才深深感到，那些老旧建筑的背后，正是她一直用心去守护的地方。海娈终于明白，为什么有那么多人放弃大城市的生活来到这里工作，他们和自己的父亲一样上有老、下有小。当困扰在她心中多年的疑惑终于被解开的那一刻，沉淀已久的情感便像一颗原子弹在她内心爆发，从未有过的感触也在此刻蔓延开来。

某年夏天，海娈回合肥看望父母。一进家门，她就看见父亲一人坐在窗边，一脸忧伤。问过母亲才知道，原来和他共事多年的同事张宪去世了。张宪叔叔和自己的父亲一样，是二二一厂房建处的一名建筑维修工，三十多年的时间，辗转于各个工号进行维修，为"两弹"研制人员正常有序的工作奉献了自己的一分力量。他曾经和自己的父亲夜灯长谈的情景似乎还在昨天，今天却已经天人两隔。这个不幸的消息让海娈内心升腾起一股难以抑制的情愫，等待着爆发。她做了一个决定：走访二二一厂职工安置的地方，挖掘他们的故事，用文字记录默默无闻、为中国核研制事业做出过贡献的父辈们。

做出这个决定的时候，海峦已经退休，但她面临着很多困难，首先面临经费困难的问题，微薄的退休金仅够维持最低生活标准，但二二一厂的老人均已到了古稀之年，1994年撤厂安置的近5000名在职职工今天不知还剩下多少，如果再不抓紧采访就再也没有机会了。其次面临的是家庭困难，仍在辛苦上班的爱人，需要她的照顾……困难似乎比想象得还要多，但是决心却越来越坚定，在她的坚持下，爱人最终同意她的想法，因为爱人心里清楚，他是无论如何也拦不住妻子海峦的。

一部数码相机，一部手机，一台笔记本电脑，就是海峦全部的采访设备。为了节约经费，采访过程中，她尽量住便宜的旅馆，吃最简单的饭菜，有时候一个馒头一个饼就是一顿饭。

从踏上采访之路开始，海峦便怀着一颗崇敬之心，怀着对父辈的敬仰，以他们孩子的身份走进了属于那一代人的激情岁月……

2012年3月，高原依然刮着刺骨的风，寒冷依然是这个季节的主角。大家裹着厚厚的棉衣穿行在大街小巷中。但对于海峦来说，却是一个不一样的春天。尽管天气很冷，但海峦的心是热的，她从中国核工业总公司二二一厂离退休人员管理局西宁管理处拿到了可以采访的介绍信，开启了她采访之路的第一步。

时光倒流半个多世纪，回到了 1954 年 4 月 19 日在印度尼西亚万隆举行的亚非会议上。周恩来总理的发言激昂有力：

"亚洲人民不能忘记第一颗原子弹是落在亚洲的土地上，第一个死在氢弹试验下的是亚洲人……世界上不论是生活在哪一种社会制度中的绝大多数人民都要求和平，反对战争……他们要求禁止原子武器和一切大规模毁灭性武器。他们要求将原子能用于和平用途，为人类创造幸福。"

与其说这段发言代表中国人民的心声，不如说这是代表全世界人民的心声。然而，1950 年 6 月 25 日，朝鲜战争爆发，美国政府无视中国政府的郑重警告，将战火一直烧到中朝边境。美军上将麦克阿瑟扬言要在中朝边境建立核辐射带。

1950 年 9 月，美国前副总统华莱士以友人身份给毛泽东写了封信，信中说道："如果新中国在学会制造卡车和拖拉机之前，先学会了制造坦克，这将是一个世界的悲剧。"但就在这封信寄往北京的两个月时间里，美国的飞机入侵中国 12 次，美国的炸弹也毫不留情地扔在了鸭绿江边。同年 11 月，美国将原子弹运到了停泊在朝鲜半岛附近的航空母舰上，并进行了核模拟袭击。11 月 30 日，美国时任总统杜鲁门在记者招待会上声称，将采取包括原子弹在内的一切必要措施来应对目前的军事局势。1953 年春，美国把装有原子弹的导弹运到了冲绳岛。1954年9月12日，美国参谋长联席会议建议美国直接向中国大陆投掷原子弹。1954年秋季和1955年初，台湾海峡危机再度升级，美国拟定出了向中国全面进攻的计划，双方剑拔弩张，战争一触即发。

这是明目张胆的核讹诈！美国发出的威胁像是压在中国人民头顶上的一块阴云，让刚走出战争苦难的老百姓又回到了战争的阴霾之下。而这一连串接踵而至的危机也使得中国被迫付出了巨大的代价：朝鲜战争数十万中国人民志愿军的生命被夺去，而美国在台湾海峡的干扰，严重阻挠了两岸的统一，并贻害至今。

重新站起来的中国，已经向全世界宣告："我们的民族将再也不是一个任人欺负的民族，我们已经站起来了。"怎么可能屈服？怎么可能再当任何国家的附庸？

就在中国面临诸多战略威胁的多事之秋，其他国家的核事业发展不但没有停下来，反而愈演愈烈。

1952年10月3日，英国进行了第一次原子弹试验；

1952年10月31日，美国进行了第一次氢弹试验；

1953年8月12日，苏联进行了第一次氢弹试验；

1960年2月13日，法国进行了第一次原子弹试验；

......

是的，在此起彼伏的蘑菇云中，核时代到来了，它将地球推向了灾难的边缘，这个灾难是毁灭性的，是惨无人道的。如果要改变这一切，就要制造出自己的原子弹和氢弹。就如1951年，曾担任第一次世界保卫和平大会主席的法国杰出科学家约里奥·居里对即将返回祖国的中国放射化学家杨承宗所说："你回国后，请转告毛泽东主席，你们要反对原子弹，你们必须要有原子弹。原子弹也不是那么可怕的，原子弹的原理也不是美国人发明的。"居里夫妇的女儿约里奥·居里夫人还将亲自制作的10克含微量镭盐的标准源送给杨承宗，作为对中国人民开展核科学研究的一种支持。

1954年秋，地质部将广西发现铀矿资源的消息传到了北京，传到了中南海。

这是一个令人振奋的消息。铀矿资源的发现为我们国家发展原子能奠定了坚实的基础。当搞铀矿的苏联专家拉祖特金和我国的高之杕教授，在广西杉木冲将沉睡了亿万年之久的铀矿石拿到北京，在短短两个月的时间里，这块铀矿石就多次进入中南海，成为中国领导人反复谈论的一个对象，也为中国核事业的发展带来了春天般的希望。

1955年1月15日，毛泽东在中南海主持召开了中共中央书记处扩大会议，听取了李四光、钱三强，以及地质部副部长刘杰关于铀矿勘察情况和原子核科学研究的状况的汇报。

钱三强汇报了全世界核物理学的研究和发展概况，以及我国这几年的准备工作，并对攻破原子核裂变发生链式反应所引起的震动、核物理研究成果将对整个社会发展产生的巨大推动作用做了阐述。

听取了汇报以后，毛泽东主席若有所思地点燃了一支烟。他总结性地说："我们国家现在已经知道有铀矿，进一步勘探一定会找出更多的铀矿来。新中国成立以来，我们也训练了一些人，科学研究也有了一定的基础，创造了一定的条件，过去几年其他事情很多，来不及抓这件事。"毛泽东思考着，强调说："这件事总是要抓的，现在是时候了，该抓了。只要排上日程，认真抓一下，一定可以搞起来。"毛泽东看看大家，接着说："你们看怎么样，现在苏联对我们援助，我们一定要搞好！我们自己干，也一定能干好，我们只要有人，又有资源，什么奇迹都可以创造出来！"

这是一个伟大的决定，也是一个可以证明中国科技力量的决定。

1957年10月15日，经中共中央批准，聂荣臻副总理与苏联代表别尔乌辛分别代表中国和苏联在莫斯科签订了两国政府协定——《关于生产新式武器和军事装备以及在中国建立综合性原子能工业的协定》，简称《国防新技术协定》。协定涉及核内容有以下几个方面：苏方供给中方生产XX型原子弹的全部技术资料；带有训练用和战斗用的成品、样品及有关资料；苏方帮助中方设计、生产和装配原子弹的工厂，以及研究设计原子弹的设计院、试验原子武器的靶场、储存核武器的仓库。上述项目，都派出苏方专家培训中方人员。

此后，中苏双方又签订了补充协定，增加了核武器研制、生产及其配套的工业项目。

1957年11月2日，毛泽东率领由宋庆龄、邓小平、彭德怀、郭沫若、李先念等参加的中国代表团到达莫斯科。

在莫斯科访问期间，毛泽东说过这样一段话："我们将来也要制造原子弹，当然要花很多钱，不能多搞，但为了对付帝国主义的侵略，为了国家的安全，为了自卫，不搞不行。我们准备聘请苏联专家来帮助我们制造原子弹。总有一天，我们的原子弹也要响的。"

1958年1月8日，为了执行《国防新技术协定》，急需成立相关负责机构进行筹建和管理。在三机部（后改为二机部）成立了九局，负责核武器研制、生产和基本建设。由西藏军区副司令员兼参谋长李觉任局长、二机部计划局副局长吴际霖和周恩来总理办公室原军事秘书郭英会任副局长。

1958年1月21日，吴际霖拟定了九局1958年工作纲要以及第一季度工作计划。3月，苏联专家安德烈耶夫·卡列尼奇等12人选址组来到中国，开始选址筹备。5月，吴际霖、郭英会、何广乾陪同苏联专家选定青海省海晏县的金银滩为原子弹研制基地。

我国研制核武器的步伐在有条不紊地进行着，然而严峻的国际形势不得不加快核武器研制的速度。

1958年，美国进行了66次核试验。仅10月份一个月，就达 23 次之多。甚至在一天的 18.5 个小时内就进行了三次不同形式的核爆炸。

步步紧逼的国际形势不得不让刚站起来的新中国再次把关注的焦点转换到能确保威慑力的军事技术上；步步紧逼的国际形势不得不使新中国加快原子弹研制的速度。尽管直到朝鲜战争结束，美国没有投下一颗原子弹，但在战场上和谈判桌上，美国却不止一次地挥舞着核武器的大棒向新生的中华人民共和国进行赤裸裸的讹诈和威胁。中国不愿意拥有原子弹，但当一波又一波核讹诈的威胁向中国袭来的时候，已经饱受苦难却又不甘屈辱的中华民族是不可能光着脑袋仰望别人的核保护伞的。

1958 年 10 月 16 日，国防科学技术委员会成立，聂荣臻任主任，陈赓任副主任。聂荣臻说："前进，并且要赶上和超过我们的对手，这就是中国人民唯一的出路，否则我们就永远被人家欺负。"

从此，在新中国核事业发展的艰苦历程中，一个个奇迹诞生了。它见证了千千万万为核事业付出青春甚至生命的人们在金银滩草原吹起的战斗号角，那声音足以响彻世界。

第一章
战役，从这里开始

美丽的金银滩草原隶属青海省海北藏族自治州，在漫长的历史长河中，它一直是一个不得不让人去关注的地方。这里是《西宁府新志》中所说的"城在临羌新县西，置西海郡，治在龙夷城"。已有两千多年历史的西海郡由于其优越的地域条件、突出的政治地位成为兵家必争的重镇。

　　金银滩草原坐落在我国最大的咸水湖青海湖北畔，这里气候严寒，环境恶劣，是黄河重要支流——湟水河的发源地，有着富饶而辽阔的草原；它更是丝绸之路南线的主要组成部分，浓郁的民族文化和闻名遐迩的古迹名胜给它披上了极其吸引人的神秘面纱。

　　然而，它的历史符号却远远不止这些，因为"两弹"研制基地的建立，又给这片草原添上了更神秘的色彩。1958年，在历史的年轮里沉寂了百年的草原，在这一年的秋天开始悄悄苏醒。

　　秋天的河南，可谓是人间仙境，黄灿灿的银杏、炙热如火焰般的红叶、分外妖娆的粉黛乱子草，将秋天装扮得格外绚丽。而清丰、内黄、项城三个地方的7000多名热血青年，却无心去享受美景，他们将要实现一个共同的目标，那就是支边青海，去一个遥远而不可知的地方。

同一时期，还有来自全国各部队的 3000 名转业干部和战士，以及 2000 多名建筑工人，他们组成了万人施工大军，昼夜不停，风雨兼程，浩浩荡荡向中国西北部青海的这片广袤的草原挺进。

前期的队伍来到这片草原的时候，草原牧民迁徙的余温尚在。

这片草原属于达玉部落，涉及迁徙的部落也以达玉部落为主，当得知在这片草原生活了几辈人的牧民要舍弃自己的家园迁徙到别的草原时，他们并不知道原因。不仅仅是牧民，就连任命不久的海北州州长夏茸尕布活佛也并不清楚这次大迁徙背后的秘密，但他心里清楚，国家之所以有这么大的动作，一定有着不能不这样做的原因，他利用自己活佛的身份，劝说牧民，他劝说的理由也只有一个：国家的利益高于一切。

迁徙的消息像草原上的烈风一样吹遍了达玉部落的每一个角落，那时候草原已入深秋，一眼的金黄并没有带来收获的喜悦，而是阴云一样给牧民带来了不安。为了积极配合国家的需要，当地政府工作人员奔走各个公社，在大会小会上解释、劝说，并走帐串户做工作。于是，在秋天的寒风中，达玉部落的 1279 户 6700 多名牧民踏上了迁徙的路程。

牧民们匆匆离开了这片他们世代生活的草原，分别奔赴祁连托勒牧场、祁连牦牛沟，以及刚察、湟源等地。我们无法想象他们对这片草原的万般不舍，这片世代滋养他们的草原，在他们赶着牛羊离开的那一刻就注定成为一辈子让他们魂牵梦萦的地方。然而他们的离开又是那么决绝、义无反顾，因为他们明白，他们这是在响应国家的号召，国家需要这片草原。

当海娈采访迁徙到祁连牦牛沟的一位老牧户时，老人说："当年，我们不知道这片草原是做什么用的，只知道这片草原国家要用，急急忙忙就离开了金银滩。那是草原最冷的季节，我们前行的路上，大雪一直在下，覆盖了草原、覆盖了道路，刀子一样的狂风刮个不停，让拖儿带女的迁徙队伍走了40多天才到达目的地。几十年过去了，当我们知道金银滩草原是祖国用来研制核武器的时候，我们感到非常自豪与骄傲，当年所受的苦都是值得的。"

我们不能忘记他们。

当大队人马进驻金银滩草原后，铁道兵部队和交通部下属单位开始修建基础设施，从全国各地源源不断地运往金银滩草原的物资让草原充满了现代化的气息。而浓缩铀、反应堆、核燃料元件等工厂和矿山的建设也在其他地方陆续展开。苏联援建的"一堆一器"（反应堆和加速器）在北京西南部坨里建成并正式移交使用。北京第九研究所①基础设施建设在花园路3号如火如荼地进行着，准备接受苏联提交原子弹模型与技术资料的场所。

一场规模空前而伟大的战役在祖国西陲大地悄悄打响……

---

① 九局、九所、九院 1958年1月8日，三机部（后改为二机部）党组决定设立九局，任命李觉为局长，吴际霖、郭英会为副局长；7月3日，二机部党组决定成立北京第九研究所（核武器研究所），由李觉兼任所长，洪天成为党委书记，吴际霖、郭英会兼任副所长；1960年10月，九局、九所机构进行一次大调整，李觉兼九所所长，吴际霖、朱光亚、王淦昌等为副所长；1964年3月2日，二机部九局、北京第九研究所、国营综合机械厂合并成立第九研究设计院，李觉任院长、代理书记，刁筠寿任第二书记，第一副院长吴际霖兼党委副书记，郭英会、王淦昌等任副院长；1965年2月15日，二机部决定九院、221设计分院合并，1000多人迁往四川；1965年4月3日，在221基地成立了902基建指挥部和党委，刁筠寿兼任总指挥；1965年9月9日，成立了九院二二一厂，吴际霖兼任二二一厂党委书记；1967年12月17日，国务院、中央军委决定自1968年1月1日起二机部第九研究所设计院划归国防科委，由国防科委领导，番号为总字819部队；1973年2月，国务院、中央军委决定，九院、二二一厂仍划归第二机械工业部；1974年1月1日，院、厂正式分家。二机部新设立九局，管理九院、二二一厂、903厂；1982年5月4日，二机部改为核工业部，九局改为军工局，九院改为核工业部第九研究院（九院，邓稼先任院长，李英杰任党委书记）；1985年1月3日，核工业部第九研究院正式改名为中国工程物理研究院。

定址金银滩

　　李竹林是见证金银滩草原前期勘探工作和后期 221 基地进入基础建设阶段的见证者。作为一名军人，他曾经是中国人民解放军建三师第九团的一名军人，这位经历过解放战争枪林弹雨洗礼的军人，却有着很强的亲和力。而更加让人敬佩的是，脱下军装的他毅然决然地踏上了去往青海高原的列车，成为 221 "两弹"研制基地建设大军中的一员。

　　采访李竹林大多是通过电话进行的，当时他已经是 89 岁高龄的鲐背老人，定居四川。作为 221 基地最初的参与者，李竹林为 221 基地的建设作出了很多贡献。老人虽然年岁已高，但是对于那段激情燃烧的岁月中发生的事情，历历在目，似乎就发生在昨天。

　　李竹林曾是一名军人，所在的部队原本接到了支援朝鲜的命令，他也早已做好了为国捐躯的思想准备，但由于朝鲜战争停战，中央军委将准备入朝参战的解放军 8 个师转入建设行列，统一归属中央政府建筑工程部领导。李竹林所在的师转为建三师，驻陕西华县。

　　1954 年 2 月，李竹林作为英模代表，参加建筑工程部在北京召开的由转入建筑行列的 8 个师领导及英模参加的代表大会。"我至今都记得朱德总司令接见我们全体代表时讲的几句话：'你们不但会打仗，还要会建设，我们过去打仗就是为了今天的建设。'"李竹林说道。

李竹林所在的部队是一支能吃苦、能战斗的英雄部队，然而将这样一支部队转成工程兵，却令他们有一种"老虎吃天，无从下口"的感觉，但军人的天职就是服从命令。建筑工程需要技术，为了尽快适应这个变化，借调从上海来陕西咸阳帮助其他厂修建工程的建筑技术工人，并作为指导师傅分到各个连队手把手教战士们学习建筑技术，包括木工放样、瓦工砌墙，等等。经过半年的学习，建三师全体官兵的业务能力得到了迅速提升。

"为了真正学到建筑技术，不辜负朱德总司令对我们所说的话，各个连、班都相互比赛，暗中较劲，就是不想落在后面。半年以后，我们被派到西安郊区的边家村，参与施工修建一幢办公大楼和大食堂，大楼六个月后便交付使用，圆满完成了任务。后来我们建三师从西安换防兰州，参与国家'一五'计划工程建设。其中，有不少属于苏联援助的156项重点工程，包括兰州炼油厂、兰州化工厂、兰州石油机械厂、兰州电厂及一系列配套工程。"李竹林老人满怀激情地说道。

在李竹林老人的眼里，生活的艰苦不算什么，在马路晴天"扬灰"、雨天成泥，电力、交通等市政建设非常落后的年代里，必须以一名战士的状态全身心投入新中国的建设中。对他们来说，建设工地同样是战场，要打赢这场仗，必须要转变思想，把瓦刀当武器。

1955年初，中央军委命令，从5月1日起，建三师全体官兵就地转业，师部直接转为中央建工部建筑工程局。

命令像阴霾一样在建三师蔓延，这意味着让他们无比骄傲的军人身份要从此退出他们的生命舞台。军令如山。这项命令对于这些上过战场与敌拼杀过的血性汉子来说，无疑也是必须承受的。一些牢骚、埋怨在建三师的营地中开始出现。为此，总公司决定将原八团团长刘志民、九团团政委张有才、李竹林、阎振玉等调回总公司组成军工处，集中解决问题。经过一段时间的思想工作，大家的躁动情绪逐渐缓解。一年后，九团与民营工程五处联合组成了总公司下属的三公司。

从军人到建筑工人的转换，李竹林逐渐成长为一名合格的建筑公司领导。面对新的身份，他有着新的理解："我为自己是一名军人感到骄傲和自豪，因为我们建三师的战士们曾经也为解放全中国抛头颅、洒热血，那是何等豪壮。就地转业的命令太突然，大家的心理上自然无法承受，但后来我们都想明白了，新中国不需要战争，需要人民安居乐业的生活，更需要去建设新中国的人，而我们就得转变观念，到祖国最需要的岗位上去。"

1958年9月的一个夜晚，李竹林、刘志民和测量技术员杨树林被秘密召集去开会。在会议室里，他们见到了三位陌生人。

让李竹林没有想到的是，这个突然召集的秘密会议，为他的人生添上了浓墨重彩的一笔。

开完秘密会议后回到宿舍的李竹林，并没有想很多，身份的转换也没有改变他作为一名军人的天职，而把第二天所要执行的这项特殊任务，当成是必须要完成的一项任务。

翌日清晨，天麻麻亮的时候，李竹林、刘志民和杨树林起身乘车前往兰州机场，乘坐小型飞机直飞西宁。赶到青海宾馆的时候，已经有三个人在等着他们。其中一位穿着一件很普通的军装，戴着一副方框眼镜，显得儒雅而亲切。见到李竹林他们，那三个人便热情地和他们握手打招呼："我们一直在等你们，虽然时间还早，但我们的任务很艰巨，还是立刻赶路要紧。"说完话，几个人没耽误一分钟时间，便乘车朝着青海湖方向驶去。

行驶在颠簸的沙土路上，李竹林的思绪也和颠簸的路一样上下起伏。他知道，兰州到西宁也就近三百公里的路程，却要乘坐小型飞机，可见时间的紧迫性和任务的重要性，但不明确的任务又让他百思不得其解。两个多小时后，车辆穿过了一条很长的峡谷，草原渐渐浮现在他们的眼前。

李竹林被眼前的景色迷住了，九月的草原，开始渐渐泛黄的草色、四周环绕的群山、蓝蓝的天空与穿过草原的河流生成了一幅绝美的草原秋色图。但几个人却无心观赏草原的秋景，驱车跑了整整一天，在草原上勘察地形。李竹林不知道带队的领导叫什么，只是带着他们认真勘察地形，从这个山包到那个山包，从这片草地到那片草地，不放过草原上的每个细节，为下一步建设提供资料。草原将来的蓝图似乎已经在这位带队领导的眼前生成。

勘察结束后，测量技术员杨树林留在了草原，住在当时草原上唯一能待的麻匹寺，给后续到来的人员做向导。而李竹林和刘志民经西宁返回兰州后，又马不停蹄地赶往北京的二机部九局接受新的任务。让李竹林没想到的是，他在北京再一次见到了一起勘察草原地形的带队领导，更让他没有想到的是，这位儒雅、热情的领导就是曾经请缨出征、进军西藏打先锋的李觉将军[①]。

---

① 李觉（1914—2010年），山东沂水人，中共党员。曾任西藏军区参谋长、副司令员；第二机械工业部九局局长、副部长、核武器研究院院长；核工业部顾问；1955年被授予少将军衔；曾获二级独立自由勋章、一级解放勋章。

九局领导命令李竹林返回兰州以后立即筹建第三建筑公司①，尽快前往青海建设 221 基地②（对外称"国营综合机械厂"），全面配合党中央决定加快我国核武器研制，在大西北建设 221 等核工业基地的决策，并在建三师组成的兰州市工程局下属公司中挑选政审合格、技术和身体都过硬的人员参与 221 基地的建设，让他们做好去青海的准备，等待命令，随时出发。

回到兰州的李竹林和刘志民在接受这项艰巨任务的同时，也郑重地宣誓，对此项任务做到绝对保密，不对任何人（包括家人）提起。北京之行，使李竹林心中有数，知道此次任务非同一般。"我们那个时代的人，有着极其简单而高尚的价值观念，革命的利益高于一切，党的需要就是

---

① 1958 年组建时称为"建工部直属第三建筑工程公司"。1959 年 3 月 10 日，公司对外使用掩护名称"青海省第五建筑工程公司"。1963 年 4 月，二机部党组决定青海机械厂与工程公司分开，公司名称为"国营 104 建筑工程公司"，1965 年 11 月，公司名称变更为"国营西南第 24 建筑工程公司"。

② 1958 年 7 月，邓小平批复同意建西北核武器研制基地，称 221 基地；1959 年 1 月，221 基地成立了"第二机械实验筹备处"，掩护名称"青海省第五建筑工程公司"。李觉兼任筹备处临时党委书记并任青海省常委；1965 年 9 月 9—20 日，成立二二一厂，吴际霖兼任厂党委书记；1984 年 10 月 5 日，国营二二一厂实行厂长负责制，王菁珩任厂长，张秀恒任党委书记；1987 年 6 月，国办发【1987】40 号文件下达，决定撤销二二一厂；1995 年 5 月 15 日，新华社向全世界宣布，我国第一个核武器研制基地全面退役；2001 年，被国务院列为第五批全国重点文物保护单位；2005 年，退役后的原子城被国务院命名为国家级爱国主义教育示范基地。2009 年，青海原子城纪念馆建成开放。

个人的志愿,党让我们到哪里去,我们便会义无反顾地到哪里去。"李竹林坚定地说道。

李竹林和刘志民返回兰州筹备建工部直属第三建筑工程公司。九局局长李觉则带着二三十个人匆匆踏上了去青海的路程。

李觉,1914年2月8日出生在山东沂蒙,在他的身上有着山东人的质朴、豪爽和坦荡。他6岁开始读私塾,读过《三字经》《百家姓》《弟子规》,以及《论语》《孟子》《大学》《中庸》《古文观止》等典籍。天资聪明的他不仅打下了扎实的古文功底,还写得一手好书法。从小受到儒家文化影响的李觉,把自己的命运与国家的命运紧紧维系在一起,因此,在"九·一八事变"之后,他与当时的千千万万热血青年一样,为祖国的前途和命运感到深深的忧虑,在中华民族生死存亡的关键时候,李觉远离家乡,做出了他人生道路上第一次,也是重要的一次选择——参加红军。

这条路,不仅成就了他,也让他的一生充满了传奇色彩。

1950年1月,刘伯承、邓小平接见张国华、谭三冠等中国人民解放军第18军师级以上领导干部,把进军西藏、解放西藏的任务交给了18军。作为西南军区作战处处长的李觉,已经意识到解放西藏的重要意义。在听了毛泽东"进军西藏宜早不宜迟"的指示以后,李觉深受鼓舞,毅然决然地放弃在大城市优越的生活条件和舒适的工作环境,主动请缨,做出了他人生道路上的第二次选择:进军西藏打先锋！

李觉在西藏一待就是7年，从1950年初进藏到1957年，他没有休过一次假，一直坚守岗位。1956年，李觉在工作中晕倒了几次，一查是心脏出了问题。1957年6月，严重的心脏病已经让他无法再坚持工作，工委和军区对他的健康状况十分关心，在北京的张国华亲自打电话让他到北京治病。其实，李觉不仅心脏出了问题，由于西藏属于高寒地区，加上条件艰苦，他负过伤的左腿、左胳膊都会不同程度地出现疼痛，尤其到了冬天，疼痛愈发重了。李觉却不以为意，因为经历过枪林弹雨的将士们，哪一个不带战争年代留下的累累伤痕？

听了张国华的话，李觉这才乘刚刚通航不久的飞机，来到了北京。这是中华人民共和国成立以后，李觉第一次到北京，而且也是1936年离开北平21年后再次踏上这片土地。

展现在李觉面前的，是一个崭新的首都，而等待他的，也是一项全新的任务。

1957年6月，回到北京的李觉住进了协和医院。

有一天，陈赓来医院看望李觉，问道："李觉，身体怎么样啦？！"

李觉笑着回道："能吃能喝，没什么事了。"

陈赓笑着说："好啊，过几天，军队要欢送你。"

听着陈赓的话，李觉奇怪地问："为什么？"

陈赓只是笑笑，不回答。

过了三天，宋任穷来了，作为三机部的部长，他还兼任军委总干部部第一副部长的要职，他对李觉说："老李，你的工作已经定了，你到赖传珠同志那里，他会告诉你。"

赖传珠是总干部部副部长。李觉出院后找到赖传珠。看到李觉进来，赖传珠说道："你来得正好啊，现在是和平时期，准备让你去搞国防事业，到三机部去，具体搞什么，你到了三机部自然会告诉你。"

"八一"建军节过后，李觉到三机部报到。来到宋任穷部长的办公室，宋部长笑着说："调你来三机部，是党中央的决定，准备让你来搞原子弹。"

听到最后的三个字，李觉心里一震，以为听错了，说道："部长，您再说一遍，让我搞什么？"

"原子弹！"宋任穷重复道。

"部长，我从未搞过原子弹，我什么都不懂啊。"

听完李觉的话，宋任穷说："组织大家一起搞嘛，过去熟悉的东西放下来，不熟悉的东西要学习，在工作中学习。"

听完宋任穷的话，李觉说："好，我服从组织安排。"

在数十年的革命生涯中，李觉经历了党和人民军队发展的几个重要历史时期，使他逐渐成长起来。他在战场上历经枪林弹雨，接触过无数的手榴弹、炮弹，也用手电筒的灯泡做过电雷管。确切地说，是党和人民军队的根本宗旨、本质特征和光荣传统哺育了他，教育了他，锻炼了他，也造就了他。因此，对于新的工作和任务，即便一无所知，他也责无旁贷。

当李觉带着二三十人重新回到美丽的金银滩草原的时候，他也带着他的后半生回到了草原。同时，他带过去的还有部里配备的4辆苏制"嘎斯69型"越野吉普车，4辆长春第一汽车制造厂刚刚生产的"解放"牌卡车，以及必备的帐篷、器材和设备。这样的装备，是李觉当初进藏时的装备所无法比的，尤其是4辆苏制吉普车，那可是当时国内最好的越野吉普车。

初到高原的一行人，首先被金银滩草原的美丽所震撼，蓝天、白云、雪山、溪流、野花在广袤的草原上铺展开来，让人有一种置身人间仙境的感觉。但不管草原的景色有多美，装备有多好，创业者的路总是充满艰辛和坎坷。首先，氧气在金银滩是一种稀缺资源。在这里工作和生活，就意味着在大气含氧"生命极限"下工作和生活。金银滩草原处于缺氧地带，氧气浓度仅为正常地区的60%到70%，夜间缺氧尤为严重，血氧饱和度基本在85%至92%，心率110次/分钟左右。在这个地方工作，不能强负荷，工作超过一个小时就会因为缺氧头晕，大脑一片空白，头痛、呕吐、失眠、鼻衄接踵而来。这是金银滩艰苦的自然条件给他们的第一个下马威。

但自然条件的恶劣挡不住他们工作的热情，强忍着缺氧带来的不适感，李觉一行人选择一片背风向阳的草地，割去茂盛的牧草，搭起了三顶帐篷，从此开始了原子弹研制的艰辛之路……

已经习惯了内地生活的一行人每天承受着超负荷的劳动，身体不同程度地出现头晕、呕吐等常见症状，有的甚至连走路的力气都没有。生活方面，除了帐篷和一片望不到边的草原，这里什么都没有。由于气压低，水80℃就开锅，大米总是夹生蒸不熟，营养补充无从谈起。

一行人还没有适应高原缺氧的气候，还没有看清楚秋天的模样，冬天就已经来了，很快青草变黄，并迅速干枯。接踵而至的是暴雪和凛冽如刀的寒风。有时候，一夜的暴风雪就能把支起来的帐篷压塌，第二天起床，他们扫去堵在帐篷门前的雪和帐篷上的雪，重新再支起来。

草原上没有电，遇到大雪天气，工作和生活就越加艰难。青海省委、省政府以及省军区的领导来看李觉一行人时，提出让他们搬到西宁住，白天在金银滩工作的建议。薛克明对李觉说："既然来到了草原，也当一回牧民，过过游牧人的生活，日出而作，日落而归。"但李觉婉言谢绝了薛克明的好意："这样会影响工作。我们住的是地质队的加厚帐篷，里面有一层棉絮，外面是不透风的帆布。帐篷杆是铁的，大雪压不倒，烧的是煤，一天到晚都可以把火烧得旺旺的。"

李觉指着帐篷和帐篷里的炉灶又说道："这条件比我在西藏时强多了，那时连张司令员、谭政委住的都是挡不住风雪，抬不起头、直不起腰的帆布帐篷。好多边防战士至今还住在那样的帐篷里，烧牛粪、卧雪饮冰，他们比我们艰苦多了。你看，我现在住的帐篷这么宽敞，还有一张小桌子，比牧户的蒙古包还要好。"没有比较就没有区别，李觉拿眼前的条件和西藏一比，尤其与那些边防战士一比，便觉得什么困难都不在话下。

这就是作为一名老共产党员的"老西藏"精神和"两弹一星"精神，李觉不但是这种精神的参与者，还是创造者、继承者和传播者。就如在李觉八十寿辰的聚会上，"两弹"元勋、中国科学院院士王淦昌举杯向李觉敬酒时所说："你是中国原子弹研究的第一功臣。"

作为李觉的搭档，也作为221基地最初的组建者之一，吴际霖在核武器研制基地做出的杰出贡献同样被载入史册，他是国家科技进步特等奖（"两弹"突破及武器化项目）主要获奖人之一，也是攻破"两弹"研制难关的功勋者，然而，他的经历在坎坷中却多了一些悲伤的色彩。

吴际霖出生在一个封建官僚家庭。从小看多了官场的虚伪和腐败的他立志要走一条不同的路。1937年，他从华西大学化学系毕业，可令他失望的是，在那个动荡的年代，他所学的知识却在科技落后的中国几乎无用武之地。为了国家的兴亡，他报名参加了国民党军政部开办的特种技术训练班，决心上前线抗日。训练结束后，他被派到山西前线，为国民党部队讲防化常识，这一去，离别自己年轻的妻子和幼小的儿女竟十几年之久。

在国民党的军队里，污浊的现实彻底打破了他的梦想，就在他痛苦、徘徊的时候，有幸遇到了在同一部队的中共地下党员王寒秋。通过多次推心置腹地交谈，他重燃希望。1940年一个风雨交加的夜晚，吴际霖在王寒秋的帮助下，带着机密资料，逃离了国民党军队，经西安八路军办事处转赴延安，开始用自己的知识为八路军进行弹药实验工作。

吴际霖是一个真正的革命干部，是忠心于党的知识分子。抗战结束后，他负责补充部队弹药和修理军械的任务。1948年，吴际霖转赴渤海地区负责军工生产，在粉碎国民党重点进攻山东的战斗中，他也付出了诸多心血。

吴际霖给人的第一印象就是太瘦弱，中等的身材，单薄的身子，一副与脸型极不相称的厚边框近视眼镜是他素描画的主体结构。然而，在他儒雅单薄的外表下，却具备领导人的胸襟和魄力、细腻和执着。杰出的军工管理才能，严谨缜密的工作作风，严肃且和蔼的待人方式，让接触过他的人不但记住了他，而且他所表达出来的精神内涵一直影响着很多人。

1958年1月8日，吴际霖走马上任九局副局长。1958年1月21日，他在西苑大旅社几间租用的办公室里，用13天的时间，拟订了《九局1958年工作纲要第一季度工作计划》：基建方面，选址，勘察设计，筹备机构，施工准备，解决协作；科研方面，组织科研小组，准备研究条件，调集培训技术力量。

在与苏联方面签订《221基地工程项目初步设计任务书》和《221基地工程项目设计工作分工明细表》的同时，二机部成立了由吴际霖负责，郭英会、设计院总工程师何广乾以及苏方5位专家等11人组成的选址委员会。

根据部领导提出的选址指示精神，选厂委员会先在地图上圈定了甘肃、青海等八个地区的数个地区，经过查阅相关资料，并对部分地区进行了勘察。之后，吴际霖便召集选厂委员会成员召开会议，经过大家的分析研究，初选出甘肃省酒泉县、武威县，山西省朔县，陕西省襄城县和内蒙古大奈太五个地区。然而，在实地调查的过程中，委员会成员发现五个地区有的地方地下蕴藏工业生产需要的矿产资源，有的地质条件差，有的铁路经过拟建厂区，不利于保密，有的就近没有铁路干线，交通不便，有的距离国境线太近，对工厂保卫不利。这些地区都不符合建厂条件。而对于有些委员看好的四川绵阳地区，则因为地形复杂、用地面积不够、地震级别高、给水有困难、湿度过大、居民点过密等不符合建厂条件，也未做进一步勘察。

选址一时进入僵局，对于吴际霖来说，几个选址地点被否定，意味着一切工作要重新开始。但时间不等人，美国人紧紧相逼的核威胁愈演愈烈，为了下一步工作的顺利进行，吴际霖率领选厂委员会来到甘肃张掖县，平坦的场地、良好的地质状况和气候条件、地震烈度不超过7度、具备修建铁路专用线和公路的条件、远离国境线、地处内地深后方等，都符合建厂的基本要求。在选厂委员会专家达成一致意见后，吴际霖打算对这个地方进行重点勘察。

当时交通极为不便，而此次选址又要做到严格保密，因此为勘察地形增加了很多难度。经过千辛万苦的勘察、走访、查阅资料、绘制项目布置示意图等，最后占地300平方公里、地势平坦的西洞堡地区进入选厂委员会一行人的视野。

选址位置的确定让吴际霖松了一口气。一行人离开张掖来到兰州市，住进省委招待所，并向甘肃省委汇报选址情况。在甘肃省委招待的便宴上，青海省委书记高峰也在座。面对选厂委员会对选址情况的讨论，高峰插话道："其实还有一个地方比你们所说的西洞堡更合适，那就是我们青海的金银滩草原，地广人稀，条件很不错的。建议你们到那里去勘察一下。"

听完高峰的话，吴际霖一行人陪同苏联专家组很快就来到了青海省海晏县，实地考察了金银滩这片水草丰美的草原。

四五月的草原依然沉睡着，还没有苏醒，但几个人还是被眼前的景色迷住了。春天还没有探出头，阳光却温暖地照着这片草原。一片枯黄的草原延伸到远处，覆盖白雪的山顶如同一位戴着白色帽子的慈祥老人……位于海晏县西北5公里山谷间的金银滩，西南方与同宝山相连，北面是祁连山支脉，麻匹河常年有水。总面积达781平方公里的河谷地带，正符合221基地选址条件。

吴际霖召集选厂委员会开会，对金银滩和西洞堡进行了详细分析和比较。在水储量、地震烈度、年降雨量、夹沙风暴、征地移民、地域面积等诸方面，金银滩都优于西洞堡。唯一让人觉得遗憾的是，海晏县地处高寒地带，平均海拔3200米，气候温差最大到56.6摄氏度。但这一障碍并没有影响大家对于金银滩的认可。

1958年5月31日，吴际霖等人向上级部门汇报选址情况，一致认为海晏地区较好，经选址材料技术审查委会议审查后，吴际霖向二机部副部长刘杰汇报，部领导当即同意选址委员会的建议，最后向部党组推荐青海方案，宋任穷部长、刘杰部长等听取了吴际霖、安德列耶夫的汇报，并就几个重大问题专门安排调查、落实。6月，刘伟主持召开审定选址报告会议，会议召开了几天，经过多方讨论、论证、建议，221基地定于海晏地区，并报中央批准。

7月15日，221基地收到了基地定点海晏县的绝密电报。

从此，吴际霖的命运与青海的金银滩紧紧相连。

从此，在李觉、吴际霖等人的带领下，221基地的建设拉开了序幕。

从此，沉寂了百年的金银滩草原开始沸腾。

从此，这片土地将以非凡的姿态出现在历史的画卷中。

瓦刀当武器，奔赴金银滩

返回兰州筹建第三建筑公司的李竹林离开北京之前，又接到了李觉将军的命令：在回兰州的路上转道山西太原归国志愿军军部，有偿接收一批苏联援助的退役汽车。得到这个命令之后，李竹林马不停蹄地赶往临汾，接收了100辆"嘎斯51"和150名刚退伍的志愿军司机，办好相关运输手续后，便昼夜不停赶赴兰州。

"车辆和转业司机统一先由三公司支配，而我们也开始暗中筹建第三建筑公司。我们在最短的时间里，不但挑选了党委书记、经理、技术人员、工区主任、工段长等近200名骨干，还挑选了1000多名工人。原则是，凡政审合格、身体健康的人一律调入，凡能使用的机械设备一律带走，甚至连公司领导使用的一辆旧吉普车都没有放过。留下的全是'老弱病残'。"李竹林说道。

大家都知道，要完成这项伟大的事业，就要尽快完成基地建设，自然就需要一支庞大的建设队伍，这支队伍不仅仅担负着工作、生活区的基础设施建设任务，还要承担公路、铁路的建设任务。那是一个物资匮乏的年代、生产相对落后的年代，完成这一切都需要大量的人力，于是，解决人力的问题就成了筹建处急需解决的首要问题。

1958年9月，筹建第三建筑公司的负责人接到李觉的通知，派人去兰州接待从河南项城招收的近2000名工人。

霍银臣就是这2000名工人中的一员。他们来自河南项城不同的村，却一起踏上了一条最为艰苦也最为光荣的路。在霍银臣的记忆里，金银滩不仅仅是他的第二故乡，更是他至今魂牵梦萦的地方。

对于海变来说，霍银臣是她最早接触到的老人之一，虽然他来自河南项城，但他在撤厂安置的时候，没有去合肥，或是其他安置地，也没有回到自己的老家河南，而是留在了西宁，在他心里，西宁离金银滩很近。

来青海的那一年，霍银臣只有16岁，还是一名正在项城六中上学的学生。有一天晚上，村里召开大会，村干部在会上说："外省来人了，要先从我们这里的学校选拔人到青海去。家里有大龄的学生都可以报名。我们的国家现在正是需要建设的时候，需要用人的时候，大家一定要积极报名，别辜负了国家对我们的信任和期望。"听完村干部的话，霍银臣脑子里闪出了一个去建设青海的念头，但他有点犹豫，自己从小到大都住在项城，连邻近的大城市都没去过，青海到底在哪里？它长啥样？

第二天霍银臣去学校，听说有几个同学已经报了名，也有很多同学和他一样，因为对青海的陌生感而犹豫着。经过一番思想斗争以后，强烈的好奇心和建设祖国的理想促使霍银臣报了名。

和霍银臣一起奔赴青海的，还有从项城各村招收的一批政审合格的青年人，作为支边青年赶赴青海。

安置在合肥的姚振明身体依然健朗，虽然他最后没有选择回到原籍河南，但如今的生活让他感到幸福，主要原因莫过于曾经一起工作过的同事们还能够经常聚集在一起说说往事，回忆那个年代的生活，还有他们为之魂牵梦萦的金银滩草原。

"村干部传达了报名信息后，我是最先报名的。当时没有太多的想法，觉得男人就应该出去闯一闯。我不但自己报名，也动员村里和自己年龄差不多大的年轻人一起报名。那段时间，从各个村到公社，大家村头巷尾都在议论去青海支边的事情，有说好听的，也有说不好听的，但我从来没有动摇过去青海支边的决心。后来，公社干部让我负责带队，我便成了这支队伍的连长。"姚振明说道。

姚振明所在的付集公社有 250 人报了名。在一个天气晴朗的初秋，250 人雄赳赳、气昂昂地踏上了支边青海的路程。公社的艾学今一路相送他们到了项城县城，看着即将奔赴青海搞建设的队伍，羡慕之情油然而生。突然，他决定不回家了，对姚振明说："连长，我也想跟着你们去建设青海。""你出来的时候什么都没有带，手里还拿着放羊的鞭子，所有去青海的人都是做好了思想准备的，你真的决定要去青海吗？"艾学今听完姚振明的话，撂了放羊的鞭子就站到了队伍中。于是，姚振明就带着"250"加"1"名"支边青年"坐上了去青海的火车。

"那时候，我们坐的不是客车，而是闷罐子，在车厢的中间放一口大缸，满满一缸水供大家喝。车厢里没有厕所，在车厢的一角放了一个大桶供大家临时方便用。众人长时间在车厢里习惯了，不觉得有啥，但是火车停下来进行补给的过程中，只要你一下车厢再进车厢，那种味道真的让人无法接受，但大家就这么熬过来了。我们当初并不知道我们将要建设的正是研制原子弹的基地，但是从坐上火车的那一刻起，我们便从来没有后悔过，也没有退缩过。这一去，就是三十多年，我们把自己最美好的青春年华留在了金银滩草原。"姚振明说道。

姚振明他们到了221基地以后，就被管行政的部门负责人安排到了麻匹寺，由于人太多，寺院根本住不下，于是就在寺院前搭帐篷住，有的人甚至在羊圈上搭个棚子作为睡觉的地方。那个时候没有煤炭，每天只能上山砍灌木用来烧火做饭和取暖，但灌木不耐烧，火头很快就烧过了，因此半夜常常会被冻醒。

进厂初期，姚振明积极参与到基础建设的大军中，由于当时没有技术，只能做小工。过了几个月，他被分到221基地的修缮队，负责房屋屋顶、墙面和门窗等的维修。

作为一名共产党员，姚振明一直用自己的行动践行着一个共产党员的职责，他激动地说道："那个时候，什么活都干过，什么苦都吃过，比如搬砖、挑灰浆等，但大家的干劲十足。就是到了吃不饱肚子的困难时期，也没有觉得后悔、委屈，因为干部、工人都一样，挨饿大家都在挨，吃苦大家都在吃。那时所有人都是党叫我干啥我就干啥，让咋干就咋干，绝对服从党的安排。"

和姚振明一样，霍银臣对于去青海的选择也从来没有后悔过，即便条件很艰苦，即便经历了让人难以想象的困难。

"我们7月报了名，但是，一个月过去了，没有任何动静。我以为我去不了青海了，但没过几天，突然接到通知，让我们背一床被子，自己坐马车到项城县集合。到了县城，又通过汽车将我们送到了漯河。那时候，我根本没有见过汽车，更别说火车了，对于只有16岁的我来说，真的长了见识。这也更加坚定了我去青海的选择。那时候，我就想，我一定要好好做，一定要见更大的世面。"霍银臣说道。

霍银臣他们这批人被编为三个营，他编在三营八连。经过几天几夜的奔波，这支支援青海建设的队伍终于到达了兰州。面对兰州，霍银臣是陌生的，比起自己的家乡，兰州荒凉了很多，眼前的一切，让霍银臣心中多多少少有些迷茫。接待他们的正是第三建筑公司的负责人。他看出了大家对兰州的陌生和迷茫，就对大家说："我是第三建筑公司的，你们也属于这个公司，今后我们就是一家人，欢迎大家回家。"听负责人这样说，大家内心对兰州的陌生感和迷茫感才有了稍许的减轻。在兰州休整了七八天后，接待他们的负责人又安排车将他们送到了西宁。

"头天晚上把我们送到西宁，就给每一个人都发了四大件。好家伙，棉大衣、大头鞋、皮帽子、一条单人毛毡。鞋子是真皮做的，是我们从来都没有奢望过的好东西。才16岁的我，还没有付出劳动，就有这么好的一身行头。我父母已经过了半辈子，也没穿过这么好的衣服、鞋子。"霍银臣说到这里的时候，脸上有着难以言表的酸涩感。

对于霍银臣他们来说，眼前的草原是苍凉的，未来也是难以想象的。此时的河南，正在秋老虎的热浪里煎熬，而现在，他们却要感受冬天般的寒冷。更让大家难以置信的是，严重的缺氧让大家无法再往金银滩走了。缺氧使大部分人病倒了，病情轻的打针吃药，病情重的住进了医院。

"海晏县的招待所里挤满了人，医院里挤满了人，到处都是人。这是我初到海晏县的第一印象。可以说，高海拔地区缺氧的恶劣环境首先给了我们一个下马威。"霍银臣说道。

经过一个星期的调整以后，大家的身体渐渐适应了高海拔的气候条件，大家开始赶往真正的目的地——金银滩草原。

一望无际的草原，除了没过胸的草之外，什么都没有。即便有先遣部队打前站，但2000多人同时进驻草原，面临的压力和困难是显而易见的。

"到了金银滩以后，我被分到了金滩的老羊场。那么多人，吃住便成了一个大问题，而我们比较幸运的是，还有一个羊圈可以供我们住。羊圈是平房结构，只有三面墙，一面没有墙，大家把没过胸高的草割下来，一部分搭在羊圈棚子上，一部分铺在羊粪上，上面再铺上从老家带来的褥子，一人一条被子，两个人打老通，就是我们睡觉的地方。"霍银臣讲到这里，脸上的表情是凝重的，可想而知，他们面临的困难是现在这个年代的人难以想象的。

草原转寒的天变得越来越阴晴不定，上午还是艳阳高照，下午狂风开始肆虐，凛冽得像一把把直戳身体的刀子。经常伴之而来的是漫天的大雪，天地混淆成一体，分不清哪里是天，哪里是地。到了夜晚，气温直线下降，最冷的时候达到了零下 30 多摄氏度，在这样的气温下生活和工作，艰难程度可想而知。但大家却以高涨饱满的激情融化着生活和工作的坚冰。就如大家调侃的话："这地方，撒泡尿都能冻成冰柱子。"晚上睡觉要穿着棉衣，戴着皮帽子。早晨醒来，被头和皮帽子上都是霜，手脚都是冰凉的，僵硬的手脚必须要活动一会儿才能灵活起来。眼睫毛粘在一起连眼睛都睁不开，必须搓搓手焐一会儿。眉毛和胡子变成了白色，俨然像一位饱经风霜的老人。河里的水冻成了坚冰，大家就用洋镐把河面砸成冰块放到铁桶里抬回驻地，再用石头把铁桶支起来，底下烧牛粪，烧开的水只有 80℃，上面还漂着一层牛羊粪沫子，热气中全是牛羊的尿骚味。

"在那样的日子里，喝着冒有热气的水，一阵暖意便会从口中流淌到全身，那感觉都是一种享受。时间久了，牛羊的粪味也适应了，就闻不到了，而且由于河水是从包乎图雪山上下来的，大家开始感觉到那味道都是甘甜的。"霍银臣感慨地说。

第三建筑公司承担着221基地的建筑任务，分到四工区的霍银臣就跟着公司打前站的师傅们搞基建，由师傅领着他干活。师傅们在没有转业之前都是军人，转业后又参与了多项建筑项目的施工任务，军事化的工作作风、雷厉风行的工作态度着实让16岁的霍银臣学到了很多。他从小工干起，供水、供砂浆、供砖等，但凡苦累的活都干过。这一过程，硬是把一个稚嫩的学生锻炼成了师傅的好帮手。

没过几个月，霍银臣的优势就凸显了出来。霍银臣上过初中，在工程方面经他手的一些小计算，很快就能得出结果，加之年龄小，身体又单薄，师傅们对他的照顾也越来越多，尽量让他发挥自己的特长，专做一些数据记录工作。

有一次，四工区负责人张克白到施工现场检查，无意中看到了霍银臣的数据记录本。清晰的数据、工整的字体使他对眼前的这个又瘦又弱的小伙子印象深刻。

1959年1月，221基地建设全面铺开，作为核基地建设的先遣队伍，第三建筑公司驻兰州的1200多人也进驻金银滩草原。由于各种建材的需求量越来越庞大，从全国各地源源不断运输而来的各类建材及设备也越来越多。但各类器材和物资到达西宁火车站之后不能及时被运送到221基地而形成了积压，这就需要一个临时存放物资的库房。003转运站工程建设项目由此诞生。

3月，霍银臣被派到西宁参加003转运站工程建设项目。和他一起去的还有003转运站工程建设项目总负责人赵淇盈和其他两个同事。

临走时，李觉局长下达了一道严苛的命令："10月份之前，003转运站必须建好。"003转运站占地面积很大，从西钢的东墙一直到西杏园。8座可以进出汽车，方便装货、卸货的大仓库，却只给了7个月的修建时间，面对不可能完成又必须完成的任务，到了西宁的4个人一刻也不敢耽误，立刻投入到紧张的工作中。几个人带头和工人们一起量地、打围墙，加班加点，与时间赛跑。

霍银臣说："当时，我既是保管员，又是采购员，负责建筑材料和车辆的调配。运输车辆雇的是西宁市运输公司的汽车，车队到西川劳改场拉砖，工作进行得还算顺利。但那些打院墙、扎根脚时要用的大石头，还有鹅卵石、沙子等，都要从河里挖，再运到建筑工地，咋办哩？大家一商量，便到湟源县去雇当地人和运输所用的牛拉大轱辘车，让他们带着帐篷，驻扎在河边挖沙石，供我们建筑需求。"

在那样一个艰苦的年代，人所释放出来的"弹性"是不可想象的，他们在最艰苦的环境中，有条件就用好条件，没条件就创造条件，硬是闯出了一条可歌可泣的创业之路。

随着003转运站的建设步入正轨，建设队伍和管理人员也随之壮大起来。半年时间过去了，8栋仓库赫然伫立在西宁市靠西边的土地上，仓库相当大，汽车可以自由进出拉货、卸货。从内地运送到西宁的物资，先用汽车转运至003转运站，然后再用汽车拉到221基地。怕雨淋的仪器设备、建筑器材全都放进仓库里，不怕雨淋的就放在院子里。物资运送的压力及时得到了解决。

1959 年 10 月中旬，003 转运站工程基本建成。科长赵淇盈找霍银臣谈话："小霍，这里的转运站已经基本建成，后续收尾工作也不需要太多人留在这里，221 基地的铁路建设已经开工，领导想调你回去负责保管器材。"听完科长的话，霍银臣没有犹豫一下就回道："没问题，组织派我到哪里我就去哪里。"

算时日，霍银臣已经在青海工作了一年。一年的时间，霍银臣连想家的机会都没有，白天就像上战场打仗一样。到了晚上，人累得散了架一般，倒头就睡。但霍银臣觉得自己是充实的。一年来，他的成长连他自己都觉得吃惊，不管是挖沙土的活还是做搬砖的小工，不管是帮师傅们记录简单的工程数据，还是到 003 转运站做保管员和采购员，他在学习中成长，在成长中学习，完成了从学生到工人的蜕变。虽然只有 17 岁，虽然自己的身体还是那样单薄，但他却感觉自己长大了，成了一名真正的战士。

调回 221 基地第三建筑公司的霍银臣按领导安排，到公司材料科报到。随后便投入到 221 基地的铁路建设工作中。221 基地要做到物资运输流畅，必须要和正在建设的铁路接轨。而在与海晏县铁路接轨的地方，有一个 20 多米深的大洼坑，还有一个山包。两个难题就像两座大山一样，要解决它，没有任何捷径，只能靠人力先将山包的土一点一点挖掉，再填进 20 多米深的大洼坑。没有先进的机械设备，所有的挖、推、拉、扛、挑这些苦活、重活都靠人力完成。一辆架子车前面要有四个人拉，后面要有四个人推，才能把一辆架子车里的土运上去，上面的人要用石头做的夯使劲打夯，铺一层沙土，夯结实了，再垫一层沙土，再夯结实，如此反复，直到达标。填洼坑的时候，正是 11 月，金银滩已经进入冬天，洋镐一刨就只是一个白点，只能用炸药炸，一崩也只有两车子土。仅此一段铁路，两个队近 200 人，大干苦干了 40 多天才完成。

霍银臣说："现在想想，那个苦啊，没有办法说。工具只有铁锹、洋镐，全靠人力来完成。加上海晏冬天的气候无常，不是大风就是大雪。下大雪的时候，目之所及不到 2 米，200 多人干活的场面，根本看不到热火朝天的景象。毫不夸张地说，大风吹起来，打得脸生疼生疼的，身子单薄的人连站都站不稳。加上高海拔地区超负荷的劳动强度，所有人的脸都是铁青铁青的，没有一点血色。我是负责保管工具和材料的，但只要有空闲时我就投入挖土夯地基的行列中。当时我也没有太多的想法，就是想着运输物资快一点进基地。那时最让人头疼的是吃饭问题，我们的建制分为班、排、连、营、团。12 个人为一班，由班长和副班长负责。吃饭时，班长和副班长将饭用盆打回来，大家就地围着盆一起吃。冬天的饭都冻成了冰碴子，馒头也冻得硬邦邦的，喝的水全是羊粪味、尿骚味。"

221基地一分厂东面有条河，河东叫金滩，河西叫银滩，农司队在银滩，老羊场属于金滩。那时候，从金滩到海晏县城没有路，只有一条牧民骑马走过的小路。霍银臣所在的科负责物资供应，他们经常要从老羊场到海晏县城背面、背粮食、买生活用品。每次行走在这条小路上，像霍银臣这样的小个子都被草淹没了。更为可怕的是，这条路经常有狼出没。有一天晚上，大家从海晏县城往老羊场走，走到半路，天已经完全黑了。这时，从不远处传来窸窸窣窣的声音。大家知道附近有狼，便不由自主地安静了下来。科长小声对大家说："不要紧张，狼是很狡猾的动物，你越怕它你就越危险，只要我们大家团结一心，狼就不敢对付我们。大家把带在身上的手电筒拿出来，一旦狼出现，我们就一起用手电筒耀它的眼睛。"听完科长的话，大家便不再那么害怕了。又过了一阵子，只听见窸窸窣窣的声音渐渐变远，大家才松了一口气。

自那以后，团长张克白就组织大家将老羊场通往海晏县城的这条小路两边的草全部割掉，割出五六米宽的一条路，又将石子铺到这条割出来的路上。这条路便成为金银滩草原最早通往海晏县城的一条路。

在建设之初，第三建筑公司先后进驻221基地的人员就达到了两三千人，他们和霍银臣一样，在基础建设的各个项目中留下了忙碌的身影，在一无所有、一片空旷的草原建起了一座座厂房、一栋栋楼房，还有交通必备的铁路、公路和大桥。由于 221 基地是核试验基地，对很多厂房的建设要求都很高，在那个技术和物资都匮乏的年代，221基地的所有人群策群力，创造了让世界都为之惊叹的高原奇迹。

修完路的霍银臣又参与到三工区的项目建设中，那时候没有挖掘机，没有塔吊，更没有搅拌机，所有的工作都得靠人工完成。由于任务非常紧，工区进行分队制管理，分给哪个队的任务，哪个队就必须按时完成，哪怕加夜班也得完成。各小队为了完成任务，抢着干搬砖、背砖等重活。对于往楼顶上预制板这样难度大的工作，靠绳索吊不动，就用倒链一点一点拉上去。冬天，气温下降到零下 30 多摄氏度，土地冻得坚硬无比，挖不动，工人们就用牛粪煨烤，边烤边挖，一天下来，大家累得连说话的力气都没有了。最难的就是冬天和砂浆，砂浆全都靠人工使用热盐水调和，一次只能搅拌两半桶砂浆，将拌好的砂浆要用最快的速度提到二楼或三楼的脚手架上交给师傅。如果速度慢了，砂浆就冻住了，质量就不能保证。为了不浪费原材料，小工们只要看到师傅桶里的砂浆快用完时，就赶紧再去拌砂浆。工作量之大、艰苦程度之大、劳动强度之大超乎想象。

在全面铺开的 221 基地建设面前，在所有的工作基本都要靠人力完成的实际情况面前，进驻 221 基地并参与基地建设的几千人无法满足尽快完成基地建设的需要，人员匮乏再次成为李觉最焦虑的一件事。

真正的战斗打响了

中华人民共和国成立前夕，毛泽东豪迈地宣示："中国的命运一经操在人民自己的手里，中国就将如太阳升起在东方那样，以自己的辉煌的光焰普照大地，迅速地涤荡反动政府留下来的污泥浊水，治好战争的创伤，建设起一个崭新的强盛的名副其实的中华人民共和国。"是的，现在的中国已经掌握在人民的手中，没有任何事情会难倒刚刚走出战争苦难的人民。

1959年4月，李竹林接受命令，返回兰州筹备青海机械厂（221基地掩护名）驻兰州办事处，准备接收从河南内黄、清丰两县招来的7000多名支边青年和2000名转业军人。

办事处就设在兰州西站附近的友谊饭店。办事处成员一共有30人，分为接待、财务、材料、人事劳资、生活服务、调度小组，每组5个人。

这批即将前往青海金银滩的支边青年和转业军人分乘火车分批次陆续抵达兰州，上万人的接待转运工作就落在这30个人的身上。这些人来时乘坐火车，去青海只能坐租借的卡车，第一站先到西宁，再转运至海晏县，由于运输力缺乏，很快便出现到的多、走的少的情况，致使大量人员滞留兰州。"刚开始的时候，大家在接待和管理上没有什么经验，弄得每一个人都手忙脚乱，加上大批人员滞留兰州，工作强度、难度是可想而知的。到后来，渐渐有了经验，工作也就变得有条不紊了。大家的劳动强度也相对减少了很多。"李竹林说道。

为了不耽误基地的建设，那一段时间，李竹林基本上都是在兰州和金银滩两边来回跑，有时候甚至自己随车将人员安全送到221基地。这年的某个早晨，李竹林打算乘人员转运车辆返回西宁，远远看见一辆卡车的旁边站着一位穿军装的同志，走近一看，才看出是李觉。

"您怎么在这里？"

"等你一起回西宁啊。"

就这样，两个人坐在卡车的驾驶室。

从兰州到西宁，要走六七个小时，两个人聊了一路，就像很久未见的老朋友。

"那年的李觉局长才45岁，明显比第一次在草原上见到他时憔悴了不少，苍老了不少，但他的思路非常清晰、敏捷，对人员转运工作提出了很多宝贵的意见和建议。面对眼前这位曾经立下过赫赫战功的将军，我心中多少有点忐忑。然而他的和蔼可亲，他严谨的工作作风、敏捷的思路又不由自主地影响着我。和李觉局长在一起的经历，让我终生难忘。"电话那头的李竹林语气中带着一些哽咽，情绪有些起伏不定。

在兰州，人员接待与转运工作足足进行了三个月，办事处的 30 个人在李竹林的带领下，圆满完成了任务。1959年7月1日，青海机械厂驻兰办事处正式撤销。

7000 名支边青年和 2000 名转业军人陆续到达金银滩，吃住依然是问题，帐篷也不够用，大家就开始挖地窝子，盖牛毛毡、铺草席、打地铺，只要能遮风挡雨就行。饮用的是麻匹河的水，没有煤炭，就捡牛粪，没有大米，就吃青稞面糊糊，缺油少菜就一起克服。

刚踏上草原的支边青年几乎没有多少野外生活经验，90% 的人都准备不足，没带餐具的大有人在。草原上仅有的商店也没有多少日常用品卖，就连 13 公里外的海晏县只有一条不足百米的街道，还没有内地的一个集镇大。食堂早上熬了稀粥，但没有餐具也打不成，为了能喝到稀饭，大家盛稀饭的餐具便五花八门。手艺巧的用搪瓷盘子，把边上的瓷敲掉，用暖瓶铁壳铆在一起当餐具，有的把捡的油壶用沙子洗干净当餐具。没有煤炭，就到山上劈灌木条，为了完成任务，提高工作效率，大家自觉组队，一部分人背着帐篷上山，专门劈灌木条子，一部分人负责运输。

而对于这一万人来说，强烈的紫外线、高寒缺氧的环境、冷冽的风、干燥的气候才是他们需要努力克服并适应的首要问题。

芦丕箱是这 7000 人中的一员，他是河南清丰县人。有一天，他听到村里的老人说县上正在村里招人的事，而且只招根正苗红的贫下中农子女支援边疆建设。他想都没想就报了名。那一年，芦丕箱只有 20 岁。

采访芦丕箱的时候，正是合肥的夏天，闷热的天气没有一丝风，空气也变得黏糊糊的。芦丕箱坐在小区的大树下，情绪高昂，和慵懒的午后形成了鲜明的对比。芦丕箱回忆着，话语中时而带着悲伤，时而带着激情。在 221 基地建设的大军中，他所做的事情是平凡而渺小的，但是对于他来说，是终身受益的，不仅仅是他，还有他的孩子们。

没有走出清丰县的芦丕箱感受不到大西北的艰难，他只觉得只要有活干，就有一口饭吃，只要跟着政府走，跟着共产党走，路子总是没错的。

让芦丕箱没想到的是，这支队伍，竟然有好几千人，浩浩荡荡的支边大军聚集在安阳专区，顿时变得热闹非凡。大家都是 20 岁左右的年轻人，对未来都充满着憧憬和幻想。俗语说，人挪活，树挪死。在那个物资匮乏的年代，走出去可能远比留在家乡好很多。由于当时运输条件落后，所以和芦丕箱一批的年轻人在安阳专区住了 3 天才坐上了西去的列车。

几天几夜的火车，外面的风景越来越荒凉，但并没有消减大家支边的激情。都是来自同一个地方，大家都说着一样的家乡话。哼两句豫剧："辕门外三声炮如同雷震，天波府走出我报国臣，头戴金盔压苍鬓，铁甲的战袍又披上身……"掌声、欢笑声顿时响遍车厢，支援西北的共鸣让他们热血沸腾。

芦丕箱不爱说话，但大家的情绪一直在影响着年仅 20 岁的他。或许，前方的路就像眼前越来越荒凉的景色一样，充满着变数，但既然戏文里都说"铁甲的战袍又披上身"，自己现在等同于披上了战袍，迎战，是唯一的选择。

支边大军在兰州住了半个月，在西宁住了 3 天，走走停停，走了两个多月才到达目的地。

6 月的草原，是一眼望不到头的新绿。与河南不同的是，金银滩没有树，即便是夏天，风也是透凉的，带着青草的味道，单一而枯燥。

芦丕箱看了又看自己即将工作和生活的地方，心中多少有些失落。是的，他讨厌家乡燥热的夏天，他也讨厌一家人望着收不了两三成粮食的庄稼地叹气，但此刻，他对于家乡的思念突然变得浓烈起来。但芦丕箱没有忘记自己走出家乡那一刻时的义无反顾。

芦丕箱被分到 5 号岗哨西面山坡下的窑厂，从那一天起，他成了窑厂的一名工人。

"我做好了吃苦的准备。我们那个年代的人，都是从旧社会的苦难中走出来的人，都能吃苦。1942 年，河南大灾荒，我只有 5 岁，父辈们今天说谁死了，明天说谁死了，饥饿和死亡是我童年的记忆。"芦丕箱说道。

让芦丕箱没想到的是，缺氧、干燥、强烈的紫外线正在挑战着他们的身体和意志，胳膊开始一层一层地脱皮，缺氧让嘴唇发紫，头晕目眩，脸也被风吹日晒成了皱裂的"土豆皮"，有的人甚至出现了呕吐的症状。而让芦丕箱感动的是，大家都在努力适应环境，有的人甚至带病工作，当初的热情丝毫没有因为地理和气候的原因而消减。

在初到窑厂的几天里，芦丕箱跟着师傅干活，师傅也是河南人，比他早来几个月。那时候，窑厂的条件非常艰苦，没有搅拌机等机械，所有的工作基本都是靠人力完成。和泥是做好砖坯最关键的环节，如果泥和得不匀，和不出劲道，烧出来的砖就会因为有空隙导致密度不够而达不到质量要求。

"队长，用铁锹和出来的泥达不到质量要求。咋弄哩？"同事一脸的愁容。

"咋弄哩？上脚上手。"说着，队长把裤腿往上一挽，衣服袖子撸起来，跳进了泥里。大伙一看队长跳进去了，也脱了鞋子挽起裤腿跳了进去。

"我被这一幅场景感动了，那气势是毫不犹豫的，也是义无反顾的。队长是共产党员，队长的行为让我打心眼里敬佩。"芦丕箱回忆道。

经过大家用脚踩，用手摔拌，泥变得匀称细腻，达到了砖坯的质量要求。但没过多久，大家的手和脚都不同程度地出现裂口，鲜血直流。

在窑厂工区组建保卫部的刁银兴被工人们的工作状态感动，他紧握着队长的手说："你们这是在用命干事啊！今天我们多受点苦，明天我们的下一代就会少受点苦。"

刁银兴的话无不感染着在场的每一个工人，然而，伴随着艰苦工作环境的，还有饥饿。大家从来都没有觉得干活是一件很累的事，但吃不饱却是萦绕在每一个工人心中的魔咒，时不时地就会侵吞人的意志，让人陷于绝望之中。一天6个青稞面馒头，如果早晚各喝一碗稀饭，就要扣除两个馒头。人人都饿得直不起腰，腿脚开始浮肿。为了不影响大家工作的积极性，队长一边给大家讲一些部队上的生活经历，一边带着大家想一些其他的办法补充体力。在队长的带动下，工人们没有因为饥饿而影响工作，有的人为了干活能使出劲，把裤腰带勒得紧紧的，有些队干脆来个劳动大比拼，激励大家不掉队，按时完成任务。

"那个年代，大家都不会因为饿着肚子而忘记工作。为了尽快改善住宿条件，盖起楼房，大家都放弃了休息时间，晚上吃完饭，就参加义务劳动，往现在电影院的方向送砖，力所能及地能搬几块搬几块。大家边走边聊着家乡的事，一来一往三十多里路，黑灯瞎火地来回跑，脚都磨起了泡。"芦丕箱说道。

在窑厂工作了不久，芦丕箱就被调到服务队工作，成了一名专职的理发员，通过自己比较熟练的手艺为221基地做着力所能及的事。

芦丕箱他们来的时候，221基地也只是几顶帐篷，草原的大部分地方依然一片空旷。他们不知道他们是在建设中国的核基地，他们不知道他们挥洒的每一滴汗水和中国最伟大的事业有着紧密的联系。之所以他们能在物资最匮乏的年代创造一个又一个的奇迹，皆源于他们作为新中国主人的担当。这些人中有从河南支边而来的和芦丕箱一样的年轻人，也有像刁银兴一样在朝鲜战场上经历了枪林弹雨洗礼的复员军人。

没有几个人知道刁银兴是从朝鲜战场上下来的，是经历过战火和炮弹洗礼的革命战士，也没有几个人知道刁银兴曾经身负重伤，差点把尸骨埋在异国他乡，更没有几个人知道，他还是一名二等残疾军人。

刁银兴 1929 年出生在重庆一个平凡的家庭，像霍银臣一样，撤厂后，他没有离开西宁，在他的心里，西宁是离金银滩最近的一个城市，留在西宁就等同于留在金银滩。和刁银兴的聊天是从他的童年开始的，他解开了衣服最上面的扣子，尽量让自己保持在一种平和轻松的状态中。

刁银兴的童年是在旧社会的苦水里泡大的。因为家境贫寒，5 岁就开始讨饭。为了生存，11 岁开始，他就到地主家里做长工，过着没有白天、没有黑夜的极其苦难的日子。

在刁银兴幼小的心里，即便再苦再难，有父母就有家，有家就有支撑自己活下去的希望。然而就在他 15 岁那年，父亲因为无法忍受保长和地主长期的欺压和剥削，在严寒的腊月割颈自杀，含恨而去，留下了残疾的母亲。父亲的离世让困苦不堪的家更是雪上加霜，没有成年的刁银兴便和母亲一起扛起生活的重担。

然而，生活的重担并没有压倒刁银兴，反而让他变得坚毅、正直、善良，也为他日后的人生打下了坚实的基础。

1950年7月，刁银兴参加村子里的一次会议，对于那次会议，他至今记忆犹新，也是那次会议改变了他的一生。

"这一次会议，让我认识了共产党是真正为穷苦人民翻身得解放的党，我决心跟着共产党走，积极参加村里的民兵团。"刁银兴说道。

身份的转变使刁银兴对工作和生活充满了希望，他不停地告诉自己："我不再是奴隶，我真的不是，我现在是这个国家的主人了，我已经翻身了。"

燃起的不仅仅是刁银兴对于未来的希望，更是一个少年从骨子里喷发出来的力量源泉。刁银兴迅速成长起来。1952年11月18日，刁银兴加入中国共产党，面对鲜红的党旗，刁银兴庄严宣誓："我愿为共产主义事业奋斗终生……"

刁银兴是这样说的，也是这样做的。1953年2月18日，刁银兴光荣入伍，成为24军70师210团尖刀连的一名战士。怀着对祖国的无限热爱和忠诚，同年5月，他随部队入朝，参加抗美援朝战争。

7月14日下午3点，刁银兴所在连队在五成山阵地进行英勇战斗，把美军和李承晚的军队阻止在三八线以南。第一个山头打得很顺利，全军士气高昂。夜幕降临后，全连没有进入休整状态，而是在寂静的夜里等待第二次冲锋。

黎明的第一缕曙光慢慢升起，等待他们的却是更残酷的战斗：这一次冲锋将要越过一片开阔地，四周没有任何可以掩护的物体，战士们勇往直前，而敌人的迫击炮以更加猛烈的火力阻挡。

　　"战场是最残酷的，生死就在一瞬间。但我们无畏的志愿军战士们一波接着一波奋勇向前。那时候，你不会考虑自己的生死，而是想着如何突破敌人的防线，减少牺牲，完成任务。"刁银兴说。

　　就在往前冲的过程中，刁银兴中弹了，倒在了冲锋的路上。战友何华强看到中弹倒下去的刁银兴，立马向他跑了过去。就在此时，一颗炮弹在他们身边炸响……

　　等刁银兴醒来的时候，看到战友何华强已经永远闭上了眼睛，他心里清楚，是战友用年轻的生命换回了他的生命。

　　天黑时分，志愿军终于冲破了敌人的防御线。

　　这场战斗，部队牺牲很大，150多人只剩下十几个人。部队必须继续向前冲去，无奈只好留下身负重伤的刁银兴，留下已经牺牲的何华强，还留下了很多已经牺牲的志愿军战士。

　　倒在血泊中的刁银兴痛苦万分、几近绝望。在他的视线中，战场上全是战友的尸体。战友何华强静静地躺在他的身边。刁银兴此刻痛苦地闭上了眼睛，他起不了身，疼痛遍布全身，绝望浸透了他的身心。这时的战场死一般寂静，但他的耳边突然响起了庄严的国歌声："……中华民族到了最危险的时候，每个人被迫着发出最后的吼声，起来！起来！起来！我们万众一心，冒着敌人的炮火前进。"他知道，这是他出现的幻觉。他也知道，他是一名革命战士，有战争就会有牺牲，就会付出一定代价。他更知道，他不是一个孬兵，他要前进。身负重伤的他以钢铁般坚强的意志，用还能动的右手拿起随身携带的急救包，简单地把左臂包扎处理了一下。他用尽了所有的力气，无法走动了，只好在原地等待救援。

一天过去了，又一天过去了，等待救援的刁银兴终于等来了希望——来了十几个打扫战场的人。但打扫战场的人因为还要完成其他任务，就给刁银兴留了一壶水和一包压缩饼干后说道："同志，我们没有能力救你，你身负重伤，我们也无法带你往前走，我们还有任务，你还得在此等救援的人，他们有担架，很快就会来的。"

刁银兴在煎熬中度过了一天又一天，他不敢多吃，也不敢多喝水，维持着生命所需的最低限度，等待救援的人。

"那段时间，我感觉自己像是身在地狱中，没有人说话，没有人走过，伤口越来越痒，自己身上的衣服被雨水淋湿又被太阳晒干，好像全世界就剩下我一个人，可我是革命战士，我要活着，我还要为我的战友报仇，把美帝军队赶回他们的老窝去。"刁银兴痛苦地回忆着。

第三天的时候，刁银兴终于等来了救援的人，并被抬了40多里路，到了第一兵站。医护人员对他的伤口进行了简单的处理后对他说："你身上有 17 处伤口，有几个严重的伤口我们这里没有能力给你做处理，我们要把你尽快转到第二兵站。"于是，刁银兴又被转到了第二兵站。

第二兵站的医院设在防空洞里，这里的医疗条件比第一兵站好很多，他们对刁银兴的伤口也做了认真处理。

"我记得很清楚，7 月 27 日终于停战了。我们也可以从防空洞里出来晒晒太阳了。那时，我才深深感觉到阳光、和平与自由是多么宝贵的东西。"刁银兴说道。

8 月中旬，部队用专列把包括刁银兴在内的伤员送回通化市，转入新城县十三陆军医院做进一步治疗。因住院的伤员太多，刁银兴被安排住进了分院。每天医护人员都会用担架抬着他到总院去换药，换完药再用担架抬回分院。

1954 年 5 月 1 日，痊愈的刁银兴终于出院了，算起来，从受伤到出院，他在医院里住了近 10 个月。出院的时候，主治大夫郑重地对他说："刁银兴同志，你的这只手臂千万不能再受伤了，否则你就会永远失去这只手臂的。"

出院后，刁银兴被送到哈尔滨阿成县健康七团进行恢复治疗。7 月 12 日，又乘专列到武汉，再乘船到四川内江拥军学校学习政治。1956 年 7 月，他被派到南充拥军学校学习。

"经历了这么多事情以后，尤其是经历了战场的残酷后，我更加体会到生命的宝贵，也深刻地体会到学习对于一个人的重要性。我从小就在地主家当长工，没有念过书，党和国家重视我们这些从朝鲜战场上下来的军人，给我们安排学校，让我们补充知识，就是想让我们在以后的工作中发挥更大的作用，这是党信任我，国家信任我啊。"刁银兴激动地说道。

从小没有接受过文化教育的刁银兴在学习上比其他人要吃力很多。第一年，为了赶上学习进度，他不放过任何学习时间，别人放假回家，他就在学校里啃书本，刻苦学习。等到第二年的时候，他在学习上已不那么吃力了，他还是4个班的党支部书记，每天的工作量依然很繁重。但在南充拥军学校学习的两年时间里，刁银兴几乎没有浪费一分钟的时间，坚持埋头在书本里，无论多么艰难，都没向困难低过头。

1958年8月，遵照国家指示，四川军校抗美援朝战后的残疾军人被统一安排到青海支边，刁银兴就是其中的一员。从此，他的后半生便与青海结下了深深的缘分。

新中国成立后，青海省委和省政府先后成立青海大学、青海师范学院、青海民族学院和青海畜牧兽医学院等几所高等学府。已经报了名要到青海师范学院的刁银兴却意外地被青海省公安厅招了干。不久，他和公安厅的干事张德成被分配去221基地报到。

刁银兴分配到221基地四工区，位于三分厂北边，主要任务是筹建保卫股，具体负责保密、保卫工作。刁银兴说："那时候的草原一片苍茫，辽阔而寂静，自然条件与工作条件都非常艰苦。我住在仅有的一张行军床上，白天收起来放在一角，到了晚上再打开睡觉。和南方不同的是，这里的冬天早早就来了，气温经常在零下二十七八摄氏度，在那么严寒和贫困的环境下，我的条件算是好的，很多人都住在羊圈和帐篷里。那时候每天夜里蜷缩着睡觉，常常被冻醒，才到这里半个月，我的全身上下都被冻伤，脸上脱了两层皮。尽管如此，工作还是在自我调适中一步步开展起来，始终不曾落后于其他工区。"

1959 年初，已经是四工区支部副书记的刁银兴不但要负责四工区的大小事务，而且还要给从河南内黄县支边到这里的 400 多人讲课，除了给他们讲保密工作的重要性，还讲一些青海的风俗民情，让他们尽快熟悉环境，对青海有一个简要的认识。

"那时候的四工区也是一个团结、热闹、不怕艰难困苦的大集体。金银滩的冬天，离不开烧火取暖的东西，煤不够烧是常有的事情，为了不让大家受冻，刁副书记就一次又一次地发动大家到草原上捡拾牛粪，劈灌木条子。由于早晚温差太大，初到这里的年轻人病倒了七八十人。刁副书记就将大家分成三组：一组照顾病号，二组负责巡查站岗，三组负责外出捡牛粪烧火。在寒冷的日子里大家艰难地坚持着，慢慢地适应了高原的气候。除了气候条件不适应，难住他们的还有饥饿。三年困难时期，粮食根本不够分配，正值青壮年的工人和干部们都无法填饱肚子，为了大家能够尝到一点荤腥，改善一下生活，刁副书记常带领大家上山抓捕野兔。"霍银臣说道。

221基地对中国有着非同一般的历史意义，因此被载入史册。作为221基地建设大军中的一员，在刁银兴的人生历程中，也有着刻骨铭心的记忆。

1959年7月，221基地被列为国家禁区，所有工作人员进出需要出示出入证，刁银兴被派到西宁印刷厂取出入证。

那个年代缺少交通工具，许多路要靠两条腿。刁银兴在返回的路上，好不容易搭上了一辆拉煤的车，而且也只能坐在车斗里。车行到多巴时，瓢泼大雨倾盆而下。可是，煤车像一头老牛一样喘息在大雨中，此时高原的夏天恍如是深秋的清晨，透着阵阵寒凉，刁银兴被冻得瑟瑟发抖。"我一直在数着时间，盼着车能够走快一点或者雨能够小一些，而那天的雨就像疯了一样，一直不停地下，为了不让出入证被雨水渗透，我只能用身体护着。到达基地已经是下午了，煤车在路上走了整整5个小时，我也被雨水淋了5个小时，为此，我患上了重感冒，继而引发肺炎住院，高烧一个星期后才退。"刁银兴说道。

那场重感冒差点要了刁银兴的命，病愈后，他经常感觉呼吸不畅，伴有咳嗽，但他一直没有当回事。直到1980年做检查才知道肺部有一块钙化的黑斑。直到现在，他连正常的肺活量吹测都做不了。

提起221基地，很多人都会把目光聚焦到那一朵绚丽的蘑菇云上，聚焦到在世界上确立了中国地位的核武器研制上，但还有很多人，为221基地的建设付出了他们的一生，甚至是生命。在一无所有的空旷草原，建设一个基地，各个方面的问题都需要考虑，都需要一个一个地去解决，比如厂房的建设，公路的建设，铁路的建设，生活区的建设，电厂的建设……

光，就是希望

是的，在221基地建设中，电厂的建设对于整个工程进度起着举足轻重的作用，只要有了电，就能解决柴油机发电时间短、电量小的弊端，很多机械化设备就能使用，就能满足生产用电的需要。臧美珍和徐守仁就是在这个时候赶赴221基地组建小电厂的。

在合肥见到臧美珍和徐守仁时，两人都已步入耄耋之年，虽然他们相差10岁，但两个人精神矍铄，神采奕奕。同时，两人都在四分厂担任技术工人，你一句我一句，那个年代热火朝天建设电厂的故事就展现在海姿的眼前。

臧美珍1951年参军，1956年转业到黑龙江二机部626兵工厂。1959年3月的一天，兵工厂领导找包括臧美珍在内的几个人谈话说："你们几位工作有变动，要调入新的工作单位，工作繁重，是搞尖端的，一般人去不了。你们几个经新单位工作组调查档案，符合调入条件，从今天起开始交接工作，处理个人事情，后天到齐齐哈尔，新单位工作组的同志们在那里接你们。"

和臧美珍一同前往齐齐哈尔的共有 50 余人，他们一起乘坐火车到北京，接待他们的是一位叫陈风同的同志，经过短暂的交流以后，便把他们安排在公安部招待所，让他们随时待命。

一个随时待命让他们一待就是两个星期，大家都去找陈风同问原因。陈风同说："我知道大家很急躁，也知道大家到新岗位上的迫切心情，但现在没有车拉我们去新单位，等过段时间有车了，我们就出发。"

4 月初，50 多人坐着火车经过几天几夜的颠簸终于到达兰州，那时候，兰州办事处正在接待和转运从河南来青海支边的青年，他们一行人在兰州又耽搁了 20 多天。

从兰州到西宁后，他们并没有立刻去新单位，而是安排在西宁机械厂学习待命，工作任务是安装羊毛烘干机和石轮粉碎机。他们在这一干就是 10 个月。

被一同安排进西宁机械厂的还有从济南军区直接转业进 221 基地的徐守仁。那年，徐守仁只有 21 岁。

1959 年 3 月，徐守仁从济南军区转业后，直接分到了 221 基地。比起臧美珍，徐守仁奔赴西宁的过程简单很多，他从济南坐火车到达兰州，又坐着解放牌敞篷大汽车从兰州办事处颠簸到了西宁，也被安排进西宁机械厂学习待命。

虽然他们来自不同的地方，但他们曾经有一个共同的身份——军人。

军人以服从命令为天职，他们一边学习设备安装，一边待命，做好随时出发的准备。1960年2月，他们接到回新单位的通知，便乘解放牌敞篷车前往221基地。

高低不平的沙土路，飞扬的尘土，越来越差的路况以及越来越冷的气候丝毫没有影响一行人的决心。等到达目的地时，他们个个浑身上下都是土。抬头一看，一片黄草滩，四野苍茫，几条狭窄的土路朝着不同的方向延伸了出去。臧美珍看着眼前的一切，说道："还算不错。"

接待他们的领导说："好！今天来的新同志，是第一批到这里修建电厂的人，我们已经给你们准备好了招待所！"

所谓的招待所其实就是地窝子，但在荒草漫漫的金银滩，已经是很好的住处了，比起先前来这里住帐篷的人，他们算是有"房子"住的人。

两天后，作为第一批安装小电厂的工作人员，他们接到了通知，由4个刚从上海学习安装锅炉技术回来的师傅带队，分别组成4个小组，领了必要的工具后便投入到了紧张的小电厂安装工作中。

刚到海拔3200米的高原，大家都不适应，普遍出现头晕、头疼、流鼻血的症状。而就在这时，他们接到命令："五一"必须要发电！

有人说，高昂的精神可以压倒一切艰辛。为了能够按时发电，大家克服人手少、劳动量繁重的困难，争分夺秒地干活。"那时候一切服从组织，组织叫干啥就干啥，还要抢着去干最苦最累的活。工作进入紧张状态，身体上出现的症状也随着紧张的工作而减轻，大家撸起袖子加油干，为的就是完成组织交给我们的任务。"徐守仁说道。

安装小电厂时，遇到的困难很多，吃、喝、住、行全都是问题。首先是吃不饱，饿着肚子，晚上加班干活。领导关心大家，到了晚上11点多，就给每一位加班的工人发一碗用干菜叶子泡的酱油汤，上面漂的全是虫子。就这样的汤，每人也只有一碗，外加一个小馒头，想多喝也没有。尽管饥饿难忍，他们还要节约一部分粮食支援灾区，因为全国各地都在闹饥荒。

安装小电厂时，春节刚过，草原寒气逼人，为了保质保量完成任务，他们想尽一切办法克服种种困难。在14个人住的一顶帐篷里，全是地铺，拥挤的空间让本来就小的帐篷变得更小。喝水只能扛着大棍子、洋镐、麻袋到麻匹河去砸冰，然后把冰放入麻袋抬回来。回到帐篷，把冰放入大桶，放置到他们自己用碎砖头垒的土炉子上化开。没有煤炭，就动手劈灌木干条，捡牛粪。没有电，就靠蜡烛照明。

春节过后，也是金银滩草原狂风肆虐的时候，烈风就像鬼哭狼嚎一样，发出瘆人的声音。帐篷的骨架就像是下到开水锅里的面条，似乎下一刻就要被掀走了。有一次，炊事员头天晚上发了面，准备第二天早上蒸馍馍，不料第二天天没亮大风就发了疯似的刮起来，因为伙房是用草搭起来的，如果生火很容易引发火灾，大家只好饿着肚子干活。本想着中午过了风就会停，没想到风就像是故意在刁难他们，可劲儿地刮，丝毫没有停下来的意思。无奈的他们忍着饥饿继续干活，饿得大家肚子咕咕乱叫。这时，有人就说："三顿合一顿吧，晚上一起吃。"到晚上，风还是刮个不停。这时，徐守仁想了一个办法，他从外面找了一块石板支在帐篷里，在下面生了火，等石板烧热了，便把面团子打成薄片放在上面烙起来，不一会儿，饼子就熟了，大家一边吃一边烙一边说说笑笑，有一个同事说："这是咱金银滩的风味，北京的饭店都尝不到哩。"

"那时，我们每一个人都有着坚定的信念，自己动手，自力更生。因为有着坚定的信念，也因为党员的引领作用，我们大家有活抢着干。住帐篷、咽苦水、饿肚子、战严寒，经受的苦难是难以想象的。然而，我现在回想起那时的生活，却说不出那种苦是一种什么样的苦，反而让人心生温暖。"臧美珍说道。

随着小电厂的即将竣工，基地架设高压线路的工作便提上了日程。这项任务由水电队承担。全体职工不分内外线，一起协助工作，分组分片包干赶工程。技术员李凯所在的班负责十厂区内的高压线架设。

李凯是一名优秀的电工，对于在 221 基地工作的经历，同样感慨万千。

李凯 1948 年参加革命，1952 年转业到某工厂成为一名电工。1959 年的一天，组织找他谈话，问道："要调你去西北工作，你有什么要求？"

"我是一个共产党员，调动工作怎么能和组织讲价钱，我什么要求也没有。"李凯毫不犹豫地回答道。

"从现在起，你就不要上班了，去做一些准备工作，回老家看看父母，安排一下家里的事情后尽快去报到吧。"领导关切地说。

李凯从报纸上看到过一些介绍大西北情况的文章，打行李时便多带了一床被子作为住帐篷的备用。

经过 10 多天的走走停停，李凯终于到达兰州。在兰州休整了几天以后，他们一行 9 人坐上了开往西宁的汽车。

汽车一路向西顺着黄河在盘山道上前进，在李凯的眼里，越往西越荒凉，沿途的山都是光秃秃的，没有树也没有草，被风刮起的沙石打得汽车玻璃啪啪响，天是灰蒙蒙的。看到大西北荒凉的生存环境，李凯感慨地赋诗一首："西北高原风沙大，刮起满天飞黄沙，大风刮得满脸土，刮得山头光秃秃。我来西北决心大，不怕风大和土沙，发奋创建新天地，建好我们新国家。"

下午三四点钟的时候，几个人终于来到 221 基地的办事处报到。没过多久，他们就被安排进基地并投入紧张的基地建设中。

对于架设高压线路的工作，李凯他们在之前工作的水电队已经积累了足够的经验。就在他们刚到基地不久，为了满足基地建设的需要，也为了便于筹建处与厂区施工现场的联系，需要架设一条临时通信线路，领导要求他们一周内完成。为了按时完成任务，水电队内、外线师傅齐出动，在十几公里的线路上一字排开。30米一根电线杆，上午挖完坑，下午由两人抬一根电线杆往线路上送。最远的要从十八厂区扛到海晏县筹建处，再栽好。第二天就开始上杆架设线路，当时工具非常紧缺，一个班只发一把钳子和一个锤子，大家积极想办法，捡石头当锤子用，仅三天时间就把通信线路架了起来。这条线路投入运行后极大地方便了工作，也为221基地建设发挥了很大的作用。

架设高压线路的要求比架设临时通信线路的任务更加艰巨，执行任务之初，领导就曾说："配备运输设备的事你们就别想了，一律自己想办法。"

没汽车，没吊装设备，从加工厂把高压线杆运到十厂区十分困难。杆子12米长，一根电线杆有300多斤重，全是从内地新砍伐下来的落叶松，运过来时枝杈上的树叶还是绿的。没别的办法，只能靠人抬。

李凯走过架设高压线路经过的地方，草原一如既往地美着，远处正在修建的房子在李凯的视角下，缩小了很多倍，所有的工作似乎变得容易和轻松起来，但大家心里清楚，每一块砖，每一立方米所需的成本和人工都要放大很多倍，就如架设高压线路，远远望去，是眼界的这头到那头的距离，但实施起来却困难重重。大草原上没有路，坑坑洼洼，走在低处的人被压得直不起腰来，走在高处的人使不上劲，深一脚浅一脚的，加上肚子吃不饱，高原缺氧，8个人抬一根电线杆都异常艰难。一天下来，只能抬两根电线杆。为了能按时完成任务，李凯带领全班同志，先挖坑，再运杆。草原的土层下是黏土和石头，又硬又黏，而高压线杆的规定坑深是1.2米，挖坑耗费了他们不少力气，但大家硬是咬着牙克服种种困难，按时完成了高压线的架设任务。

1960年"五一"劳动节，小电厂如期建成投入发电。但是发的电还是不够用，为了迎接1963年的"草原大会战"，安装队又加班加点，投入到大电厂设备的安装工作中。

安装大电厂设备时，厂领导从各处调来一些职工配合安装，但大多数人都是外行。为了按时发电，大家边摸索边学习，边学习边积累，通过勤学苦练，工作状态从开始的停滞不前向逐步推进转变。在安装一号机组过程中，干得最多的便是弯钢管。那个时候没有那么多定制的产品，钢管运来时都是一节一节的直管，粗细都有，最粗的主蒸汽钢管直径大约有40厘米，管壁厚度超过1厘米。而这些钢管都要根据设计需要手动弯。没有弯钢管的设备，怎么办？只能群策群力，采用土方法弯管。

工人师傅首先按照设计需要的弯度在钢板台上焊几个

立柱，方便弯管时固定。然后为了保证在弯管时不出现死折或偏离，需先在钢管里灌满沙子。第三步把填满沙子的钢管放在炭火上烤红。最后把烤红的钢管一端固定在钢板的立柱中间，一端用卷扬机牵引使其打弯。为了达到设计要求的弯度，就要反复进行炭火烤红和打弯的步骤。弯管的过程中，细管子比较容易操作，但主蒸汽钢管光往管道里灌沙子、砸实的过程就需要三四天的时间，纯粹是力气活。

"那个时候，肚子吃不饱，干活就没有力气，怎么办，勒紧裤腰带，不能因为饿肚子而影响'草原大会战'。"徐守仁说。

经过艰难的摸索，总算把1号炉和1号机两个设备安装了起来。值得骄傲的是，安装的整个过程，徐守仁他们没有依靠安装公司的专业人员，全靠自己的智慧和力量。安装2号炉和2号机时，基地领导从内地安装公司调来了一部分技术人员，带领基地职工完成了安装工作。

在大电厂的安装过程中，最为精彩和难忘的，算是大电厂的启动发电过程。大家忙了近3年的时间，就是在等待这一刻的到来。而见证这一历史时刻的，就包括来自河南省清丰县柳格乡五成村的张瑞林。

1959年4月，张瑞林作为支边青年来到了青海，来到了高寒的金银滩草原。当年，张瑞林是顶着父辈们的压力报名到青海的，因为村人们一直以来延续着"在家千日好，出门一日难"的老习惯。一听说要到大西北搞农业，偌大的一个村子，除了包括张瑞林在内的五个人，没有人愿意报名。

从张瑞林自豪的表情来看，去青海可能是他最为荣耀一生的决定，对于那段激情燃烧的岁月，他娓娓道来，尽管发生了让他意想不到的事，但他的乐观和豁达至今让海峦难以忘记。

"那时候，我也很矛盾，如果我不离开家，意味着就要饿肚子。而一旦离开家，所有的困难都要自己面对，再也没有家人给你做后盾。那个年代，全国都在闹饥荒，哪都吃不饱。但我是个男子汉，我们河南人唱的豫剧《穆桂英挂帅》中，穆桂英在国家危难的时候都勇敢果断地披挂上阵杀敌，何况我们都是正当年轻的男子汉，岂不更应该为祖国的建设做贡献。"张瑞林感慨地说道。

张瑞林分到电厂的时候，已经到了1961年。之前，他参与的是电厂厂房的修建工作，是一名钢筋工。他到电厂以后，被安排到列车发电站上班。两列列车发电站都需要烧煤，为了保证列车发电站的正常运行，一个班十来个人，两班倒，昼夜不停地工作。

大电厂的安装工作完成以后，大家就开始准备大电厂的启动发电。大电厂发电功率大，需要两台列车发电站、小电厂以及柴油机共同作业才能带动大电厂的启动。为了大电厂正常启动，电厂所有的人在最后的攻坚阶段几乎不休息，一遍一遍地检查配件和可能发生事故的主要工序，大家的努力最终于得到回报，大电厂顺利启动发电。

"大电厂的成功启动，是激动人心的时刻，标志着我们可以正常用电，很多工作也可以在夜间进行，这对于即将到来的'草原大会战'，起着决定性的作用。"张瑞林的话语中带着激动和兴奋。

从没有电到两台 2000 伏的列车发电站发电，再到小电厂发电，最后到大电厂启动发电，只用了 5 年的时间。大电厂投入运行开始发电的那一刻，很多男儿的眼眶湿润了，多少个日日夜夜，多少需要他们面对的困难，他们都没有流泪，而此刻，这些铮铮铁骨男儿，流下了激动的泪水，这泪水是甜的，也是幸福的。

大电厂启动以后，每天需要大量的煤炭，张瑞林便被分配到卸煤队工作。卸煤队的工作量非常大，比如 50 吨的车皮，四五个年轻人卸车，按规定必须在一个小时内卸完。因此，每卸完一个车皮，年轻的小伙子们便累得满头大汗，衣服都湿透了。但是仍不停地抓着铁锹卸煤，时间久了，两只手上的血泡变成了裂口，再到后来，都变成了好不了的大血口，铁锹把上的血色和煤炭的黑色夹杂在一起，变成了黑红色，泛着亮光。

大电厂每天耗煤量五六节车皮，每节车皮的装煤量五六十吨。最繁忙的时候，一天到货几十节火车皮，到货的车皮大小不一，有长有短。有时十几节车皮，有时八九节车皮。五六十吨的车皮，由五六个年轻人卸煤，时间非常紧，仅靠一台推土机和人力完成。卸煤队的工作人员每天最少得卸三趟煤，不管累与不累，只要车皮进来了，卸煤人员就必须到位，及时卸车，保证列车按时开走。

"在卸煤队工作了不久，我们全都变成了煤黑子，分不清眉眼。就连熟悉我们的人进来，都分不清我们谁是谁。"张瑞林说道。

1964年，基地引进了一台坦克吊车，后又引进了一台柴油吊车，这就大大解放了卸煤工人。1968年，基地又进了一台龙门吊车，这样一来，卸煤队的工作人员只负责清理车皮就可以了。不久，张瑞林就被调去开龙门吊车。

除了张瑞林，会开龙门吊车的还有他的同事尚喜峰、吴发生、陈顺堂、王震中、李海寿等，几个人倒班开，工作相对轻松了很多。

由于龙门吊车走的是轨道，每次卸完煤都必须要清道，不然吊车就无法行走。1974年12月的一天，天上的雪下得比往常要大很多，同事李海寿吃完晚饭回来，看到已经卸完煤的车皮里还有一些残留，便上到吊车上准备再清理一下。而这时候的张瑞林看到轨道上撒的煤渣有一人多高，已经严重影响了吊车的运行，于是上前去清理轨道上的煤渣。由于是晚上，照明设备差，李海寿坐在龙门吊车上，距离地面又比较远，根本看不清地面的情况。结果他将吊车开过来后便压住了张瑞林的左脚。

"多亏我当时穿的是皮裤，由于右裤腿同时绞进吊车的齿轮里将其卡死，才迫使吊车停了下来，不然，我就不只是断一条腿那么幸运了，而是早就成肉泥了。"老人豁达又爽朗地笑着说。

如今的张瑞林已经残疾了40多年，一直工作到退休。对他来说，这一辈子能和221基地结缘，值了。

大电厂运行后，整个221基地白天一片繁忙，夜里灯火通明，彻底缓解了221基地的供电状况。在那段艰苦的岁月里，大电厂不但为大家带来了光亮，同时也送来了温暖。

随着大电厂的启动运行，水厂的供水量也随之加大，但总厂用水量也很大。1961年打的几口深井，一直处于满负荷运行状态。为了保证供水量，需要有经验的电工师傅每天值班来保证水厂工作稳定运行。于是，李凯和其他5个老师傅组成了三个班，施行三班倒。

"那时草原的地下水位很高，每个班巡井时，需要穿高勒水靴蹚水检查。水厂修建的位置很偏，周围什么建筑都没有，人迹罕至，但水草丰美，经常有狼出没。由于水厂没有值班室，我们晚上值班时只能待在泵房的墙角。"李凯说道。

李凯思索了很久以后又说道："我记得1961年底，水厂打出的深井开始陆续投入使用，可以往十八厂区供水了，但从水厂往总厂送水的管道还没有铺设。我们接到任务后便开始挖沟，挖沟需要耗费巨大的体力，那个时候大家都饿得没有力气，正好又是冬天，地冻得硬邦邦的，一洋镐下去就只有一个白点，进度自然慢了很多。有一天，我们正在刨土，李觉局长来了。他披了一件军绿色的大衣，很客气地对我们说：'老师傅们在挖沟啊！'大家看到李觉局长来了，也纷纷和他打招呼。只见他将脱下的大衣扔在土堆上，下到沟里说：'我刨几下。'说完拿起洋镐就干了起来。已经50多岁的他，刨了一会儿就气喘吁吁地说：'现在国家困难，大家都吃不饱，慢慢干吧，能干多少就干多少，不要太累了。'大家听了李觉局长的话心里都热乎乎的，觉得领导能理解我们工人的疾苦，很受感动，反而干得更有劲了。"

供水系统全面打通后，草原到处一派繁忙景象。此时，从总厂到七厂等南北区域的建设已经初见规模，但通往各个厂区的路还是沙土路，麻匹河上没有桥，致使南北两岸的交通非常不便。厂领导决定，打通南北区域的交通网。

交通网全面打开

修路和修建大桥的任务交由工程兵54师所属团完成，工程兵54师则把任务交给了×××工程团。

1963年3月，李忠春随×××工程团奔赴金银滩草原。一路上，军车浩浩荡荡，经过几昼夜的颠簸，终于到达221基地。金银滩草原给李忠春的第一印象是荒凉的，也是空旷的。进驻221基地以后，工程团便立刻进入了紧张的工作状态，他们不分昼夜，挖地基、轧路、铺路、建桥，在他们的努力下，基地的交通网逐步形成。

生于 1940 年的李忠春来自河南登封县送表公社南坡村，在那个饥饿和战火并存的年代，能够吃饱肚子是全家人唯一的奢望。因此，不到 7 岁的李忠春就到地主家当长工，以此来补贴家用。

童年的李忠春是在饥饿的煎熬中度过的，一碗不稠不稀的玉米糊糊就是一顿早饭，中午两个馒头，晚上清汤寡水的一碗面中调进一点蒜汁就算是改善生活。

"我们一家七口人，弟弟和两个妹妹还小，年幼的哥哥和我去给地主当长工，尽管我们努力做事，也只能做到不给家里添负担而已。那时候我吃完早饭就去山上放羊，直到太阳落山才能回去。那段时间，记忆最深刻的就是饿肚子，夏天好一些，饿了就吃点生野菜、野果等；冬天日子就非常难熬，山里经常下雪，雪一下起来就没完没了，又冷又饿，只能躲在破烂的小茅庵中苦熬。"李忠春说道。

幸运的是，在地主家放了三年羊的李忠春因为中华人民共和国的成立而脱离了苦海，他终于可以回家帮助父母亲务农。尽管生活比以前好了些，但对于一个刚刚从苦难中走出来的家，面临的困难仍然很多。李忠春所在的南坡村属于山地，缺水，靠天吃饭，收成自然很不稳定。为了改变家里的状况，六年之后，十五岁的李忠春便到离家十几里的小煤矿做活儿，接待他的是一位中年男性。

"你是哪个村的？"

"我是南坡的。"

"今年多大啦?"

"俺已经十五了。"

"瘦得跟干柴一样,你能干动活?"

"我不到七岁就给地主当长工放羊,啥活都能干。"

"唉,也是苦命的孩子。这样吧,看你这身板,就甭到井下挖煤了,你就守在井口绞辘轳,负责运送工人,不过,那也是力气活,你能干不?"

"能干,啥活俺都能干。"李忠春坚决地说道。

到小煤矿上班的李忠春不怕吃苦,特别能干。尤其让他高兴的是,每顿可以吃饱饭。为了让家里的父母也能缓解饥饿,李忠春把食堂每顿发给他的馍馍晾干攒下来,一个星期往家里送一次。

在煤矿上工作了三年,每天不再为饿肚子发愁的李忠春也长了见识,他有了"走出去,到更广阔的世界去闯一闯"的想法。

1958 年 12 月,李忠春如愿以偿,成为一名工程兵,迈开了他要走出去闯一闯的第一步,也迈开了他人生的第一步。

这一去,就是 30 个春秋。

从此,李忠春跟随部队转徙大江南北,在部队承担的许多建筑任务中贡献着自己的一分力量。甘肃的酒泉、新疆的大漠、内蒙古大草原、延安等地,都留下了李忠春的足迹。他很清楚,自己是一名工程兵,哪里需要就要到哪里去。他们盖过学校、监狱、厂房、大礼堂，也在人民财产受到严重威胁的时候，为抢修水库大坝而挖过引洪渠。他烧过砖，打过土坯，参与过大江南北很多楼房的建筑，但最令他引以为傲的，还是参与221基地的基建工作。

1963年的草原一派繁忙景象，生活区已经初见规模。李忠春随团进驻221基地以后，就投入到了忙碌的基建工作中。

"刚到221基地的时候，除了以前牧民们走过的沙土路外，没有任何路。我们不分昼夜挖地基、轧路、铺路。修路主要靠地基，地基打得好，路就修得牢固，因此，一块一块的铺路石都是人工砸出来的。一天下来，满手都是血。我可以自豪地说，我们工程兵修的路，可以做飞机跑道。"李忠春说道。

生活在现代的人无法想象那样的苦，但是经历过那种苦难的人，却有着超乎想象的乐观心态，这源于他们坚定的信念。对于部队的军人来说，命令一下，连长、指导员、排长齐上阵，他们在极其艰苦的环境中工作，那热火朝天的劲头，就只怕自己落在后头。这就是信仰的力量。

在修建二厂区到六厂区的柏油道路时，李忠春所在工程连遇到了一大片沼泽地，那时草原地下水位高，低洼处都是一片又一片的沼泽。为了修路基，需要推土机在沼泽上先把草皮推开，但因为推土机太重，很容易陷进沼泽里。推土机三分之一都陷进沼泽了。李忠春急忙向连长报告。为了把推土机拉上来，把二连的两台拖拉机调了过来，结合了一个连的力量和两台拖拉机。由于推土机太重了，不但没有把推土机拉上来，反而把两辆拖拉机也全部带进了沼泽地。

眼看着三台设备都陷进了沼泽，团长立刻通过多方协调，调来了吊车，一半人力，一半机械，费了九牛二虎之力才慢慢地把三台设备拖了出来。

"我们之前干过的工程没有遇到过这种情况，所以差点吃了一个大亏，现在想想当初的那个场景，真的是惊心动魄。"李忠春说道。

修筑电厂南面的那条柏油路时，工程连又遇到了沼泽地。这次有了前车之鉴，他们不敢再盲目用推土机了，而是在沼泽地里填了100多车鹅卵石，把路基垫了起来。在修筑六号哨到九厂区这段柏油路时，工程团的大型设备发挥了巨大的作用，他们利用推土机、拖拉机、铲土机、吊车这些今天看起来再寻常不过的设备劈坡填沟，大大提高了工作效率。让很多一直靠人力完成任务的工人们刮目相看。

在修路工作进行得如火如荼的时候，初见规模的221基地的工作和生活已经进入正轨。二厂区、六厂区、七厂区等试验厂区修建在麻匹河南岸，十八甲区则建在麻匹河北岸，以致严重影响两岸交通的弊端逐渐显现出来。为此，基地领导决定在麻匹河上修建大桥的计划开始实施。

大桥的图纸很快就设计出来了，那是一座简单的单跨梁桥。然而在工具简陋的年代，要在水流湍急的麻匹河上修建一座单跨桥梁，面临的也是艰难的挑战：首先要用抽水机把河水引到其他地方，然后在修建桥的地方先扎桥墩，把人工搅拌好的水泥不间断地现浇上去，现浇成一个整体才能保证桥墩的质量。

为了保证在最短的时间内修建一座质量最好的桥，基地负责人组织召开了一次由设计方、基地相关责任人、具体负责施工方三方相关负责人参加的会议。

"大桥的设计采用了比较简单、实施起来相对容易一些的单跨桥梁。为了保证桥墩的质量，我认为除了抽泵引流麻匹河的水，还必须要使用现浇，这样才能保证水泥没有接缝，水泥凝固的整体性保证了，桥墩的质量才能保证。"设计师通俗地给大家介绍道。

"麻匹河的水流可以通过抽水泵引流，作为施工方的××工程团，你们的工作任务很艰巨，在施工过程中，可能会遇到这样或那样不可预见的问题，你们身上的担子还是很重的。"李觉听完设计师的话说道。

"是啊，尤其是桥墩的现浇过程，那可是要不间断地进行，还有一个需要注意的问题，就是夜晚的气温很低，要保证水泥的质量，就要保证温度。这也是大家需要考虑的问题。"吴际霖补充道。

"首长放心，保证完成任务。我们××工程团已经承建过不少大型建筑任务，你们所预料的问题我们××工程团一定想办法克服。就比如水泥的保温问题……"

会议在大家的群策群力下结束了，一场如火如荼的大桥修建拉开了序幕。

　　为了引流麻匹河的水，李忠春所在的连队动用了七台大功率抽水泵昼夜不间断地进行引流，但河水依然不停地往外冒。

　　"营长，河水不停地从地下往外冒，已经严重影响挖根基的进度。"连长对营长汇报道。

　　"我眼睛盯着呢，一个连不行就两个连，两个连不行就三个连，哪怕是全营一起上，根基一定要挖深，扎牢！"营长的声音就像是一头雄狮的吼叫，瞬间穿透在金银滩夜晚的天空。

　　集三个连的兵力，即便地下水不停地往外冒，终也抵不过大家打桥墩根基的速度，经过七天七夜昼夜不停地奋战，桥墩的根基终于打好了。

　　"想想那场景，真的是热火朝天，这边一个连队的人不停地拌混凝土，那边则不停地进行浇灌，为了保证混凝土的质量，在夜晚气温下降的情况下，架几口大锅烧热水，用热水拌混凝土，以保证混凝土的质量。我们三班倒，精神养足就上阵。虽然大部分的河水都引流了，但一下到河床，脚底下就冰凉冰凉的，尤其是到了凌晨，河水就像是长着一根攻击全身的藤蔓，刺骨的冷从脚底下一直往上蔓延，侵袭你的全身。可那时候谁还顾得了这个，上阵就如同上了战场，战士们都憋足了劲儿在干。"沉浸在那峥嵘岁月里的李忠春说道。

桥墩根基打好以后，桥身面临的困难就不再是困难。经过两个月的时间，1963年10月，凝聚着3个连队战友汗水的大桥正式竣工。

大桥横跨麻匹河两岸，在清晨第一缕曙光的照耀下，泛着青灰色的光，麻匹河湍急的河水穿过大桥流向远方。由于大桥的南边就是七厂，221基地的人们习惯把这座桥叫"七厂大桥"。这座承载了无数人青春、欢笑以及痛苦的大桥，成为221基地所有人永远挥之不去的记忆。

公路网和七厂大桥的建成标志着221基地的基础建设进入了尾声。随着基地建设逐渐完工，生产、生活设施逐渐配备齐全。供电、供水、供暖基本走上了正轨。221基地各方面的条件都有了很大的改善。随着国家经济状况的好转，基地开始供应副食品。1964年初，"草原大会战"即将拉开帷幕，大批科技人员和科学家也随之而来。北京九所的科研人员除理论部留在北京之外，其他人员全部相继迁入221基地，科研生产全面展开，221基地进入科研生产的黄金时期，那也是金银滩草原最让人难忘和怀念的岁月。

从1958年的三顶帐篷开始，便有大批人马陆续进驻221基地，支边青年、军人、技术员，还有科学家，他们从祖国的大江南北涌入这片草原。从一无所有到五脏俱全的封闭型小社会的形成，从地窝子、帐篷，鸟枪换炮住进平房、楼房，十八个厂区的相继建成，仅仅用了六年的时间。这对气候条件极其恶劣、交通极其不方便的金银滩来说，是一个奇迹，更是中国人民自力更生、艰苦奋斗优良传统的完美体现。在这种精神的鼓舞下，221 基地的所有人勇于奉献、甘于奉献的红色精神，直到今天依然需要我们去学习、去传承。

221 基地在全国各部门的大力协同、配合之下，战天斗地，干劲冲天，不久便换上了新的容颜。这一切都为1964 年 3 月要进行的"草原大会战"打下了坚实的基础。而李忠春所在的 ×× 工程团因为完成了它的历史使命而撤出 221 基地。李忠春正式转业，被分到 221 基地修缮队工作。

李忠春从一名军人转业成为普通工人，作为一名共产党员，情愿留在条件艰苦的金银滩草原的决心是义无反顾的。他说："我们修缮队负责全厂所有工号的修缮任务，依然是哪里需要就到哪里去。"在 221 基地工作的 30 多年里，李忠春带着他班里的同志走遍了基地的角角落落，他们修缮过厂房，抢修过工号，足迹遍布整个基地，如果遇上紧急抢修，他们便和时间赛跑，加班加点进行抢修。就如李忠春说的那样："我们修缮队的每一个人都没有叫过苦，没有喊过累，更没有因为有些工号可能存在毒性或者辐射而退缩过。任务紧的时候，每天至少十几个小时都在工作中，但我们从没有辜负过党交给我们的每一项任务。"

时隔多年，当他再次从养老地合肥回到金银滩草原，走在他曾经走过无数次的西海镇马路上，无限感慨地说道：

"我终于回到了令我日夜想念的地方，我为自己能留在 221 基地做过一件这么光荣的事情而自豪，也为我是一名光荣的共产党员而自豪。"

2017 年立春那天，李忠春永远离开了他的亲人和他心心念念牵挂的金银滩。在他坎坷的 76 年中，经历过旧社会的苦难，也参与了祖国核事业的建设，并深切地感受到了全新的中国正健步向前的雄姿。他和大多数在 221 基地工作和生活过的人一样，一生是不平凡的，却又是那样默默无闻。很多人在这个地方付出了生命，很多人直到生命逝去的那一刻，都没有留下只字片语。

和李忠春一样离开人世的还有李凯。李凯于 2013 年过世，过世之前，李凯说："我只是一名普通工人，没有什么文化，更不懂科学研究，但是这一生我能和祖国的核事业联系在一起，能为祖国的国防事业献出自己的力量，感到很光荣。"

2018 年秋，居住在成都的赵莲娣带着核二代海娈去看望李竹林。曾经多次通过电话采访李竹林的海娈见到他本人的时候，李竹林老人已躺在了病床上。当她一次又一次地告诉李竹林自己是海娈时，意识模糊的李竹林老人不停地点着头，却已经无法和海娈说一句话。老人心里知道海娈是 221 基地的后代，也被海娈的执着感动。海娈与老人告别时，老人眼里浸满泪水。不久，91 岁的李竹林与世长辞，这位在 221 基地担任动力处处长的老人，在 221 基地初建中立下汗马功劳的老人,除了在海娈访问整理的《红色记忆》里留下了他的事迹之外,几乎看不到和他有关的文字。

刁银兴已经91岁了,如今生活在四川的他身体依然健朗,他经常资助生活贫困的人,即便自己已经步入耄耋之年,但依然用一个共产党员的标准严格要求自己。在他的心里,是党带给他新生的力量,他为党付出一切也是义不容辞的。

芦丕箱、臧美珍、霍银臣已经去世,姚振明、徐守仁如今都过着幸福的老年生活,让他们感到最为骄傲的是,在原子弹和氢弹响彻天宇的声音中,有他们的一分贡献,尽管他们觉得这贡献小到可以忽略不计。

在九厂区东面的山坡上,当年的工程兵战士曾经用鹅卵石摆出了"艰苦奋斗,发奋图强"八个大字,每个字有十多平方米大。如今,很少有人知道这里的八个大字,但我想,那正是基地建设者们当时的精神状态,也是当下我们所要传承和继续发扬的一种精神。

第二章
凝固在草原的回响

1964 年 10 月 16 日。

这一天对于中国来说，代表着崛起的开始。这一天，中国新疆罗布泊，一朵火云在一声轰鸣中翻腾、变幻，它的光芒撕破天幕，它产生的影响瞬间蔓延在地球的每个角落。

当日，《人民日报·号外》头题：我国第一颗原子弹爆炸成功。文中说道："一九六四年十月十六日十五时，中国爆炸了一颗原子弹，成功地进行了一次核试验，这是中国人民在加强国防力量、反对美帝国主义核讹诈和核威胁政策的斗争所取得的重大成就。

"保护自己，是任何一个国家不可剥夺的权利，保卫世界和平，是一切爱好和平的国家的共同职责。面临着日益增长的美国的核威胁，中国不能坐视不动。中国进行核试验、发展核武器，是被迫而为的。"

一声巨响惊醒西方大国，他们终于明白中华人民共和国即便在百废待兴的艰难时刻，依然可以发挥出巨大的潜力，依然可以屹立于世界的东方。

在这一声巨响的背后，几万人的大军在亘古荒凉的长城脚下，在海拔 3200 米的茫茫草原，在一望无际的戈壁大漠，饱受岁月的艰辛。他们克服种种困难，经受住生命极限的考验，在物资极度匮乏的年代，顶着饥饿日夜不停地奋战在一线。可以说，在他们踏过的每一寸土地上，都浸透着他们的汗水和鲜血，那是和生命紧紧相系的。

这颗威力巨大的原子弹，代号为 596。

在原子弹研制的艰辛历程中，位于燕山山脉长城脚下的工程兵靶场被用于小型爆轰试验，代号为 17 号工地。

这里，曾是一片古战场，历史的硝烟似乎还没有散去，金戈铁马的厮杀依然回响在这片土地上。这里，是原子弹研究爆轰试验的场地。

当西方国家的威胁就要冲破历经几千年风霜雨雪的巍巍长城时，漫漫攻坚之路便从这里开始。

1957 年 10 月 15 日，中苏签订《国防新技术协定》，苏联应允在原子能工业、导弹、火箭武器、航空新技术以及导弹和核试验基地建设等方面对中国进行援助。苏联将于 1957 年至 1961 年年底，为中国提供原子弹教学模型和图纸资料，以及提供 P-2 导弹样品和有关的技术资料。

然而，当中苏签订的《国防新技术协定》的余温还没有散去，在不到两年的 1959 年 6 月 20 日，苏共中央致信中共中央，拒绝提供原子弹教学模型和技术资料。同年 8 月 23 日，在二机部工作的苏联专家全部撤走。

此时，远在青海的 221 基地，1279 户 6700 多名牧民，赶着 17 万头牛羊，已经搬离世代居住的金银滩草原。

此时，7000 多名从河南支边到金银滩草原的青年已经投入 104 建筑公司和 103 安装工程公司承担的基地施工任务中，还有 2000 多名退伍战士也充实到了 221 基地的建设中。

消息传到北戴河，毛泽东说："我们要下定决心搞尖端技术，赫鲁晓夫不给我们尖端技术，极好！如果给了，这个账是很难还的。"周恩来向宋任穷传达中央决策："自己动手，从头摸起，准备用八年时间搞出原子弹。"

苏联毁约停止援助，中国原子能事业建设造成的严重损失和面临的巨大困难是难以估算的。按照中苏协定，苏联应援助中国建设 30 个核工程项目。但有 23 个项目都没有完成协定义务。由于苏联撤走专家，停止设备材料的供应，有 9 个工业项目被迫停工，成了半拉子工程。其他一些即将建成的工业项目或者缺少某些配套的设备、仪表，或者缺少某些图纸资料，推迟了建成投产时间。在工程设计方面，已经完成或基本完成的 16 个项目中，还存在文件资料不完整、技术存疑、图纸差错等多方面问题。特别是还有 14 个工程项目，因中国设计人员对其中许多核心技术尚未掌握，必须从头做起，难度相当大。设备、仪表、材料供应方面存在的问题也很多，据统计，30 个项目中，已经供完或基本供完的只有 13 项，只供应了一部分的有 16 个项目，有一个项目完全未供货，特别是一些关键设备和新技术材料未到货，致使一些工程无法形成生产力，迫使中国不得不组织力量重头研制生产。

兄弟般的关系已经结束，这让中国人更加明白了一个道理：指望别人来铸造核盾牌是不可能的。

1960年1月，中共中央批准二机部从全国选调105名高、中级科技骨干，加强核武器的研制工作。

苏联人走了，九所原本为苏联原子弹样品所盖的仓库，派上了新的用场。105名干部坐在这间仓库的空地上，听宋任穷等领导干部作自力更生的报告。

宋任穷说："同志们，今天我们召开会议的这间仓库，原本是打算用来放苏联原子弹样品的，现在苏联不帮助我们了，洋拐杖没有了，我们就要自己干，要发'愤'图强。在场的都是我们国家科技领域的专家、骨干，只要我们齐心协力，一定能够搞出中国人自己的原子弹来。"

背水一战的坚定与决绝

从北京城往西北方向，沿着崎岖山路逶迤而行，燕山山脉的长城就如一条巨蟒横亘在崇山峻岭之中，一座座高高耸立的烽火台经历了战火的狼烟之后，就像是历史遗留的史书残卷。到达官厅水库，碧蓝无边的水面就像是镶嵌在山峦之间的一面镜子，为峰峦起伏的荒野增添了一些生机。

在山谷东南的山坡上，孤零零地支着几顶工程兵的帐篷。帐篷不远处的一小块平地上，有一座不显眼的碉堡。这里就是中国核武器试验研究史上具有开篇意义的17号工地。

1960年2月28日，北京郊区17号工地准备开始爆破试验工作。

20世纪60年代的第一个春天在一阵寒风的肆虐之后随之而来，为二机部九所选调的科研人员从全国各地陆续到位。这时候，已经有基本上一直从事核科学研究的钱三强、王淦昌、彭桓武、郭永怀、何泽慧、赵忠尧、邓稼先、朱洪元、杨澄中、杨承宗、戴传曾等，有中美日内瓦大使级会谈开始后陆续从美国和西欧归国的张文裕、汪德昭、王承书、李整武、谢家麟等，还有原来分散在各高校工作的朱光亚、胡济民、虞福春、卢鹤绂、程开甲、吴征铠、周光召，以及陈能宽、姜圣阶、曹本熹、汪德熙、陈国珍、黄祖洽、于敏、秦元勋，等等。在这些科学家的带领和培养下，一支比以往强大得多的科研力量正在逐步形成，这一人才资源在不久后的攻关工作中日渐显露出巨大的威力来。

春天的风已经吹绿了燕山脚下的山谷，17号工地的爆轰试验正在如火如荼地进行着。

爆轰物理试验研究，首先，是验证原子弹的理论设计，对部件进行动态考核，从理论与试验结合上来完成和完善理论设计。其次，是要靠试验来解决原子弹研制中的一些关键问题，摸索产品设计的基本规律和各种参数的设计方法，解决理论计算无法解决的科技问题。

"宋任穷部长号召我们甩掉洋拐棍，让我们自力更生，还要求我们'五一'劳动节前一定打响第一炮。"吴永文从花园路3号回来后对大家说道。

"现在工房还没有建成，'五一'之前肯定交不了工。"参与初期爆轰试验的孙维昌说道。

"没有工房我们就搭帐篷，在帐篷里筹备注装炸药。"吴永文停顿了一下后果断地说道。

"注装炸药目前我们国家有两种，一种是单质炸药TNT，另一种叫黑索金。注装炸药的容器只能用铝材质或钢材质的。苏联专家已经撤走了，但我们需要注装炸药的专业容器却没有到货。怎么办？"一个新来的大学生问道。

大学生的问话，令吴永文陷入了沉思。是啊，苏联单方面撕毁条约，对工作造成的损失是无法估量的，意味着所有的一切试验都要从头开始，所有的工具都要靠书本上的理论知识边摸索边设计边改进。"这好办，我们去逛街，去新街口，到那里买铝盆、铝锅、铝勺，但凡是铝材质的，我们把它们买回来，然后浇灌成我们想要的样子。"吴永文说道。

熔药桶要夹层的，中间要通蒸气。大家把浇灌出来的熔药桶拿到车间再次焊接加工成两层的夹桶。没有模具就用牛皮纸卷成圆筒，然后把炸药熔化以后装在圆筒里边。

正当大家为自制的熔药桶庆幸时，一个意外又将几个人打回了原点。

4月份，塞外春天的雨说来就来，上游下了一场大雨，引发山洪，把他们的帐篷工号全冲走了。几个人便向着洪水流过的方向找，好不容易在官厅水库那里找到了熔药桶。拿回来一看，碰坏了，不能用了。

"这个熔药桶是集体的智慧，仅设计方案都讨论了好几回，好不容易做出来了，还没试一下就被一场大雨给毁了，你不知道，我们心里有多难过。"孙维昌说道。

熔药桶毁坏了，"五一"也要来了，决不能因为这件事情影响了大局。几个人振作精神，把帐篷重新搭建起来，不分白天黑夜地做药柱。靠着憋在心里不服输的一口气，终于在4月28日制作出来了三发药柱，打响了第一炮。

"五一"过后，随着爆轰试验的要求，对炸药的要求也越来越高，原来用单质炸药就可以满足爆轰试验的要求，随着技术含量的提高，需要混合炸药，达到爆速高、能量高、密度大的要求。

浇注混合炸药时，浇注中间遇到质量上缩孔的问题，如果要解决这个问题，就要解决模具的问题。球模具制作难度较高，要求的精度非常高，靠他们的加工车间，靠他们几个人的力量怎么也做不出来。最后只好求助孙维昌之前所在的单位找了两套模具，才解决了炸药浇注的急迫问题。

为了达到爆轰要求，大家几乎想尽了办法。比如爆轰试验中，熔炸药用的蒸气锅是在护国寺买的一个普通茶水壶，用马粪纸做的药模代替金属药模，用人工搅拌代替机械搅拌。

中华民族，是这个世界上最先发明火药的民族，且应用广泛，但以高能炸药为主要研究对象的爆轰学，却一直都是空白。

由肖志忠、唐海涛、王彦香三人组成的研究小组，专门进行炸药综合颗粒的研究，在17号工地，他们边试验边检测。经过一个多月的反复试验，找出了最佳的综合颗粒配方，通过放大试验，改善了流动性，使铸造的关键部件质量终于过关，达到了技术指标要求。

"这一理论成果为后来大型主药球部件研制生产打下了坚实的基础。在17号工地工作的那几年，我们都是手工操作，用棒子搅拌炸药。蒸汽熔化的炸药气味刺鼻，毒性大，帐篷里满是雾腾腾的粉尘和蒸汽，让人窒息，但越是这个时候越需要尽快搅拌，只有这样，炸药部件密度才能均匀。靠这些土办法我们浇铸出了第一批炸药部件。同事们笑说是'鸡窝里面飞凤凰，棒子底下出尖端'。"肖志忠回忆道。

肖志忠 1936 年生于湖南省宜章县，自幼家境贫寒，出生一个月以后，父亲迫于生活压力，外出谋生，一去就是11 年。肖志忠五六岁开始，便经常帮母亲打猪草、捞鱼虾、下田插秧、上山砍柴、卖柴等。

尽管两个人的日子过得清苦，但到了肖志忠上学的年龄，母亲依然将他送进了私塾。

肖志忠 11 岁那年，娘儿俩终于把父亲盼回来了。父亲的归来，使家境有所好转，父母继续供他上了初中和高中。这期间，家里又添了两个妹妹和一个弟弟，但两个妹妹不幸先后夭折，母亲非常伤心痛苦，一家人的生活过得既艰难又苦涩。

肖志忠的父亲离开家的 11 年，并没有虚度，而是参军北上抗日了，他更清楚从废墟中走出来的中国需要什么样的人才。1955 年，肖志忠高中毕业，喜欢历史的他想报文科，但父亲执意要他报考理工科。当时，郴州一中的校领导从几百名学生中挑出了包括肖志忠在内的 20 名经过组织严格审查的学生，要求他们必须报考北京理工学院，对所学专业保密，属国防科工委和五机部主管。20 名学生，考上了16 名，肖志忠高考分数比较高，分到化工学院学习，这一学就是 5 年。

1960 年 8 月，秋天的气息越来越浓，肖志忠和另外 19名同学一起走出了北京工业学院的校门，他们经过 5 年的学习，身怀抱负，对未来充满憧憬。

肖志忠和另外19名同学被拉到北京太平庄花园路3号。报到后，李觉接见了他们，并说道："你们暂时在这里工作学习，以后要到大西北去安家落户，那里的条件很艰苦，需要做一辈子的无名英雄，大家要做好思想准备。"

　　"李觉局长虽然只说了几句话，但我心里明白，要我们做无名英雄，就是让我们做好一辈子为国家奉献的准备。接下来的几天，又对我们20个人进行了保密教育，之后又把我们下放到位于北京顺义县牛栏山二机部下属的一个农场去劳动锻炼。当时，正是秋收的季节，我们的工作主要是收割玉米、黄豆一类的农作物。除了收割农作物，我们20个人和农场师傅们还一起打了一口深水井。"肖志忠回忆道。

　　一个月以后，他们20个人被派往17号工地。

　　塞外的风景，官厅水库的秋天，在旅游者的眼里，是极美的风景，然而对于常驻在这里做爆轰试验的他们来说，条件是极其艰苦的。17号工地正好是个风口，一刮风，就是漫天飞沙，什么都看不见。夏天冰雹如乒乓球般大，能把羊打死。冬天特别冷，接雷管起爆线时要不断跑到工号去烤手，否则手冻僵了根本没办法接。而爆轰试验工地设备简陋，工房矮小，通风不良，一切试验都是手工操作……

　　有一次，一个关乎质量的关键参数总不达标，大家想了很多办法，进行了很多次讨论、实验，就是找不到解决问题的关键，几个人一个比一个着急。就在一筹莫展之际，九所副所长王淦昌、朱光亚来工地视察工作。对于他们遇到的问题，王淦昌说道："遇到问题不要灰心，总有解决问题的办法。我和你们一起再做一次试验，看看问题到底出在哪里。"

在做试验的过程中，王淦昌仔细观察，了解情况，提出了一个解决问题的方案。晚上，他把肖志忠和唐海涛叫到他的办公室，随手从办公桌的抽屉里拿出了一本德文刊物，说道："这里面有一篇关于提高浇铸质量的科研论文，我给你们讲一下……"

"王老认真地为我们讲解，使我们了解到关于综合颗粒研究的门道，一个那么大的科学家，没有一点架子不说，还为我们着想，我真的很感动。"肖志忠感慨地回忆道。

与此同时，爆轰试验启爆元件研究项目也在17号工地展开。

1960年8月，北京大学数学力学系毕业的刘文瀚按学校的派遣单到九所报到。

按当时的规定，新分配来的大学生先要下放劳动一个月。那个时候，也是国家最艰难的三年困难时期，粮食的定量从36斤减到了28斤，都是年轻的小伙子，每天又是高强度的劳动，大家饿得不行，只好到地里捡剩下的豆子，或是抓一两只野兔子改善伙食，有时候实在饿得不行，便去挖老鼠洞。一个老鼠洞挖开，就会挖出很多粮食，可以用来充饥。

一个月以后，刘文瀚将两床被褥打了一个很大很大的行李卷。背上行李卷，他坐公共汽车，中间再换一趟车到西直门火车站，坐上了去17号工地的火车。到东花园下车后，塞外的黄沙扑面而来，给他一个下马威。他下意识地将手臂护在了眼睛上，等适应以后，把行李卷往肩上一扛，迎风走了20里地，才到了17号工地。

刘文瀚记得很清楚，17号工地的条件很差，一间房子，里面住着二三十人，三张大通铺，每个人睡觉的地方不到二尺；由于生活物资紧张，每天定量，一天只吃九两饭。

让刘文瀚庆幸的是，他被分配到二机部第九研究所二室四组，搞启爆元件研究实验，主任是陈能宽。

爆轰属于流体力学里面的不定场运动，国内几乎没有这方面的教材和资料，专家更少。刘文瀚跟着主任陈能宽专门进行起爆元件的数字计算。

原子弹要用炸药来引爆，必须要有启爆元件，当时有枪法式起爆和内爆压紧型起爆，后者核材料的利用率很高，但必须在一个炸药球面上同时起爆，这是一个比较难的课题。

"小刘，我们同时入手计算和实验，在实验中计算，在实验中摸索，可能会很辛苦，但可以节省很多时间。"陈能宽说道。

刘文瀚说："主任，您说的计算和实验同时进行的办法一定可行。"

在陈能宽的带领下，启爆元件的研制有了突飞猛进的进展，从上海购买的两台手摇计算机在刘文瀚的操作下，几乎超过了电动计算机的速度。

为了加快研制的步伐，17号工地的每一个人几乎每天都在饥饿状态下加班加点。负重的劳动加上长期挨饿，很多时候都很难分辨到底是累的还是饿的。为了实现同步起爆，他们每天都要走6里地到试验场做试验，从一次一次的起爆试验中总结经验，得出结论，再进行改进。最紧张的时候，一天要试验几十次。

炸药工房冬天非常冷，还不能穿皮鞋进屋，怕把沙子带进去。必须穿着纯棉的袜子进到炸药工房去装配。有一次，王淦昌跟着刘文瀚一起去装配，到里面看了看后说道："哎呀，这里面实在太冷了，还要在这里装配，时间久了怎么受得了。"

"我们已经习惯了。"刘文瀚说道。

"习惯了也不行，长时间这样会得关节炎的。"王淦昌关心地说。

"的确是这样，天冷的时候，我的腿就好像不是长在自己身上一样。"另外一个同事说道。

"必须给你们一人买一双棉鞋，专门作为工作鞋。"

这件事虽然是一件小事，却让刘文瀚记忆深刻，他说："王淦昌虽然是大科学家，但他特别平易近人，从来不说违心话，不做违心事，我在他的身上学到了很多。"

一开始接触雷管的时候，大家都很紧张。工号试验用的雷管是高压雷管，一般来说，这种雷管对摩擦和冲击还好一些，但对静电的感应是非常灵敏的。如果身上穿着化纤衣服，一起静电就很容易将其引爆。因此，大家刚开始接触雷管的时候非常害怕。插雷管的时候还好些，等把雷管插下去后，仪器就开动了，人员就马上撤离，将启爆按钮按下去，外边的炮就响了，整个试验就算完成。

有一次，启爆按钮按下去，炮没有响。大家知道，这是哑炮，必须要去拔雷管。

去拔雷管的事，一般是谁插雷管谁去拔。就雷管对静电的敏感度，大家还做过一个试验，拿着塑料棒往化纤衣服上稍微打了一下，几米外的雷管就响了，因此，大家对拔雷管都有点恐惧。

这次是刘文瀚。

"我对拔雷管有心理阴影，很害怕，因为雷管经过一次冲击，再去拔，弄不好就要响了。但没有办法，炮没响就是哑炮，哑炮就要解决。当时，我穿的衣服全部都是棉的，但心里还是没底，就怕起静电。"刘文瀚回忆道。

刘文瀚谨慎地走到跟前，小心翼翼地去拔雷管，由于紧张居然忘了把另外一只手挨到地上。手随时挨地，是因为挨地就能把静电放掉。就在拔雷管的时候，他突然发现他的两只手全部都在准备拔雷管，一下子全身的汗毛都竖起来了，吓了一身冷汗。刘文瀚重新调整心态，让自己保持平静，一只手挨着地，一只手将雷管拔了下来。经历过一次以后，刘文瀚对拔雷管的事情就不再那么恐惧了。

每次做试验的时候，大家要把装置抬起来，对着装置上的孔，在外边堆上沙堆，再把药柱放在上面。试验完还要重新铲土，再把它堆起来。后来，大家群策群力，做了个木支架，问题就简单了很多。

研制出来的第一块聚焦启爆元件，陈能宽将它命名为"坐标一号"。

结果做第一炮试验时就证明这条路确实是可行的，虽然没有达到同时打在球面上的效果，但这是一个跃进，说明这个问题是可行的、可以解决的。

主管爆轰试验工作的王淦昌认为，"坐标一号"聚焦方法在国外现成的资料里没有给出现成的解法，还需要进一步探讨一下。他提出了另一种聚焦方法——炸药透镜法。但陈能宽认为"坐标一号"爆轰聚焦更为适合，他坚持走这条路。

九所领导对两种爆轰聚焦方法很重视，在人力和物力上都给予支持。然而，在技术途径的选择上，专家们之间仍然存在分歧，有时争论很大。

为此，九所领导开会研究。最后认为，对哪一种主张都不能打压，对专家们的分歧要进行疏导，要根据实际科研工作情况，依靠专家集体讨论决定进退和取舍。另外，九所领导组织力量对两方面的攻关情况进行了深入了解，并通过试验发现启爆元件聚焦研究打一炮有一炮的收获，证实"坐标一号"爆轰聚焦是可行的。炸药透镜聚焦研究进展也不错，但因高低爆速炸药研究难度比较大，用已掌握的工艺制成的高低爆速炸药透镜比较肥硕，体积大，太笨重，存在不少问题。在深入了解的基础上，1961年7月，九局副局长郭英会主持召开聚焦技术途径决策讨论会，朱光亚、王淦昌、彭桓武、郭永怀、程开甲、邓稼先、陈能宽、周光召等领导和科学技术专家，以及具体负责研制任务的科研人员参加了会议。经过充分讨论后，会议确定：产品内爆聚焦方式，以启爆元件聚焦研究为主攻方向，炸药透镜聚焦研究为辅。

"通过科学、民主、周到、稳妥的决策，爆轰实验室集中力量开展启爆元件的设计和试验工作，在一年的时间内，打了百余炮，设计调试成功了第一个启爆元件，并通过爆轰传播规律与驱动规律的研究，于1962年底完成了启爆元件的定型。'坐标一号'聚焦元件是中国自己真正攻关下来的科研成果，是20世纪50年代末60年代初我们这一代年轻大学生的杰作，也是陈能宽主任全心全意带着我们努力的结果。"刘文瀚感慨地说道。

陈能宽是留美博士，交通大学唐山工程学院毕业，1947年留学美国耶鲁大学，学的是物理冶金系。周恩来总理通过日内瓦谈判，以中美双方交换平民的方式，使陈能宽回到了祖国。

在和陈能宽一起主攻启爆元件的过程中，一些很小的细节一直温暖和激励着刘文瀚，他说："陈主任是一个大科学家，在我的眼里，他朴实、认真、严谨，他是我仰望的尊师。"

有一次，两个人一起算数据算得非常晚，算到午夜，陈能宽没有回家，刘文瀚也没有回宿舍。陈能宽感觉有点疲劳，便将手中的笔放在桌子上。他揉了揉眼睛，伸了一个懒腰，然后拉开抽屉拿出了一个窝窝头从中间掰开，边递给刘文瀚边说道："吃吧，吃吧。"

刘文瀚看到半个窝窝头后咽了一下口水，不好意思地说道："陈主任，我不饿，您吃吧。"

听完刘文瀚的话，陈能宽说："不要客气，吃完了我们还得算呢。"

"吃着那半个窝窝头，我的眼睛就湿润了。那时候，正是三年困难时期，每个人都有定量，大家都吃不饱，虽然只是半个窝窝头，但在那样的环境下，真的是雪中送炭。"刘文瀚感慨地说道。

两个人吃完窝窝头又开始算，到天亮才算完。他们把数据整理好，开始闲聊起来。

"我学的专业是数学力学，现在做这个工作难度还是有点大。"刘文瀚说道。

"其实我当初也不是学这个专业的，我是学材料的，材料科学、金属物理方面，所以我当时也说我没有搞过，但钱三强笑着对我说，你没搞过，中国谁搞过呀？"

"后来呢？"

"人家还提议让我改变专业，主要做爆轰方面的工作。我心里想，一方面国家要我做这个工作，一方面这对自己是一个新的领域，国家要我做，肯定经过了很多考虑，慢慢适应改行吧。"

"那您就适应了吗？"

"哪能呢，很多都是新东西，一些名词我都不知道，什么炸药、雷管了这个那个的，都是需要去了解和学习的。当时的办法叫边学边干，能者为师吧！然后就利用以前学到的基础知识和一些自然科学的方法，查文献，分析问题，还跟经验多的人学习，像王淦昌、郭永怀、彭桓武、朱光亚，等等。还有一些同志虽然比我年纪小一些，但是他们过去在国内的一些矿山里面用过雷管、炸药，也跟他们学一学。比如怎么注意安全了，炸药有哪些性能了，成分怎么样啊，感度怎么样啊，逐步学习一些基本知识。再就是尽可能在文献里面找，国外虽然绝不会发表怎么做原子弹啊、怎么做原子弹的炸药、怎么做原子弹爆轰之类的东西，但是它多少总有一些，比如在流体力学、流体物理这些上面，总会提到一些。提到它的爆速要更高，它的密度、力度和成分要更均匀，那这就离不了物理、化学、工艺、材料这方面的知识。"

"主任，我应该向您学习，面对问题找解决问题的办法，而不是找专业不对口的借口停止不前。"

听完刘文瀚的话，陈能宽说："1947年出国的时候，轮船上所有提示不文明行为的警句，像'不许随地吐痰''不许大声喧哗'之类的警告，都是用中文写的，我挺生气。有一天我想去理发，船上的理发师却说没时间。后来别人告诉我说，理发师不为有色人种服务，可日本人例外。国破方知人种贱，我们一定要把这事儿干好，从振兴民族这点上来说也要干好。"

海蓥不知道这些情景在刘文瀚心里经历过多少遍，他娓娓道来的故事那么流畅，就像发生在昨天。

除了工作中遇到很多难题需要解决，生活中也会遇到很多意想不到的事情。17号工地比较偏远。当地老乡告诉他们，过去经常有狼群，晚上有时候还会遇到狼。

有一天晚上，刘文瀚在迷迷糊糊中发现一只狼进来了。黑夜中，狼的眼睛发出绿色的光，它慢悠悠地绕着大通铺转了一圈，紧接着转第二圈的时候，突然将它的前爪伸到了刘文瀚的被窝里。刘文瀚吓出了一身冷汗，本能地一声大叫，把所有的人都喊醒了。很多人问道："刘文瀚，你咋了？""狼！一只狼！"听完他的话，同事就问他："你怎么回事？"这才发现做了一个噩梦。原来，睡在旁边的谢志忠因为冷，把脚丫子伸到刘文瀚的被窝里来了。

不难想象，在那个年代，从事危险而又必须要去做的事情，心中难免会有恐惧和不安，但对于饱受苦难，刚刚翻身做了主人的新中国的每一个老百姓来说，尊严和骨气已经不再是埋在地层深处的矿物，它们是比自己的生命更值得去维护的东西。

研制点火装置

中子源是原子弹的点火装置。

在原子弹爆炸前，产生几千摄氏度高温、高压的同时，中子源释放中子轰击铀-235产生自持裂变反应，释放大量能量，产生"核爆"裂变反应，实现点火中子源部件的点火成功。

原子弹的点火装置个头虽小，却是个关键部件。原子能所王方定课题组，经过数百次实验，于1963年初研制出了点火装置的材料。孔祥顺和其他四位同志组成实验小组，于1963年底到原子能所的研究室和王方定课题组密切配合开始了点火装置的攻关任务。

1935年，孔祥顺出生在长春一个平民家庭，那时候的长春处在日本人的殖民统治下。父亲为了养活一家老小，给资本家、日本人扛活儿，靠卖苦力挣一点微薄的收入。孔祥顺从小就知道父亲扛活儿的辛苦，所以，很小就替父母亲承担起家里的活，卖柴、劈柴、担水，什么活儿都干。

尽管家里生活艰苦，但到了上学的年龄，父母还是极力供兄弟俩读书。1953年，全国第一次统考，孔祥顺考入哈尔滨工业大学金相热处理系学习。

1958年的一天，系主任将孔祥顺在内的10个人召集到办公室开会，系主任说道："这事儿挺神秘，你们是中央组织部亲自下的调令，派你们到清华大学学习第二专业。"

几天以后，10个人从东北坐火车到北京。一出站，一辆解放牌大卡车就把他们接到了清华园。

"一进清华园，我这心里一下子就不一样了，哎呀妈呀，我真的到这儿来学习来了。别提有多高兴了。"孔祥顺说道。

孔祥顺学的是反应堆工程材料及结构材料专业，代号230专业。班里一共27个人，除了他们10个人，还从清华大学抽调了8个人，从北京钢铁学院抽调了9个人，组成一个班，叫跃进班。

1960年6月，孔祥顺从清华大学230专业毕业，分配到二机部第九研究所四室一组。组长是宋家树。

孔祥顺经过严格的保密教育后，开始接触核研制方面的内容。为了了解更多相关知识，他跑图书馆和情报所，查阅相关资料和翻译卡片，主要以学习为主。随后二机部又派他们到北京通县的五所实习，任务是了解掌握裂变材料的冶炼知识及学习坩埚制作。

"刚去上班的时候，都不知道自己要干啥，保密要求很严格，上班都要拿着出入证、工作证，门口有解放军站岗。每天到所里上班，把用橡皮泥封好的、有戳有印的保密本从保密室拿出来，记录工作问题。下班后，再用橡皮泥将保密本封起来，交给保密室。不该问的不能问，不该说的不能说。对面的同志不知道我干什么，我也不知道对方干什么，保密非常严格。养成了习惯后，即便是到书店去看书，也要看看周围有没有人。没有人才能拿出来看，有人就得躲着点儿。"孔祥顺回忆道。

在五所实习时，所里没啥试验设备，仪器也很少，只有一个从苏联进口的小钨丝炉，直径100毫米，高约400—500毫米。领导让孔祥顺做炼铀的坩埚，这下可难倒了孔祥顺，对于他来说，从来没有接触过，也从来没有在课本和资料中有过描述。他有些为难地说："我不知道如何制作这个坩埚，怎么办？""不知道就去问，就去查，就去学习，搞清楚它是怎么制作的。"领导鼓励说。

于是，他去北京大学、原子能所，以及各个相关单位去调研、去请教。功夫不负有心人，终于遇到一位在行的老师对他说："用金属氧化物材料，再用黏结剂黏结等工艺试试。"很简单的一句话，却为孔祥顺制作坩埚提供了方向，他又通过查阅资料将制作坩埚的方案再细化。然后，买材料，找加工厂自制模具。他把材料像和面似的揉成团，然后放进模具里压制成形，按照试验需要，经过成型烧结后制作成了一个适合提纯裂变材料的坩埚。

有了这个坩埚，孔祥顺在领导的安排下，开始摸索着对裂变材料进行提纯。

"提纯的过程也是经过几十次失败以后才慢慢得出经验，虽然裂变材料的提纯我做了整整一年，但我却实现了。"孔祥顺停顿了一下又说道，"那时候我们国家真的是一穷二白，要做高科技尖端产品，而大多数都没有可借鉴的资料，只能边学边做，从一次又一次的试验中摸索经验。大家都是这样。"

1963年，孔祥顺结束实习，回到九所，正式接受点火装置的研制攻关任务。他们组的具体任务是球壳加工、粉末填充和性能检测。

1964年3月2日，二机部九局、北京九所、国营综合机械厂合并成立第九研究设计院，设有理论部、设计部、实验部和一、二、三生产部六大部门。搞理论研究的都是科学家，比如彭桓武、邓稼先、周光召等，他们将理论研究结果交给设计部，由设计部拿方案，再通过实验部做试验验证，最后由生产部的工作人员将理论变为现实，也就是制作出相应的物件。生产部几乎没有什么加工设备，也没有自己的实验室。虽然没有生产条件，但大家都想办法创造条件。

为了制作点火装置部件，孔祥顺带领大学生郝金玺、中专生晁福海，以及王凌峰、刘雨林两个工人师傅一起到原子能研究院李林研究室去协助攻关。

在制作之初，孔祥顺一直担心经常接触辐射材料会对身体有害，但他到原子能研究院以后，在原子能研究院二室主任何泽慧的影响下，渐渐改变了看法。

何泽慧，钱三强的妻子，居里夫人的学生。她对研制部件非常关心，有时候开会她也会参加，听取小组的汇报。问的问题、提的建议都在点子上。接触时间长了，大家都熟悉了，加上何泽慧特别和蔼，相处得越来越融洽。有一次孔祥顺就大着胆子问她："您说我们搞这个放射性研究，将来会不会影响生育啊？"何泽慧听完后笑着说："有啥影响啊，你们没看见我的孩子，一帮呢。只要平时注意点，别吃进肚子里就行。我从法国回来的时候带了很多书，那些书一测试，都噼里啪啦直响，全都有放射性物质，但我这不是好好的吗？"何泽慧的话让孔祥顺安心了不少。

刚开始制作时，他们并没有在车床上进行加工，而是采用了其他工艺。

"这个部件存在很多问题，首先不均匀，厚薄也不一样，精密度更无从谈起了。"郝金玺指着做出来的部件对孔祥顺说道。

"就是，它的形状尺寸用肉眼一看就知道不规则。"晁福海说。

"看来这个方案是行不通的，我们只能走车床加工这条路了。"孔祥顺叹了一口气。

"组长，如果用车床加工，我是有信心的，我的车床加工技术还说得过去。"从无锡调过来的车工王凌峰说道。

听完王凌峰的话，孔祥顺说："这个部件可不一般，有很高的尺寸精度要求，有形状公差的要求，你有信心？"

"没有金刚钻就不揽瓷器活，我可是六级车工，别说是我原来工作的单位，在我们无锡也是有点小名气的，我的手艺你放心。"王凌峰像是在立军令状。

王凌峰果然不负众望，尽管加工的部件很小，尽管精度要求也很高，但他在刘雨林等人的协助下，成功制作出了符合要求的部件。

"组长，第一次制作还不熟练，等下次再做的时候，一定比这个好。"王凌峰有点骄傲地说道。

部件做出来了，接下来的问题就是如何把王方定小组研制成功的装料装入其中。

"装入装料是没有问题的，只要在操作时不吸入体内，基本就没有问题。就是里面的密度不好掌握。"郝金玺说道。

"唉，关键是装入的时候不能在正常的空气条件下操作，必须要在特定的手套箱内操作，不然就可以装一点蹾一蹾，这样能把握密度。"晁福海接着说道。

"手套箱三面密封，前面是透明的玻璃，用两只戴着厚厚手套的手伸进去操作，这难度本身就很大，还要蹾一蹾，有点不现实。"郝金玺说道。

孔祥顺一直在听，低着头，似乎在想着什么，约莫过了半个小时，他突然说道："小晁说的未必不能实现，我们可以想办法掌握密度。"

"这个方法我觉得可行。"一直不说话的王凌峰说道。

"可是操作箱内必须要充满保护气，而且对保护气的要求也十分严格，纯度必须要达到99.99%，就连99.9%都不行，就这道工序，难度更大，怎么解决？"郝金玺一脸的凝重。

"干中学，学中干，没有捷径可以走。研究所嘛，就是研究制作的，不行就改嘛。"孔祥顺说道。

为了提高保护气的纯度，大家就到相关专业的大学、科研机构搞调研、学习。对于提出的合理建议，大家再通过资料论证。经过反复研究、试验，想办法提纯，最后氩气的纯度达到了99.99%的要求。

震动这一环节，该怎么做、怎么去完成呢？大家一起琢磨，到图书馆找资料，最后通过一种方法达到密度要求。

就在大家攻克一个个难关的过程中，一件让大家意想不到的事发生了。

1963年12月7日，郝金玺发现产品的密封性达不到要求。

"必须要对产品进行严格检测。检漏仪是原子能研究所用来检测反应堆的，应该可以的。"孔祥顺说道。

"这个检漏仪有一个问题，就是使用的时间已经比较长了，灵敏度比较差，我刚才在做检测时，仪器一会儿响一会儿又不太响，到底漏还是不漏，我有点怀疑，拿不准。"郝金玺也有点质疑。

"点火装置是不能出一丁点问题的，必须要做到100%。"孔祥顺听完郝金玺的话后坚决地说道。

"不如我们用热水煮的办法再做一次检测？"郝金玺征求组长的意见。

征求过组长意见后，他将产品拿回办公室，在烧杯里盛上水，放在电炉上加热，想用水煮的办法对点火装置的密封性进行再一次检测。他就站在锅跟前观察。

谁也没有想到，危险正在一步步逼近郝金玺。

随着水温的升高，胶慢慢失去效用，水温还没到100摄氏度，便爆炸了，里面装的装料全都喷了出来，装料是活性的，具有放射性，扑了他满脸满手，脸被烧破了，手也被烧破了，身上、地上、墙面上全部都是里面的装料，整个办公室都是装料，而吸入郝金玺体内的就不得而知了。

那一瞬间，郝金玺直接懵了。脑子里不断闪现很多念头："我才23岁，我还没有谈恋爱，没有娶媳妇，这要是把身体毁了怎么办啊？"

当时，孔祥顺正在实验室，有位同志跑过来喊道："可了不得了，出事了，郝金玺出事了！"孔祥顺听完赶紧往办公室跑。一看，满屋子都是粉尘，看到那个阵势，当时的孔祥顺也慌了，大伙都慌了，赶紧向所领导汇报。

原子能研究所领导立刻叫来救护车，将郝金玺送到专门治疗放射性损伤的解放军307医院，做了比较全面的处理与治疗，并将他穿在身上的所有衣物做了安全处理。

在医院住院的21天里，医院的院长、主治医生对他进行了细心的治疗，使他的身体一天比一天好。脸上的烫伤经过治疗后,留下一片色素沉着的疤痕,就像一块胎记一样。但只过了半年,脸上的疤痕就慢慢消失,恢复如初。

出院后,九所又将郝金玺安排到北京小汤山疗养院疗养了三个月。三个月以后,九所四室的书记佘萍去看望他,并问他:"小郝,你在试验的过程中遭遇了意外,幸好身体得以康复,上班以后,如果你想换个岗位,你打算去哪个岗位呢?"

佘书记的话郝金玺很明白,这也是组织为他着想,让他的心瞬间温暖了许多。但郝金玺更明白,点火装置是研制原子弹的关键部件,现在还在攻坚克难阶段,这方面的人才又很少,无疑加大了攻克的难度。而对于他来说,经过两年的实践锻炼,积累了大量的经验,攻克点火装置不能没有他的力量。

想到这里,郝金玺对佘书记说道:"谢谢组织上对我的照顾,但我不能离开攻关小组,我请求继续回攻关小组工作。再说了,只要做事就会有牺牲,我是党员,能够参加到这个工作中来,是我的荣幸,我很高兴。"

组织按照郝金玺的请求让他回到了攻关小组。通过大家不懈的努力,1964年6月,终于拿出了合格的产品。

"因为任务很紧,研制的点火装置必须要在规定的时间内完成。我们攻关小组不分昼夜,没有休息日,没有节假日,就连春节都在进行工艺攻关。小组的5个人基本上就是连轴转,到1964年3月份的时候,221基地那边所有的研制工作基本接近尾声，但我们攻关的点火装置还没有研制出来，我们着急，九所的领导更着急，钱三强、朱光亚、郭永怀、王淦昌、邓稼先、彭桓武等，几乎隔一两天就要来我们攻关小组看一看，看看我们的研究进度如何，听汇报，给我们鼓励、加劲。领导们的鼓励在那个时候就是'轮番轰炸'，我们的压力非常大，所以考虑事情就会不周到，发生意外也是难免的。"郝金玺就那次事故感慨地说道。

郝金玺提着装有点火装置的保密包，在一左一右两位端着冲锋枪的解放军战士的护卫下，坐上了北京吉普车。吉普车的前面还坐着一位保卫科的保卫人员，三人"押"着郝金玺将点火装置送到了九所。到达九所以后，他将点火装置交给九所三室的胡仁宇，由三室进行物理测量，再进行挑选，选出最好的作为正品和备用。

1964年9月，点火装置往核试验基地运送的时候，王淦昌亲自抱着装有点火装置的保密包坐在飞机上，连警卫员都不让碰一下。

1964年9月，郝金玺在内的几个人背着行李从北京出发，在保卫科两名保卫人员的护送下，把那些不用的、不合格的、有问题的点火装置装了一箱子，奔赴金银滩草原221基地。到达基地以后，交给保卫部，用来试验打炮用。

到达221基地以后，102车间给点火装置研制攻关小组十几间工作室，一切又从头开始。

"那时候，除了我们脑子里装着的那点技术，什么都没有，我们需要的设备都要重新购置，有些需要自己制造，有些需要订购，算得上是白手起家。基地又给我们配备了人员，达到 18 人。搞工艺的人占一半，其余一半都是搞检测、测量等工作的。我们加班加点，共同努力，用了不到半年的时间，就将工作间搞了起来。"郝金玺自豪地说道。

郝金玺是河南人，6 岁时随父亲到西安，在西安铁路小学、中学就读，大学毕业于西北工业大学金属材料专业。大学毕业时，本来要留校当老师的他因为二机部向西北工业大学要人，由于之前上报的学生有一部分审查没通过，机缘巧合地就被补充进了二机部抽调人员的名单里。郝金玺说："刚上大学的时候，我学的是炮弹引信专业，一年以后，这个专业撤了，我就转到金属材料专业学航空材料，一毕业偏偏搞核材料，我这辈子就是与这个点火专业分不开。"

研究所的故事就在两位老人的回忆中铺展开来，而他们讲述的也仅仅只是他们工作中的一小部分，让海娈觉得不可思议的是，面对着同一个问题，重复无数次的试验，他们却一直满腔热血，这需要一股多大的力量支撑呢？

草原大会战

原子弹的研制在艰难中摸索前行的同时，一项绝密的计划在二机部副部长钱三强的办公室悄悄展开。

1960年12月的一个早晨,钱三强对物理学家黄祖洽说:"今天叫你来,是要告诉你党组的一个重要决定,为了早日掌握氢弹技术,我们要组织一个氢核理论小组,先行一步,对氢弹的作用原理、各种物理过程、可行的结构进行探索研究。现在,我们只能靠自己啦。你原来那个组叫47组,这个氢核理论组就叫470组吧,要特别注意保密。"

在钱三强的组织下,一群年轻的科学工作者开始了秘密的氢弹技术理论探索。

说起氢弹,就不能不说于敏。对于他来说,这又是一次改行,作为我们国家唯一没有留过学、土生土长的科学家,从毕业那一年开始,于敏就一直在不断地改行,他放弃自己追求了几年的量子理论研究,去搞原子核理论研究,成为"填补了我国原子核理论空白"的优秀科学家。如今,他又要从一个基础性很强的科研领域转到氢弹原理这个应用性很强的领域,不得不说,这对他来说又是一个挑战。

一张书桌、一把计算尺、一块黑板,伟大的氢弹研制事业简单而又低调地开始了,除了最基本的物理学原理,他们最大的愿望就是在苏联撤走专家以后,怀着一颗对祖国母亲的赤诚之心,以及他们不知疲倦、攻坚克难的精神,为核武器研制事业奉献自己毕生的才华与力量。

氢弹研制探索的队伍不断扩大……

转眼间就到了1963年3月,北京的春天似乎来得更早一些，玉兰花竞相绽放，一切都充满了生机。也就在这样美好的春天，传来令人振奋的消息：我国第一颗原子弹理论设计完成。

中国人的原子弹研制完全建立在自己的科学研究基础上，自己研究，自己试验，自己设计，自己制造，自己装备，从无到有，从小到大，从低级到高级，在探索和创造中向人们诉说了一个"火"的神话。

这就是卧薪尝胆的东方式激情和动力。

1963年初，张爱萍将军在铁道干校为二机部九局、北京九所科技人员做动员报告，动员广大人员前往西北大草原去。动员报告之后，大批的科学家、专家，经中央专委批调的人员，以及集中在北京的科研技术人员和生产工人陆续奔赴221基地。"草原大会战"即将开始。时隔半年后，二机部部长刘杰来到221基地参加科研会议时指出，整个工作已经到了决战的阶段，为了争取时间，完成《1963、1964年原子武器、工业建设、生产大纲》两年规划，对产品结构方案、炸药部件加工工艺，应根据现实、可能的原则，先取一种方案，及早进行试验。

制订并实施原子弹爆炸试验的两年规划，是一个非常庞大的系统工程。要爆炸原子弹，就原子能本身来讲，要从铀矿石的开采和精选说起，自然界中的铀，含有铀-238、铀-235、铀-234三种同位素，其中含有约99.27%的铀-238、0.72%的铀-235，及0.0055%的铀-234，而只有铀-235

用于核裂变反应。因此，天然铀加工处理成高含铀-235的浓缩铀是一个漫长的过程，其难度非常大，牵扯到全国许多个厂矿，需要经过数万人的努力。生产出的铀在科学家的理论设计基础上，还要设计加工出符合质量要求的部件。要在规定的时间内生产出既定产品，就要上下互相衔接，环环相扣，的确需要一个周密的计划。要实现这样庞大繁杂的计划，不是原子能所属的厂矿、研究所能够承担的，需要依靠全国很多相关部门的通力协作。两年规划小组经过复杂详细的调查计算，统计出由全国各个部门提供特殊原材料、专用设备、仪器仪表的厂家，分布在20多个省、市、自治区，分属20多个部门，涉及900多个工厂，而且一定要保质保量、按规定的时间进度完成，才能实现1964年爆炸原子弹的目标。

两年规划，是敢于胜利的革命精神和实事求是的科学态度相结合的一种产物。

1964年4月，水、电、暖、路齐全，集生产、生活为一体的221研制基地建成了。221基地共有18个厂区：一厂区建有九个工号，主要承担核弹头中的核装置的研制，以及引控系统的设计、加工、装配和实验工作。二厂区建有九个工号，主要承担高能炸药研制、总体装配和系统的联试工作。三厂区为炸药仓库。四厂区建有十个工号，主要承担环境条件试验研究。五厂区为废品处理厂。六厂区建有六个工号，是爆轰试验场，主要承担核装置的爆轰试验、测量、安全、环境影响等实验。七厂区建有四个工号，主要承担核物理近区测试研究。八厂区为汽车修理与汽车库。九厂区为油料库。十厂区为机械加工和机械修理基地。十一厂区为危险品站台。十二厂区为普通物资站台。十三厂区为火车站。十四厂区为热电厂。十五厂区为供水水源。十六厂区为污水处理厂。十七厂区为粮食和生活用品仓库。十八厂区为221基地党政领导机关、科技档案、行政档案地下库，医院商店、邮政和生活区、影剧院等，亦称总厂。厂内公检法机关健全，总建筑面积为56.4万平方米，其中有33万平方米的厂房，厂区内有铁路专线39.8公里，一级公路75公里，设有青海矿区办事处。

1964年6月，在221基地六厂区进行了1：1全尺寸爆轰模拟试验，这次试验除了铀-235用铀-238代替之外，其他全部和原子弹装置一样，这是核爆炸试验前的一次综合预演。

从下午1点起，所有参与此次试验的人都把目光聚焦在六厂区爆轰试验场。等呀盼呀，盼呀等呀，下午5点左右，一声巨响，一朵火云升了起来，试验取得圆满成功。在场人员的欢呼声告诉我们："原子弹装置核爆炸成功在握！"

很多人流下了激动的泪水，在无数个日日夜夜的攻坚克难中，大家忍受着饥饿，忍受着和家人离别的痛苦，忍受着高原气候的变幻无常。今天，这一朵闪耀在天空的火云就是他们辛苦的见证，也是他们努力的结果。

回忆起这段往事，王菁珩和很多参与者一样，感慨万千，他的思绪也回到了过去。

1937年11月8日出生在湖南常德津市的王菁珩，1955年考进北京航空学院。王菁珩是一个爱学习的人，不管是小学、初中，还是高中，他的学习一直名列前茅，念高中时曾两次被评为校三好学生，并荣获奖章。他考进梦想的大学后，在红色航空工程师的摇篮中，他不仅学习靠前，还是院学校学生会委员、群众文化部副部长，曾经组织学生参加过"五一""十一"天安门的庆祝活动，也曾被评为院社会主义建设积极分子、三好学生，出席北京市三好学生优秀集体表彰大会等。

1960年大学毕业后，王菁珩分到二机部第九研究所。

在一楼一间小办公室里，干部科王科长热情地接待了从北京航空学院毕业来九所工作的王运耕、刘荣庭、朱志强、王菁珩。他给他们各自倒了一杯水后满怀热情地说："欢迎北航的同学来九所工作。目前所里除开展一些基础科研外，都到'前方'参加基地的筹建和生产准备。组织的意见是让你们也到'前方'参加筹建工作。"

听完王科长的话，四个人异口同声地问："我们到'前方'什么地方？叫什么单位？"

"到青海省西宁市胜利路196号报到，单位名称是青海省第五建筑工程公司。"王科长稍加停顿后继续说，"根据高教部规定，大学生毕业后需要劳动锻炼一年后才能转正定级。去'前方'之前你们先回家看看，元月中旬回到北京再一起去'前方'。"

听完介绍，王菁珩来到西单工商银行，领取了人生的第一份工资，又到五道口商场买了一个既能漱口又能喝水的玻璃杯。

透明、厚实的玻璃杯放在宿舍的窗台上，在落日余晖的照耀下发出了清透的光，王菁珩望着它，觉得自己的未来就如这清透的玻璃杯，是明亮的。

王菁珩是家中的独子，只有一个妹妹，淳朴的父母亲自然是希望儿子回到家乡工作，这样就可以留在他们的身边。然而，从旧社会走过来的父母亲更明白新中国的来之不易，明白孩子应该到祖国需要他的地方去，只能含着眼泪默默认可儿子去支援大西北的事实。1961年1月，王菁珩回老家看望父母亲，与其说是看望父母亲，不如说是去和父母亲告别。和母亲相处不到十天的日子里，母亲知道大西北苦，尽管自己家里也在忍饥挨饿，但她每天想着办法让儿子能吃上一口自己做的饭。临走的那一天，母亲凌晨2点起床，为儿子打点收拾，依依不舍地送儿子一起出门。

要说自己的家和码头也有一里的路程，但王菁珩和父母亲还没有说多少话，码头就已经到了。眼看着即将分开，母亲再也控制不住自己压抑了很久的情绪，任泪水在脸颊上滑过。

"儿啊，那么远的路，你一定要小心。你出去了就安心工作，不要分心。"母亲不停地重复着这句话，不停地捯饬着儿子身上的衣服。

江南一月的天，又冷又潮湿，坐上小火轮的王菁珩看着母亲从一个身影变成一个点，然后消失在自己的视线中，他的心情也如一月的天，又冷又潮。

回到北京，又几经辗转，王菁珩终于到了221基地，从北航一起分过来的还有王运耕、刘荣庭，以及和他一样是家里独子的朱志强。另外，从其他大学分过来的还有三十来人，他们都被基地分到四厂区，从事的工作并不是自己所学的专业，而是和搞建设的工人们一起深入建设第一线。他们四个人中，两个人到了瓦工队，一个在钢筋水泥队，而他成了一名油漆工。

四个人都是从国家红色航空工程师的摇篮毕业的，而如今却成了一名名副其实的工人，加上三年困难时期，大家每天的饭不但定量，而且就吃青稞馍馍和只有一两片菜叶的菜汤，饮食不习惯，气候也不习惯，所学专业也派不上用场了，这让几个内心充满抱负的年轻小伙子多少有点落差感。

"不知道什么时候把学校学到的知识应用到工作中？"王运耕有点失落地说道。

"天天饿肚子，天天干体力活，我的身上都浮肿了，我们会挺过去吗？"朱志强小声说着。

"我相信组织，王科长说了大学生都要接受一年的劳动锻炼。再说了，上海来的这些师傅们手艺水平这么高，我们当他们的学徒没啥坏处。"刘荣庭说道。

"是啊，我们要求进步，我们应该跟着师傅们好好学。"王菁珩说道。

比起从学校刚出来的学生，工人们看待问题自然成熟很多。他们在工作和生活中关心几个年轻人，同吃同住，很快就建立了深厚的感情。更重要的是，工人们积极向上的精神状态影响着他们，也影响着王菁珩，他相信面临的困难是暂时的，这里是一张白纸，能画出最美的图画。

王菁珩对未来充满了希望。

王菁珩跟随的师傅叫徐阿毛。徐师傅在生活中给王菁珩很多帮助，工作上就更不用说，手把手教，用砂纸打磨到什么程度，怎么配制油漆腻子，刮腻子要怎么刮，怎么去看木材基面的平整光滑，第一遍刷上去了以后什么时候刷第二遍等，教给他窍门，使他很快进入了油漆工的角色。

十厂区的土建工程相继完工，进入油漆工作环节。大家在徐师傅的带领下，攀上钢筋房梁，系上安全带往来于钢架间，刷底漆和深灰色油漆。有一天，徐师傅把王菁珩叫到跟前说："小王，十厂区车间门、窗的油漆工作现在需要人去做，你能不能把这个工作干好？"

王菁珩听完徐师傅的话，知道是徐师傅要给他展示技艺的机会，便高兴地说："我当然能。"

第一次，王菁珩配制完油漆腻子开始一个门一个门地刮，好不容易刮完了，去拿砂纸打磨的时候，发现腻子很容易掉，只好找来徐师傅。

"徐师傅，我这都按你说的做了，但是刮完后的腻子却在掉，这是什么原因啊？"王菁珩着急地问道。

徐师傅也不着急，他用手指头往刮过的腻子上摸了一下，便说道："胶的比例不对。"

徐师傅又将腻子的配比比例详细说了一遍，王菁珩拿着笔认真记了下来。通过这件事他明白了一个道理，不管是他学过的知识，还是像刷油漆这样看似再简单不过的工作，都需要有科学的态度，还要严格遵循科学规律。之后，他将所有刮过的门清理了一遍，按照徐师傅所说的配比比例调好腻子，再重新刮上去。

整整四个月，王菁珩一个步骤一个步骤过，丝毫不敢有马虎。当一扇扇匀称光亮的门和窗户展现在他的面前时，无法掩饰的成就感洋溢在他那张青春的脸上。

工区生活极其艰苦，劳动条件更艰苦，甚至有时还会给他们带来一些痛苦，而这些痛苦，是不能讨价还价的。在最艰难的时候，王菁珩便会想起保尔、吴运铎、方志敏等英雄形象，他们成为自己忍受艰辛、保持坚定的支撑，增强了他不惧艰难、顽强拼搏的信念。

半年后，王菁珩被分到机械厂 512 车间。此时的 512车间，已经不是木工包装箱的加工车间，而是基地为了响应二机部制订的《1963、1964 年原子武器、工业建设、生产大纲》两年规划，争取在 1964 年爆炸第一颗原子弹，将规划中的 512 车间临时改建成精密加工车间。

车间筹备的日日夜夜，他们就像是冲上火线的战士，把所有的精力、毅力和智力全部调动起来，用几根撬杠、滚杠和手动葫芦，像蚂蚁啃骨头一样，在短短两个月的时间里，完成了几十台设备的运输、安装和调试，并生产出一批工艺装备，具备了初步的生产条件。

春天的草原和冬天几乎没有区别，在整个设备运输、安装、调试过程中，除了车间领导和老工程技术人员住在车间办公室，其他人都住在车间外搭建的棉帐篷里。每顶帐篷住着四五个人，两条长凳支着一块门板就是床。没有桌椅，每人便做了一个小马扎。技术员们坐着马扎伏在床上放置的图板上，拉着计算尺设计工艺装备。

帐篷没有取暖的火炉，大家伏在床上时间久了，就变成了一个弯曲的人，大半天腰都直不起来，手上全是冻疮，看着让人心疼。

转眼间，就到了 1964 年 3 月，102 车间重工段调来了一个让王菁珩很敬佩的同事，他就是七级车工钱镜清。

1932 年 12 月出生于江苏无锡的钱镜清，从小就过着清贫的生活，父亲是个职员，家里兄弟五个全靠父亲一个人的工资养活。15 岁那年，为了减轻家里的负担，钱镜清到上海锅具厂当学徒，学习制作锅的模具。

初到工厂的钱镜清不但能吃苦，人也聪明，为人处世也很好，便从很多学徒中脱颖而出。一辈子没有收过徒弟的陈谋荣老师傅越来越喜欢他，于是将他收为唯一的徒弟，并将自己精湛的技艺都教给了他。上海解放以后，上海锅具厂和上海海通有色金属厂合并，这里用滚筒压制有色金属金、银、铬、铜、铁、锌等，加工出来的产品用在国家工业建设的许多项目中。这次合并给钱镜清提供了一个施展技艺的平台，让他在有色金属的海洋里任意遨游。

1959 年 7 月，钱镜清突然接到厂里的通知，让他到上海新城区区委开会。主持会议的领导说道："你们都是单位骨干，国家调你们去支援大西北建设，是去参加国家重点工程，这是非常保密的工程，只能自己知道，不能告诉任何人。"

听到自己是通过严格的政审后定下来的人员之一，又知道自己要去西北高寒地区工作，钱镜清心里又激动又紧张。激动的是有机会参加国家的重要工程，这是党和国家对他的信任；紧张的是对于大西北，对于自己的未来，他知道的情况几乎是零。

会后，因为要去西北高寒地区工作，有关部门马上给他们定制了棉帽、棉大衣、毛毡、棉鞋四大件。单位党政、工、团召开了隆重的欢送大会后，一支由 13 人组成的队伍，在二机部人员的带队下，到达了北京招待所，接受再一次政审和保密教育。

一个月以后，13 个人来到了花园路 3 号，经过前期的机床练兵训练后，大家都熟悉了各机床的功能。很快，钱镜清被分到九所四室特殊工段，开始接触放射性材料。他的领导是何文钊。

从字面意思，钱镜清就知道自己所从事工作的特殊性，这里需要加工的材料和产品都是他以前没有见过也没有干过的，对他而言是陌生的。所以，钱镜清努力去熟悉它。何文钊给他和其他同事讲了各种材料的性质、结构以及对身体可能造成的各种伤害。

听完何文钊的讲解，钱镜清心里多少有一些顾虑，但此时他的脑海里突然出现了九所门口站岗的警卫，一种庄严和神圣的使命感从心里溢了出来。他暗自告诉自己：党和国家既然如此信任我，将这么重要的事交给我去做，我就决不能辜负党和国家的期望。这时，就听见何文钊对他们说道："你们一定会面临各种困难，但对于困难既要藐视，又得重视……"

核材料非常昂贵，所以在加工试验过程中，钱镜清特别小心。有一次，他们将加工好的一个部件小心放置好。这个部件是裂变材料的一个半球，壁很薄，制作要求非常严苛。但在置放过程中，钱镜清无意中发现薄壁半球极易变形，便立即汇报给何文钊。要知道，部件一旦发生变形，就报废了，将会给国家造成巨大损失。何文钊非常着急，大家也跟着着急。针对这个裂变材料部件薄壁变形问题，大家想了许多解决的办法，反复进行研究论证。

就在大家你一句我一句争论不休的时候，钱镜清的眼前突然一亮，他激动地说道："这个球加工成型后很容易变形，但将其反过来扣平，那它就不会变形了。"

听完钱镜清的话，何文钊高兴地说："嗯，不错，懂得遵守自然规律，任何问题就会有解决的办法。"

由于钱镜清工作严谨、认真、技术过硬，科室领导都非常器重他。特殊工段大多数零部件加工的活儿，都由钱镜清主刀加工。紧接着，他们又开始做其他部件的加工试验，在不断加工中发现问题、解决问题，为"草原大会战"打下了坚实的基础。

1964 年 3 月，钱镜清和同事们奔赴青海。到达西宁后，接待人员安排他们住在杨家庄招待所。由于高原气候干燥，到了半夜，钱镜清突然开始头疼，鼻子大量出血，这下可急坏了和他一起同住的七级车工李志良师傅，急忙陪同他到省人民医院急诊科。

经过医生诊断和治疗，疼痛和流血的症状有所缓解，折腾到凌晨两人才返回杨家庄招待所。

李志良搀扶着钱镜清，走在空无一人的大街上，那一刻，他心中的酸楚油然而生。3 月的西宁，正是狂风肆虐的季节，风吹到两人的身上、脸上，就像是千万把刀子往身上、脸上刺，加之夜深人静，那份孤独与凄冷感越加深重。二人在紧张和恐惧中行走了一个多小时，才回到招待所。

回首这段往事时，老人泪流满面。50 多年前的那个夜，那场突如其来的病，两个 20 多岁的年轻人在人生地不熟的异乡，面对那样艰难的困境，该有多么茫然与无助。然而，尽管如此，钱镜清也只是卧床休息了两天便到胜利路办事处报到。

到达 221 基地以后，钱镜清被分到第一生产部 102 车间一大组工作，任一大组 2 小组组长。知道自己要真正接触核心产品部件加工时，他的心情非常激动，高原反应的症状早就消散了。他暗自下决心，一定要为国家的核事业做出自己应有的贡献。

就如钱镜清所下的决心那样，他没有让国家失望。

经过半个月的岗位练兵，钱镜清正式投入工作。他按照要求穿戴好防护工作服、水晶眼镜、医用帽、特殊口罩、防护袜、防护鞋等，和工艺员、检查员、计量员、助手一起看着铀 -238 产品从库房里缓缓推出来。

铀 -238 产品是 "596" 全尺寸爆轰出中子实验铀 -235 的替代品，其加工尺寸、精度要与之完全一样。上车床操作前，何文钊给他鼓劲，对他说："保持镇定，集中思想，你所加工的每一刀都是人民的期望。"

这是钱镜清参加核工业工作以来第一颗原子弹冷试验用的产品，经过测量、记录以后，他屏住呼吸慢慢地把产品装到机床吸盘里开始加工。

对于钱镜清来说，这次加工是对他车工技术的一次重大考验，也是一次挑战，只许成功不能失败。他的心情又紧张又激动。随着机床的开动，排风口传来震耳的隆隆声，伴着冷水冲刷的声音，在有十分把握的情况下，他开始加工第一刀。由于身体还没有完全适应高原的气候，加之自己有点紧张，第一刀完成以后并不十分理想。

"我有点紧张。"下了车床，钱镜清愧疚地说道。

"这种情况下，我们不能再用以前的方案了，大家集思广益，研究一套新的加工方案。"刘成发副主任平静地说。

"就离标准尺寸来说，我们现在还有一些余地，可以更改操作方法。"站在一边的技术员王菁珩建议道。

"我也认为更改操作方法可以挽回第一刀的失误，这我有信心。"听完王菁珩的建议，钱镜清坚定地说道。

"好！这次不要紧张，不要有负担，稳住心神，慢慢来，我相信你。"刘成发副主任鼓励道。

接下来的加工过程中，钱镜清稳住心神，双目紧盯进刀的部件，关注着真空泵的正常运转，全神贯注地开始操作。经过3个小时的操作，终于拿下产品。经过三方检验，产品完全合格，符合技术标准。

那一刻，大家松了一口气，钱镜清也松了一口气。

在原子弹研制的过程，没有任何可供参考的工艺、技术标准，而且技术要求复杂，有些零件或设备只能依靠经验和技术尝试制作，甚至要手工制作。因此，在加工过程中，还是会碰到各种问题。

在加工049铍产品时，发现一件产品有5毫米深的砂眼。

按常规，产品有砂眼，加工余量不够，只能报废。

"王副院长，这个产品有一个 5 毫米的砂眼。"工艺组长张家厚将此事汇报给了王淦昌副院长。

王淦昌听完汇报，一下子就从椅子上站了起来。

"现在都什么时候了，如果我们返回原厂调换，时间来不及，会耽误国家核试验的正常进行，坚决不能返厂。"王淦昌果断地说道。

"要不让钱镜清试试？他技艺高，说不定他能搞定这个砂眼。"站在一旁的王菁珩思考后说道。

钱镜清看到 049 铍产品毛坯以后，就清楚这个部件如果按常规加工肯定报废，他心里想：大家之所以信任我才找到我，我无论如何都要想办法将这个带有瑕疵的部件加工成合格的部件。想到这里，他对大家说："我可以试一试。"

听到钱镜清的话，大家脸上的愁云瞬间散开，都用期望的眼神看着他。

钱镜清根据自己多年的经验，反复研究，又进行精密的测量，决定采用非常规的加工思路，最后经过精密加工与修复，成功解决了砂眼问题，并加工出质量合格的产品，保证了国家核试验的如期进行。

还有一次，铀 -235 部件在装配中，发现"止口清根"不到位，"止口清根"就是两个部件在对合的时候，由于对合口的根部加工不够精密，致使"口""根"对合不上，影响装配。按规定，应返回生产厂返修。但这个部件不好返工，因为大家都知道，生产一个部件容易，返工一个部件那是相当困难的。因此，陈能宽副院长当即拍板，决定由 102车间进行修复，并到总厂生活区将钱镜清请来。钱镜清来到车间后，立刻穿好工作服，准备上车。陈能宽问他："有没有把握？"他自信地回答："请领导放心。"

钱镜清全身心投入加工工作中，经过精心修复，圆满完成了装配任务。在场的领导竖起大拇指，直夸钱师傅技术精湛。大家都知道"原三刀"而不知道钱镜清，其实他俩干的是同样的活，但由于其工作性质，钱师傅则只能做隐姓埋名的无名英雄。

此时，车间外面已经是深夜，沉睡的草原懒懒的，与白天繁忙的景象形成了鲜明的对比。星星铺满夜空，一轮弯月似乎溢满了家乡亲人的思念，透亮透亮的。

钱镜清为原子弹车了一辈子球，从来没有一次失误，他也不允许有一次失误，因为他明白这个材料无比金贵，也明白它对国家的意义。因此在部件加工过程中，即便遇到很多难题，他都积极动脑子解决问题，保质保量完成任务。

1：1全尺寸爆轰模拟试验成功

此时，六场区上空爆轰的火云已经逐渐散去，草原的天清澈明朗，草地上泛着青涩的绿，几朵云悠闲地飘荡着，似乎在告诉大家，这是一个平静安详的世界，没有战争，没有讹诈，没有威胁。然而，现实中的国际社会又是什么样的呢？

在真真假假的国际喧闹中，西方大国终于坐不住了。1963年7月25日，苏、美、英三国在莫斯科签订了《禁止在大气层、外层空间和水下进行核武器试验条约》。明眼人一看就明白，这是针对当时已经拥有成熟核技术的中国的。也就是说，拥有核武器的美、苏等国家可以通过地下核试验来改进和发展核武器，而中国要进行一般核试验来建立自己力量的权利被剥夺了。

此时，国家面临的是"雪压冬云白絮飞，万花纷谢一时稀"的艰难处境，研制原子弹雪上加霜。为了防止敌对势力破坏，基地领导决定将很多重要的技术材料、数据、文件、试验设备等打包装箱，装上火车运到安全地方。每个单位抽派专人押车，什么也不能问，也不能告诉家属。押运人员周折数次，最后终将重要的资料和设备安全入库。

为了预防美帝国主义的突然袭击，所有221基地工作的人员只要有空闲就要参与到挖防空洞和壕沟的劳动中，没有人叫苦叫累，反而举行挖防空洞比赛，看谁挖得好。一起干活的时候，有人调侃道："你说那美国的原子弹要是正好掉进我这坑里怎么办？"接话茬的人一个接着一个，有的说"哪能那么巧"，有的说"那就死呗"，还有的说"毛主席说了，一切都是纸老虎"，逗得大家哈哈大笑。一件艰难的事情，就在大家激情昂扬的劳动中变得轻松和愉快。当时，为了保证 221 基地的安全，每到夜晚全厂都要关灯，绝不准开灯。白天，一旦听到警报响，大家二话不说，放下手中的活儿赶紧跑到防空洞里躲避，整个基地都处在紧急备战状态。

　　一阵风吹过，将张家厚从过去的思绪中拉了回来。他高兴地说道："1：1 全尺寸爆轰模拟试验的成功，极大地鼓舞了我们，恶气终于要出了，心情和干劲都不一样。"

　　赶回车间的路上，张家厚沉默着，此时，他的心情都是五味杂陈的，内心的沉重是大于喜悦的。三年困难时期，忍着饥饿负重前行，如今，还要天天躲避敌方的偷袭，说一千道一万，就一句话，一定要把组织交给的任务做好。他也知道自己从事的事业对于国家有多重要，比起不知道在苦寒的草原从事什么事业的大多数人来说，这沉甸甸的使命赋予他更多的是责任和担当。

　　张家厚是 102 车间第一工艺组组长，外号"拼命三郎"。为了保证部件的精准性，他每天都会围在进口设备上用替代材料模拟加工，探索最佳的工艺参数和精度控制方法。车间的每一个人都很清楚，国防尖端研究无小事，核材料的生产稍有不慎就会造成几十万元，甚至是上百万元的损失，产品部件也会随之报废。每次试生产之前，理论部、设计部的技术人员就会到车间进行技术交底，而后召开车间、班组会议，提出具体的质量、安全目标，把要求摆在大家面前，使大家明白该做什么，注意什么，如何做，这样，大家都能排除干扰，全神贯注地思考和把握各项操作。在"草原大会战"攻关的日日夜夜，车间的学习气氛十分浓厚，大家在干中学、学中干。大家不分昼夜集中精力钻研业务和查阅资料，全身心投入到方案的研究、生产和试验中，每天工作到深夜才离开车间步行回到总厂生活区。他们的努力保证了产品部件的质量达标，也为以后的技术攻关工作奠定了坚实的基础。

在第一颗原子弹铀薄壳组合件的加工中，遇到不少困难，大家都担心影响最后总装出厂试验。张家厚自信地说："不用担心，问题会很快解决。"不出预料，张家厚亲自设计专用测量工具，改进加工方法，终于按时加工出合格产品，保证了装配的进度。几次交道打下来，大家深知他是一位雷厉风行、说话算数的实干家。虽然这一次的部件加工牵扯到加工设备，超出了加工范围，但王菁珩还是相信张家厚说的话。他拍了拍张家厚的肩膀后说道："你可是基地有名的'拼命三郎'，我不信你信谁？"瞬间，调度室充满了笑声，严肃的场合变得轻松起来。

在第一颗氢弹研制的过程中，需要铀-238关键部件——大型异型回转件，而现有的LT45仿型机床和苏联提供的MK199机床的横向行程都不够，无法满足加工要求，一时成为赶在法国之前爆炸氢弹的拦路虎之一。张家厚也给九院计划处处长贾纪立下军令状，硬是解决了无法加工大型异型件的问题。

张家厚是"根红苗正"的工农调干生，大学毕业后，曾在北京机床研究所工作，后来调入北京九所四室从事核材料的工艺研究。他有着耿直、率真的脾气，从不说违心的话。较真儿的时候，他是一碰就炸的火药筒；办起事来，干净利索，他是不达目的决不罢休的人。

张家厚说话算数，第二天便召集裂变材料工艺负责人王菁珩和王来运，以及谢继业、宋协军两位师傅讨论。

"我想听听大家的想法。"张家厚开门见山。

"最理想的就是改造设备，但LT45仿型车床不好改造。"王来运说道。

"我同意小王的建议，用我们的土办法，对苏联的MK199机床进行改造。"王菁珩了解张家厚，他要干货。

"其实嘛，苏联的MK199机床也不是不能改造，我们就是干这个的，只要你们有图纸，我保证给你们改造一个和设计图一模一样的。"谢继业说道。

"要相信我们的能力。"宋协军接着谢继业的话说道。

听完几个人的意见，张家厚站起来拍了一下桌子说道：

"好！我也是这么想的，就由王菁珩负责总设计，王来运协助。谢师傅和宋师傅多研究研究 MK199，根据你们的经验提出意见和建议。"

之后，无论白天还是夜晚，五个人都奋战在加工放射性材料的 24 号工号里，他们根据加工部件的要求，对 MK199 机床提出了改造方案并进行了图纸设计，经过上级同意后，边安装，边调试，边改进。经过一个月的奋战，终于改造完成大型异型回转件。这是中国特色的氢弹构型，不同于西方"T–U"构型。它是氢弹能量转换的关键部件，既保证了原子弹能量，使热核材料产生聚变反应，又避免了原子弹的破坏作用。

面对六七十公斤重的大型异型回转件，大家穿戴着防护用具，在极为困难的条件下一丝不苟、精益求精地操作，每个班六个小时下来，师傅们的汗水浸透了衣服。

让人没有想到的是，第一次加工出的异型回转部件在与炸药部件装配中产生干涉，技术检查处的处长沈光基在车间和大家共同研究，商量解决的办法。最后通过提高对刀的精度和设计大型全形样板的测量办法，终于满足了总装要求，生产出合格的大型异型回转部件，使我国的氢弹赶在法国之前爆炸成功。

"张组长总有使不完的劲儿，他来往于裂变材料、热核材料加工工号和氢弹'扳机'的内组件和'被扳机'装配工号之间，有时来不及换装，穿上白大褂换上鞋就进入工号检查、指导工作，有时还要动手帮忙，解决工艺问题。真的就是一个不怕死的'拼命三郎'。"宋协军说道。

在221基地，像张家厚技术组长、钱镜清这样的技术工人，日夜奋战在核武器研制第一线、默默无闻的优秀人才不胜枚举：

方正知是实验部的副主任，是做闪光X光射线爆轰物理试验的。刚开始接到中组部调令的时候，他并不愿意来，因为闪光X光射线爆轰物理试验和他之前在北京钢铁学院做的X射线不一样。闪光X射线的爆轰物理试验，是一种透射，就像医院里透视一样，是看物质里面的情况。他在北京钢铁学院做的X射线是用来分析晶体的，是对物质结构的分析。经过深思熟虑后，他还是同意调到了九所。他说："当初朱光亚知道我原本不想来，就跟我谈，让我最好先到草原看看，适应适应环境，回来再搬行李。我去青海之后，环境条件虽然不好，可是人的精神面貌却非常不一般，特别是领导干部。院长李觉、副院长吴际霖，他们都是老革命。当时草原上的基建还在初建阶段，只盖起了少数的几栋楼房，实验部上去了怎么办？两个领导就带着机关的人员把楼房让了出来，去住帐篷。那帐篷虽然是棉的，可正是天寒地冻、冰雪漫天的时候，帐篷里的日子不好过。我非常感动，觉得虽然要改行，但搞科研就要有点勇气，既来之则安之，从而下定决心，回北京就把家搬到了草原。"方正知停顿了一下后又说道："对我们实验部来说，主要是把兄弟单位的劳动成果集中在取数据上，取得各种参数。因此，在试验过程中，要非常严格，非常细致，不放过任何一个小问题。如果不能做到这一点，一个是别人的劳动成果就白费了，另外一个是在核研制的整个计划上也不允许你失败。每个试验必须在规定的时候完成，这都是倒计时，一环扣一环，不允许失败的。"

周允章老人回忆道："我 1962 年调到九所工艺处。坐标一号加工对形状要求很高，每一点有每一点的坐标尺寸，实验部的同志经常来交底，提要求，我们就想办法加工。做出零件后，还有一个测量问题，想了多种办法，反反复复经过研究探讨和试验，最终解决了问题。那时候，我们一边做实验，一边挖防空洞，晚上搞防空演习。在工号做试验时，每当接到电话说注意隐蔽，现在不能打炮，我们就知道是美国 U-2 飞机正从我们头上飞过。"

在分别试验了炸药装料和引爆器之后，下一步的任务就是如何把这两者合到一起进行试验。从 1963 年下半年开始，九所准备在 221 基地做一次最重要的试验：按原子弹的设计，做一个缩小一倍的模型，除了没有裂变材料，一切都是真的。试验的目的是检验这颗原子弹的点火中子源能否产生足够的中子。这次试验称作 1∶2 爆轰出中子试验。

唐孝威带领测量小组，按不同量程摆放了许多仪器检测中子。唐孝威说："只要有我就能抓到。这种试验和普通试验是不一样的。因为我们测量点火中子的话，首先要测它有没有。有的话我们技术就过关了；要是没有，那就要找原因了。不但测有没有，还要测有多少个中子，中子什么时候出现，什么时候产生的中子，这些都要用不同的仪器测量。测量的过程是破坏性的，测量一次就炸掉了，如果第一次得不到数据，很多仪器就报废了，所以非常重要。"

1964 年 1 月，"草原大会战"已全面展开。白文治说："两年规划执行到这个时候，从核燃料方面说，已经生产出来了足够两颗原子弹爆炸用的原材料，六氟化铀的富集度达 90%，天天可以出产品。还原裂变材料的工艺已经全部过关，金属加工原子弹裂变材料部件也做好了准备，一切工作都就绪了。武器方面呢，理论早就完成了，原子弹内爆式的结构也完成了，中子源制造也完成了，并在 1962 年的时候已经成功试验出了中子。原子弹武器方面的各种工艺关都已经过了，到这时候可以说万事俱备，只欠铀 –235 铸件中间消除气泡这一最后的技术难关了。"

铸件上为什么会出现气泡，是气泡还是缩孔，怎么解决，很快就有了眉目。

物理实验组的毕清华和张文祥制作了几张铸件剖面的宏观景象照片，可以明显看出缺陷所处的位置，这表明是在凝固过程中产生的缩孔，而不是气泡。为了消除这个缩孔，张沛霖、徐基乾、张同星、王清辉、张文祥等人，用一种人为控制的办法，最终消除缩孔。在当时原料特别要紧的情况下，用了一个既简便又用料最少的方案。102 车间装配组完成了中子源与铀–235 的装配。

1：1 全尺寸爆轰模拟试验的成功，让大家都缓了一口气。爱因斯坦早就说过："如果中子轰击核原子，可能引起核爆炸。"但具体在什么条件下，什么压力，什么温度，多少中子，那就要做试验了，而中国则是在核研制几乎为零的情况下，一步步摸索，成功破解。

到边疆去，这是祖国的需要

"沧海横流，方显英雄本色；青山矗立，不堕凌云之志"，世间本就千变万化，也只有这样，才能看出谁是英雄。奋战在核研制第一线的人们，之所以能够坚持下来，源于中国共产党的引领，也因为他们的内心抱着不灭的远大志向：让中华人民共和国在世界上的崛起。

"我在 221 基地的最前沿工作了十几年，满怀壮志，一心追求上进，因为我和我的妻子侯家琳当初来到青海，就是因为祖国需要我们。"当马国弟把他的心声吐露出来的那一刻，他的眼睛里溢满了泪花。

马国弟是上海人，生于 1943 年。父亲是上海自来水公司的一名普通员工。不幸的是，1958 年，父亲突发脑溢血而去世。家里的支柱倒了，一家人的生活被推到了难以为继的地步。成绩优异的马国弟本来可以去上一个很好的高中，但因为家境贫困，为了减轻家里的负担，他选择了报考技校，最后成为一名专业车工。

1963年，二机部到上海第三技校招人，只挑成分好的学生。结果没有招满名额，原本留校当老师的马国弟被补招了进去，由此而改变了他的一生。

调到221基地工作，马国弟打心眼里觉得高兴，因为到边疆去，这是祖国的需要，是无上光荣的一件事。

1964年8月，马国弟和很多同学一起来到了金银滩草原。

"江南和高原的区别很大，当我第一眼看到茫茫的大草原、碧蓝如洗的天空、远处耸立的山脉，我的心似乎一下子就宽阔了。"马国弟说道。

马国弟被分到102车间维修组，他很快就投入紧张的工作中。1966年底，由于工作需要，组织要调一批人到一大组。这个大组从事铀–238材料精加工，放射性大，很多年轻人没有结婚，怕影响以后的生育问题，都不想去。马国弟想：我上初中是依靠国家助学金上出来的，我的一切都是党和国家给予的，我是共青团员，回报国家是应该的，既然车间需要人，我就去。

到一大组以后，他跟着李宪洲师傅干活，师傅手把手教，他认认真真学，很快就出师了。没过多久便开始车外球。因为有着坚定的信念，马国弟的工作干得越来越好，他车出来的部件全部都是合格产品，受到车间领导的赏识。

有一天，车间主任把他叫到办公室说："小马，你的表现大家都看在眼里，很好。最近，中央首长要来221基地视察，要到我们车间，你和包兴良师傅加工零件让中央首长参观、检阅，有没有信心？"

马国弟听完，又紧张又激动地说："主任，保证完成任务。"

没过多久，邓小平同志来221基地视察，他观看了马国弟和包兴良师傅的加工操作后，走到马国弟的身边说道："小鬼好好干，一定会有出息的。"

1967年，马国弟已经成长为一名优秀的机长。当上机长的马国弟哪里需要去哪里，不但加工内球，有时候还要到热核材料组去干活。

1967年春节，马国弟正在朋友家吃年夜饭，突然听到敲门声，原来有一个需要马上加工出来的部件需要他和包兴良一起完成。马国弟和包兴良在车间过了一个难忘的除夕夜。对他们来说，这是再正常不过的事，只要组织需要，自己没有任何怨言。

产品加工时，由于当时没有数控机床，只能靠身体来增加力量进行操作，难度极其大。在从事核材料，以及组合件加工时，要冷却预防和处理切屑燃烧，而且在切削的过程中，一边加工一边强力冷却，一旦断水马上就会燃烧。必须目不转睛地盯着部件进行加工，因此马国弟的眼睛视力越来越差，手关节严重损伤，患上了关节炎，每到阴冷季节，便疼痛难忍。

"每次上车必须要戴眼镜，戴两个口罩。冬天车间冷，一哈气眼镜上面就是一层雾气，双手无法擦拭，全凭感觉和娴熟的技术。"马国弟说到此处的时候，脸上有着难以掩饰的骄傲。

马国弟的妻子叫侯家琳，他们的相识是车间郭宗葆做的媒。郭宗葆的妻子和侯家琳是同学，当时在 221 基地西宁办事处上班。

第一次见到侯家琳的时候，马国弟就深深地爱上了她，眼前的侯家琳就像是一枚泛着光芒的璞玉，温润柔情、高贵典雅，不但有着美丽的样貌，还有着如兰的气质。

侯家琳是怀揣着报效祖国的梦想来到青海的。

1963 年，北京四合院外的高音喇叭里，不停地播放着"到边疆去，到基层去，到祖国最需要的地方去"的宣传语。

高音喇叭里传来的宣传语令 17 岁的侯家琳心动，她憧憬着有一天，自己也成为支援边疆的一分子，把自己放到祖国最需要的地方去。侯家琳于是报了名，并如愿以偿，为此她感到骄傲。西行的列车里，一颗少女的心和火车前行的声音一起跳动，她觉得她的未来是即将实现的梦和希望。

侯家琳成了西宁办事处的一名服务员，也被派去做搬砖或卸瓦的活儿。在干打垒的土墙边、建筑工地、运砖瓦的架子车旁，都留有她青春的身影。原本与少女极不相干的硕大铁锹、灰桶、瓦刀和手套成了她最亲密的"伙伴"。

两个相爱的人就在那个激情燃烧的岁月开始了马拉松式的苦恋。1975年，两个人拿到了允许结婚的批复。但是，没有结婚的房子。朋友们热心地到处给他找地方，最后找到了单身楼楼梯下的三角区，马国弟找了一块三合板挡住就算是门，在底下搭了一张床，就是他俩的婚房。

在现代很多人眼里，用楼梯下的三角区做婚房，是不可想象的，是委屈的，但马国弟却不这样想，他说："婚房对于我们来说是温暖的。当时厂里房子特别紧张，要不是朋友帮忙，就这地方都轮不到呢。"

婚后，两人依然两地分居。一个人在西宁，一个人在厂里，聚少离多。

1980年，在西宁工作了17年的侯家琳调到了221基地器材处工作，结束了两人5年的分居生活。

很多人形容侯家琳的时候，都说她美丽、善良、勇敢和坚强。采访忻福祥老人的时候，他给海峰讲述了这样一个故事：2017年，侯家琳胃癌晚期。对于即将离开的世界，她没有感到一丝恐惧，也没有让医院的仪器束缚她。疼痛一波一波频繁地折磨着她，但她却从来不叫疼，表现出的是别人难以做到的坚强。临终前，她给老朋友发了一条微信，"再见了，忻福祥，你看着我绝不是孬种。"

刀尖上行走的日子

说起微秒级电雷管的研制,有一个人可以说是全程参与,采访他的过程中,海安深刻地体会到什么是玩命拼搏开拓。他就是李富学。

1934 年 12 月出生于河南省临颖县的李富学,1956 年从太原第一化工学校无烟发射药研究专业毕业,分到隶属五机部的四川泸州化工厂工作。1959 年 3 月,李富学和另外两个人经过严格的政治审查以后,一起调入二机部第九研究所第二研究室,李富学被分到雷管研制小组。

李富学曾经历过苏联专家的指导,亲身感受过苏联专家避重就轻的指导模式,苏联专家从不给他们介绍具体的技术要领,常以保密簿不合格或者科研报告用纸不符合要求等,故意进行技术封锁。

1959 年 6 月,苏联专家撤走,在特殊的历史条件下,党中央决定坚持"自力更生、独立自主"发展我国的核事业。

1960 年,在九所二室,王淦昌、朱光亚和邓稼先等专家提出了用于"原子弹的雷管"理论方案,把"电雷管"的研制提上了日程。李富学和电气专业的黄有成、部队转业军人严大仁一起接受了这项研制任务。

"当时国内用于军事目的的雷管都是秒级的,连毫秒级的都没有。也就是说,雷管点火到起爆需要 1 到 2 秒,而我们要研制的用于原子弹的微秒级电雷管从第一个起爆、多个起爆到最后一个起爆，时间差只允许几个微秒。传导时间要求非常严格，一开始就要求做到控制在几个微秒内。"李富学说道。

面对如此精细和尖端的要求，一切却都是空白。为了尽快有一个方案，大家在苏联援助时提供的一份原材料清单中进行分析。比如清单上写有橡皮手套、铍青铜等名称，几个人就分析这些名称的成分、用途、性质等，但围绕着这些清单反复分析，也没分析出啥名堂。

"这苏联专家真够圆滑的，给我们留了一份研究不出结果的清单，这样研究下去，猴年马月都研究不出来。"陈志华气愤地说道。

"可不是，就铍青铜这一项，就浪费了我们大半年的时间。"黄有成说道。

"你看连一张图纸都没有给我们留下，援助期间，我们都不知道它长啥样，工艺流程也不了解，更别说最基本的原材料是什么了。"李富学接着说道。

"照这样下去，我们一定会拖后腿的。"陈志华一脸焦急。

正当大家焦虑不安而开始发牢骚时，组长陈学印、副组长牛儒和来到了办公室。陈学印说道："领导决定，要我们从苏联给的条条框框中跳出来，推翻它，不再受它的限制，结合我们中国的产品结构，自己进行设计与研制。"

"从今天开始，搞属于我们自己的雷管，大家有没有信心？"副组长牛儒和补充道。

"当然有，苏联人的那套我都搞烦了，我就不相信，都长着一个大脑袋，我还比不过苏联人了。"严大仁不服气地说道。

由于任务重、时间紧、保密性强，大家白天各自研究分析，晚上开会总结工作中遇到的难题，一起研究解决方法，制订解决方案。

根据专家对制造原子弹电雷管提出的技术要求，研究小组经过一段时间的研究和摸索，制订出了技术方案，并立刻进行设计、研制工作。从装药成分、结构大小、高度等各个部件严格要求。

"刚开始的时候，要求雷管的高度为十几个毫米，现在要求我们尽量压缩，难度越来越大了。"刚分配来的一名大学生一脸愁容。

"邓稼先曾经形象地说'你们做的雷管只要高出一个毫米，产品的直径就会相应增大'，雷管要是大一厘米，可想而知产品的直径得增大多少了。"庞春茂诙谐地回答那位大学生。

"所以我们要严格控制高度，尽量做到精致小巧。"李富学说道。

"别看这个雷管小，它的威力要相当大呢。"陈志华补充道。

随着科研的推进，17号工地没有厂房没有设备，已经不能满足研究的需求，只能依靠外协单位，利用人家的工厂、设备和技术资源做雷管科研。

1961年初，北京的风刮起来就像刀子一样，寒冷使街道变得冷冷清清。几个人打好行李，被解放牌大卡车拉到了火车站。

他们这是要去西安隶属五机部的×××厂。该厂是五机部在西安新建的一个现代化制造雷管、炮弹、炸药的工厂，离青海比较近。

这次去西安，他们带着在北京研制的初步成果，利用×××厂先进的设备和仪器研制并生产出符合原子弹要求的微秒级电雷管。但×××厂并不知道他们在研制什么。

一到西安，几个人就分成了三个组，一组负责装药结构，二组负责炸药制造，三组是测时组。李富学是一组组长。

雷管起爆所用的炸药相当敏感，稍一不慎，就会爆炸。因此，在研制雷管过程中，必须要严格按操作规定。科研人员在操作时，按照要求左手握雷管。同时，因为制作雷管使用的模具非常小，装药时除了必须要非常谨慎之外，还要求工作人员具有熟练的操作技能。

为了防止发生事故，李富学就带头和大家一起想办法改进，做到不将雷管拿在手里，而是放在盘中操作。虽然在技术上要求很高，但在很大程度上保证了安全，减少了对人体的伤害。

为了制作出符合国家精密要求的微秒级电雷管，李富学对这个部件所用材料的性能、原理，以及操作程序等都了解得清清楚楚、明明白白，使研制的雷管能够达到用于原子弹的要求。他心里明白，要做到精益求精，从雷管的尺寸、通电打火花、装药的质量和密度等，都严格把关，做到雷管在手里安全，打出去一定要爆炸，要响！

经过三年从无到有的努力，研制小组从生产工艺入手，精心制作、反复试验，终于制作出雷管的雏形，并利用该厂的先进仪器测试雷管起爆电压的波形等几十个指标，来控制电雷管。通过数万次的实验，将实验之初共设计制作的 3A、3B、3C、3D 四个型号进行了全面测试。通过比对，发现 3C 型雷管的稳定性最好，终于将研制出的 3C 定为合乎设计要求的用于原子弹的电雷管。

研制出来的电雷管需要经过大量的试验来验证其性能，1962 年 10 月底至 11 月初，九所领导决定将研制出来的部分产品送回北京 17 号工地做试验。按规定运送雷管和炸药这类易燃易爆危险品，必须采用特运列车运输，但当时情况特殊，任务紧急，九所有关领导直接打电话找到李富学。

"小李，这次任务紧急，你无论如何都要想办法送一部分雷管到北京。"陈能宽说道。

"陈主任，雷管运输要申请特运列车。按您的要求，现在申请可能来不及。"李富学实话实说。

"我知道申请专列来不及，这样，你先去找铁道部门协调普运，如果能够协调下来就运回来，协调不下来，我再向上级反映。"陈能宽说道。

按照陈能宽的指示，李富学带着一大箱雷管和三个警卫出发。不出所料，西安的军事调度以"没有报计划，不派车送"为由，直接拒绝。李富学打电话给陈能宽，通过北京军事调度给西安军事调度下命令："周总理已经给全国相关部门下达了命令，你们要想尽一切办法让西安方面的同志带着产品上车，我们这边十万火急。"

就这样，李富学和三个警卫员在窑村车站上车，坐上了一列由汽车兵团战士乘坐的闷罐子车。为了防止因为列车一路颠簸而导致雷管发生意外，李富学一直坐在雷管包装箱上。车厢里的汽车兵非常好奇，便问警卫："箱子里装的是什么？你们一直这么用心地守护着。"士兵问道。

"雷管。"警卫回道。

士兵多少知道点雷管是怎么回事，可又不完全懂，一下急了，立刻将此事报告给了他们的排长，排长又报告给连长，最后报到这列火车的最高领导那里。这下麻烦大了，列车上的领导说什么都不让他们搭车，很不客气地说道："你们带的是危险品，列车上乘坐这么多士兵，人这么集中，万一出事，一车人就完了。你们必须下车！"

列车在渭南站停下来，四个人被勒令下车，只好带着一大箱雷管下了车。

搁置在渭南站后，李富学又给北京打电话，详细说明了情况，请求援助。陈能宽又通过军调与渭南地区取得联系，要求渭南站无论如何都要想办法让几个人上车，只要有运货的车，哪怕是一站一站地转，也要保证让他们尽快到京，并通知华山到北京沿途所有的车站给予配合、帮助。为了转车方便，李富学请华山车站的同志帮忙找了一个单独的空房子和一个木箱，把两千多发雷管分装成两箱。又为了防止路途颠簸造成意外，李富学买了很多卷卫生纸，把四周的空隙全都填满，这才放心。

看到四个人认真、仔细又焦急的样子，渭南车站负责人说道："放心，我一定尽快安排让你们上车。"

听了负责人的话，几个人高兴得不知说什么好，连声说"谢谢"。

第一趟货车来了，车站负责人将四个人安排在货车车尾那节车厢里。李富学想了想后对警卫班长说道："你带一个警卫先护送一箱雷管离开，我俩等下一趟货车。"

听李富学这样安排，警卫班长立即明白李富学的意思，带着雷管很可能要多次转车，如果出现意外，至少两队里面有一队能够到达北京，于是，他便带着一个警卫员先离开了。

李富学和警卫员二人在寒冷的侵袭下，一路辗转多趟列车，才到达北京的丰台站。二人下火车后和先到达的警卫班长他们会合。北京的冬天，异常冷，瑟瑟发抖的四人面面相觑，相视一笑，坐上了早已等在丰台火车站的北京方面所派的车辆。

疲惫不堪的李富学把雷管安全、及时地护送到北京 17 号工地以后，才舒了一口气。

1963 年 1 月，大批人马从北京奔赴 221 基地，其中就有李富学所在的研制小组。

到草原之后，李富学奔波在 221 基地和西安之间，哪边有问题就到哪边去帮助解决，夜以继日，艰苦奋战。他只有一个信念，再累再苦也要把国家的事做好，牢牢记住祖国赋予自己的神圣使命。

1963 年夏，朱光亚亲自打电话将李富学和另一个组长叫回北京听取产品的研制汇报。

"对我来说，那次汇报让我记忆犹新，那也是我第一次见到朱光亚。老科学家给我们亲自倒了一杯水，然后询问研究情况。我一一做了回答。听完汇报以后，他笑呵呵地说：'你们做得非常好，过段时间要开一个产品验收会，到时候将你们的研制环节做一个详细的汇报。'从朱光亚的办公室出来，我们又被王淦昌叫到他的办公室，他又给我们讲雷管起爆电能等知识，开始他用英语给我们讲，但我们在东北的时候学的是俄语，不懂英语，他就用汉语耐心给我们讲。两位科学家的严谨和认真给我留下了深刻的印象。"李富学说道。

回到 221 基地后，李富学开始准备汇报用的材料，为了向领导们汇报研制成果，李富学整整忙了三天三夜，把每项指标的数据详详细细地写进了报告。

没过几天，北京的专家们齐聚 221 基地，来论证并确定微秒级电雷管是否适用于原子弹。汇报的时候，李富学对照挂在会议室三面墙上的图纸一项一项详细地讲解，并详细阐述了研制用于原子弹微秒级电雷管的全部构思以及得出的科学数据。

听完李富学的汇报后，参加会议的专家和领导展开了激烈的辩论。王淦昌问道："安全电压能不能保证？""绝对能！可以完全保证！雷管出厂时，我要求生产厂家一个一个通过直流电压的检验，没有任何问题的才可以出厂，并包装运过来！"李富学果断地回答道。还有很多专家提出了相应的问题，李富学也一一做了回答。

在这次会议上，专家们充分肯定了电雷管这个产品，决定将它用于原子弹核爆装置。会后，专家和领导们接见了九所的科研人员，李富学兴奋地对王淦昌说道："王院长，您看产品已基本达到要求，可以定型了。"王淦昌慎重地说："小李，还不行，这只能说明产品局部达到了要求，还不知道组装以后是什么样的。"当时，李富学并不理解为什么不能定型的原因。过后，他才明白，这个产品必须经过原子弹爆炸试验，才能知道它的性能是否达到要求，是否真正合格。

直到 1964 年 10 月 16 日，第一颗原子弹在罗布泊爆炸成功，才定型。

微秒级电雷管从投入批量生产至今，从未出过问题。

在数万次的试验中，从没瞎过火，符合了当时的总体设计，符合了周恩来总理"一开始一定要做到准！即使体积大一点，也要做到准！做到百分之百起爆的要求"。

微秒级电雷管荣获国家科委"金质质量奖"，产品设计人员获一等奖。1988年，核工业部授予"部级科技进步奖"，青海省人民政府授予"青海省科技成果奖"。1989年，国务院授予李富学"全国劳动模范"称号。

艰苦的"草原大会战"，1：1全尺寸爆轰模拟试验的成功，证明几万人几年来付出的心血有了一个圆满的结果，全体科研人员和技术工人几年忍辱负重、默默奋战在研制第一线的辛苦终于结出一颗丰硕的果实。

代号"596"

可以说，在"雪压冬云白絮飞"的外交困难时期，我国的核事业便有着不同于其他国家的深刻意义。当二机部部长刘杰赴221基地检查工作时，决定把苏联拒绝提供原子弹教学模型和图纸资料的日期——1959年6月作为我国第一颗原子弹的装置代号，即"596"的那一刻开始，中国的核事业就成了人民的事业、民族的事业、集体的事业。这是一种国家的呼唤，是中国几千年历史中从来没有翻身的老百姓翻身后的呼唤，也是激励核研制事业所有人员自力更生、奋发图强、早日研制成功的"争气弹"。

1：1全尺寸爆轰模拟试验的成功，就像是一颗定心丸，为"争气弹"爆炸成功奏响了序曲，在"争气弹"起运新疆之前，光谱组的侯廷骦在笔记本上写下了很漂亮的"596"三个美术字。

此时的侯廷骦内心已经开始沸腾。眼前立刻浮现出代号"596"的"争气弹"爆响天宇的情景。多少个日日夜夜的奋战，多少个困难面前的不妥协，为的不就是这一天的到来吗？

侯廷骦，1936年出生于江苏省连云港一个普通家庭，1959年8月毕业于北京大学原子能系，分配到二机部九所工作。

"九所是核武器研究所对外的名称，位于北京市郊区北太平庄花园路3号。我报到的时候，九所周围还是一片农田。进九所的第一堂课就是接受保密教育，我和几个刚分进来的同学一起在党旗下进行保密宣誓。郭英会亲自主持了保密宣誓仪式，他说：'你们将从事一项光荣而艰巨的尖端科技事业，为了党和国家的利益，大家要忠于职守，既要奋发努力，勇攀高峰，又要严守国家机密。'最后他又严肃地告诫我们：'今后，你们取得的成绩不能在社会上宣扬，你们写的论文和科研成果不能公开发表，你们要隐姓埋名，甘当无名英雄。'"侯廷骦回忆道。

对于侯廷骥来说，这是一条通往梦想的路，在大学的5年时间里，他将所有的心思花在学习上，就等着有一天能够实现自己的抱负。

刚进入九所的侯廷骥并没有投入科研工作中，而是加入了九所大楼的基建劳动中。身强力壮的小伙子们干得起劲，挖地基、筛沙子、运水泥、搬砖，工地上呈现出一派热火朝天的劳动景象。不仅仅是刚来的大学生投入大楼的建设中，王淦昌、邓稼先、陈能宽等科学家和很多技术骨干也加入劳动大军的行列中。所长李觉经常甩开膀子和大家一起干。施工紧张的时候，几乎每个傍晚，都有几辆小轿车驶入工地。聂荣臻、陈赓、宋任穷、张爱萍等开国元帅、将军都到工地参加劳动。搬砖、和泥、推车……直到夜幕降临他们方才离去。

试验大楼竣工后，侯廷骥参与到光谱实验室的筹建工作中，面对重重困难，他们发扬"有条件要上，没有条件创造条件也要上"的大庆精神，不等、不靠、不伸手，自己动手攻难关。

"没有专用设备，没有实验台，什么都没有。"唐良宝有些摸不着头脑地说道。

"自己动手绘图设计，然后找协作单位加工，再进行组装。这个楼上的技术员们都这么干。"侯廷骥说道。

"对工科生来说制图当然不是难事，理科生就难了。"唐良宝说道。

"边学边干，在干中学，在实践中增长才干，就这么简单。"侯廷骟说道。

　　在大家的相互鼓励下，他们自己设计制作了实验台，有些专用设备在大家的共同努力下，先绘制成图，然后找协作单位加工，最后进行组装。有很多不能及时到位的器材和设备，他们自己外出采购，为了清洗买回来的大量容器、试管、烧杯，他们推着架子车跑到8公里外的新街口浴室购买蒸馏水。

　　经过努力，一个初具规模的实验室建成了，几个人立即投入课题的研究中。

　　"现在想起那段经历，不得不佩服我们这个科研集体，没有休息日，没有白天，没有黑夜，我们在不断查阅大量国内外文献资料的前提下，反复拟订实验方案，又在反复探索中把研究工作不断推向深入。"侯廷骟说道。

　　在"一切为了596，一切服从596"的宗旨下，光谱组用"蒸发法"完成了金属铀中四种元素的测定。之后，又接受了金属铀中超微量钙杂质的光谱测定任务。大家不顾金属铀的放射性危害，在防护条件极其薄弱的情况下，直接取样，全身心投入，精心做好每一次样品分析，确保分析数据稳妥可靠。经过一年多的艰苦探索，光谱组突破了一个又一个难关，终于完成攻关课题。他们组研究编制的《金属铀中超微量杂质钙的化学——光谱法测定》在1963年二机部第一次分析会议上宣读，经过论文答辩，审核获得通过，确定为用于核试验的分析方法。

在北京经过 4 年的艰苦探索和日夜奋战，于 1963 年年底光谱组全面突破技术难关。遵照二机部党组的指示，光谱组投入紧张的装箱搬迁工作中，准备前往西北参加"草原大会战"。

1964 年 3 月 5 日上午，主任陈宏毅和党支部书记佘萍把侯廷骝叫到办公室。佘萍见他进门便笑着示意让他坐下。陈宏毅开门见山地说："搬迁的准备工作已经就绪，重要部件、仪器设备、专用车床、器材已经装上军列。经研究，由你和唐良宝负责押运，配备一个警卫班护车，具体事宜你和保卫部联系。"

佘萍接着陈宏毅的话非常严肃地说道："押运是转移工作的重要环节，保密性强，责任重大，你要确保军列安全运行，做到万无一失。"

听到这么艰巨的任务落到自己的头上，侯廷骝既兴奋又担心，兴奋的是这是上级领导对自己的信任，担心的是这项任务责任很重大，他怕完不成，但他还是很坚定地说道："请两位领导放心，我保证完成任务。"

出发前，侯廷骝和唐良宝采购了许多面包、卤菜等方便食品，提了四暖瓶热水，供途中食用。因为此次负责押运的军列共有七节，其中五节为闷罐子车，没有卧铺，没有水，没有食品供应。为了保密，军列沿途还需要不停地进行编组。

一路上，军列一般在货站停靠，少则一两个小时，多则五六个小时。每到大站，战士们荷枪实弹跳下车警戒，驻站的军代表亲临现场查问安全运行情况。军列进行重新编组后，挂靠新的车头继续前行。

　　军列行驶到第 6 天，两个人携带的食物全吃光了，水也喝光了，他们忍受着饥渴和列车的颠簸，向青海高原挺进。

　　第 8 天凌晨 3 点，军列终于到达了令两人神往的中国第一个核武器研制基地——221 基地。

　　走下车，月光下的草原显得有些空旷和寂静，一股寒风侵袭而来，两个人不由得打了一个冷战，来不及品味草原的寒冷，便到四室副主任何文钊处报到。

　　"何副主任，侯廷骕和唐良宝前来报到。"侯廷骕说道。

　　"两位辛苦了，经过了 8 天 8 夜的艰苦行程，你们圆满完成了组织交给你们的押运任务，为'草原大会战'提供了物质基础，做出了实实在在的贡献。"何文钊说道。

　　侯廷骕把自己此生最美好的 35 年献给了祖国的核事业，他们研究的核材料分析方法在 16 次核试验中被应用，他撰写的 20 多篇科研论文存放在国家档案馆。因为长期从事放射性工作，身体受到一定的辐射伤害，脊背上至今留有许多红色斑点，他开玩笑地说："这是我的核胎记。"他一辈子获得过很多荣誉，但最让他骄傲的是伴随着"争气弹"升上天空的由他书写的三个美术字——"596"。

挺进罗布泊

1964 年 8 月，中国的首次核试验进入预演阶段。

首次核试验所用的试验装置及备品备件全部加工、装配、验收完毕，221 基地开始往罗布泊起运原子弹试验装置。

此时的新疆罗布泊，已经做好了接收原子弹的各项准备。原子弹试验前场区内外车水马龙、川流不息，成千上万的人车昼夜不停地在场内布置各类效应物,有飞机、大炮、坦克、楼房、火车、舰艇、猴子、老鼠、假人和各种民防工事、导弹竖井、100 多米高的试爆铁塔等。

在国防科委领导的主持下，对原子弹的运输工作进行了周密的、确保安全的部署，采取了极为严密的押运措施，在各种安全措施的保护下，试验装置和各种设备开始着手启动。

7 月，221 基地组成了以李觉、吴际霖、朱光亚为首的第九作业队，李觉任队长，吴际霖、朱光亚任副队长，吴际霖兼党委书记。

第九作业队下属好几个分队，其中代号"596"产品包装、运输、管理工作分队的负责人分别是陈雪曾、甄子舟、吴永文、张世昌等。

为了安全，原子弹试验装置运输一共进行过两次押运，1964 年 8 月押运训练产品"596-0"，9 月底押运"596"正式产品，即"596-1""596-2"两发正式试验用的原子弹。作为分队主要负责人之一的吴永文，参与了两次原子弹的全程押运。

1964年8月15日一大早，一列火车停在金银滩的站台上，等待着装车、起运"596-0"。初秋，草原的清晨虽透着寒意，但吴永文和大家一起马上投入紧张的工作中。

这趟押运列车属于国家一级专列，是从铁道部专门调过来的德国进口带保温设备的专列，因为"596-0"有严格的温度、防震要求。因此，221基地按照"596-0"的特点负责设计了安全措施达到要求的包装。对于"596-0"的包装、固定都有专人负责，按照上级规定，谁负责就要负责到底。

一切准备就绪，由221基地第二书记刁筠寿亲自为他们送行，随行的还有实验部七室负责做放射性监测试验的工程师。

此时的金银滩草原透着清冷的美，空气里弥漫着牧草的香味，让人心旷神怡。一缕朝阳照在草原上，泛着金色的光芒。

列车在这缕朝阳的照耀下，缓缓驶出了221基地。

从221基地到新疆的罗布泊有近2000公里的距离，要将核弹安全保密地运送到试验场区，说起来容易，做起来却困难重重。在产品运输的过程中将会遇到什么问题，大家心里都没数。

为了防止沿途遭到敌人破坏，沿途列车停靠站都有保卫人员站岗保卫，列车停靠时车站工作人员必须要提前清场，任何无关的人都不能靠近。专列没挂餐车，只要是吃饭的时间到兵站，兵站就负责将饭送到站台，押运人员就在站台吃饭，然后列车继续向前走。为了保证运输的安全，一路上严格按铁路部门和保卫部门联合制订的时间表停车。更重要的是得按照技术要求做好防护。比如为了防止放射性物质外泄，必须将温度、湿度、震动等控制在规定标准的安全系数范围之内。

行驶过程中，所有押运人员都被安排在列车的最后一节车厢内，但尾车车厢抖得十分厉害，椅子都是硬木板，一路上大家都非常疲累。但为了保证"596-0"的安全，押运人员谁都顾不上这些劳累，时时刻刻牵挂着"596-0"。

参与押运的技术人员丝毫不敢有马虎，从车厢的温度、震动强度到"596-0"外包装及里面的温度进行 24 小时监测，随时和列车长沟通，只要"596-0"温度高了或者低了，马上进行调整。按照严格要求，运送"596-0"的专列需带保温设备，能够控制车厢的温度，除车厢有保温设备之外，另外还要有能调节温度高低的能源，但是这列保温列车不是运输"596-0"的专用列车。为什么呢？因为这列德国火车原来是用来运输水果、蔬菜等物品的，它对温度的要求不那么严格。如今用它来运输"596-0"就不那么合乎要求，因此，一路上就靠参与押运的技术人员的责任心来保证"产品"的安全。

列车按照严格的时间表前行着，虽然已经行驶了好几天，但所有的押送人员都一直保持着高度的警惕心。列车快到吐鲁番的时候，突然来了一个紧急刹车。吴永文的第一反应就是："老天！'596-0'是否受到碰撞？"肖致和工程师的脸色瞬间煞白，他紧张地问道："什么情况？为什么要紧急刹车？'596-0'会不会碰撞？"旁边的花平寰扶正了一下被急刹车震歪的眼镜，说道："吴主任，我们立刻去检查。"沿途负责协调铁路、保卫、安全的史科胜也非常紧张地去检查"596-0"，看到"596-0"安然无恙，众人才长舒了一口气。事后才知道，原来铁路前方发现一个火堆在燃烧，才来了个紧急刹车。此后，大家更加警惕、谨慎，轮流值班，不敢大意。

"一路上押运的人员几乎没有休息，累了、困了就躺在椅子上面眯瞪一会儿。可哪能睡得着呢？当时大家的责任心真是发挥到了极致！"吴永文感慨地回忆道。

火车到达乌鲁木齐车站是午夜的零点以后，这个时间也是之前计划好的，不仅仅是乌鲁木齐，在乌鲁木齐到罗布泊的运输过程中，中途卸车、运输都是在零点以后。负责接站的是乔献捷和新疆维吾尔自治区公安厅厅长，由他们带领队伍卸下"596-0"。

"大家一定要轻拿轻放，不能出一点儿差错。"公安厅厅长危良一边指挥一边朝公安战士说道。

"明白，请厅长放心，一定保证它完好无损。"卸货的公安战士郑重地回答。

卸货的公安战士小心谨慎地将"596-0"从专列转到汽车上。此时正是乌鲁木齐一年中天气最炎热的时候，为了尽快完成"596-0"的装卸任务，公安战士们一个个汗流浃背，但谁也没有停下来休息片刻。

汽车到达目的地乌鲁木齐机场，也是午夜零点以后，大家又将"596-0"装进伊尔-14运输机上。

"虽然我们是在一穷二白的境况下开始的原子弹研制，但我还是很坚信我们的产品是经得起考验的，当伊尔-14运输机飞过天山山口的时候，气温从30多摄氏度一下子下降到了几摄氏度，短时间内'596-0'经住了冷暖气温变化的考验。"吴永文说道。

伊尔-14运输机大概飞行了四个小时后，顺利到达马兰机场，在马兰机场将"596-0"从伊尔-14运输机上卸下来，又直接装到直升机上，由直升机载着"596-0"训练产品飞到"701"铁塔底下的702装配工号。

在基地同志的帮助下，大家将"596-0"从直升机上卸下来，直接送到了702工号里。

702工号没有安装空调设备，为预防装配环境冷热不均衡，按李觉局长的建议，将702装配工号修建成半地下式。"596-0"卸下来之后，再用吊车吊进工号里，吊车司机和指挥都是702作业分队的人，其中吊车司机是从221基地带过去的，他们兢兢业业，在高度紧张中完成了第一次训练产品"596-0"的装配任务。

"596-0"训练产品安全运输到试验场之后，吴永文对整个运输过程做了认真总结，记下运输途中的得与失，为第二次正式押运做好各项铺垫和准备工作。

"从罗布泊回到221基地以后，我们开始正式装配'596-1'和备用弹'596-2'。两枚原子弹在运输过程中的安全保卫工作和运输模拟弹是一样的，原子弹不是装配好的，也不是单独装在一个车厢里面，而是分开放，哪几个部件装在哪几个车厢里都是事先安排好的。根据上次在运输中间出现紧急刹车的情况，装配工人想了一个很好的点子，把所装的部件四周用挑水扁担顶在一起，避免了'596-1'和'596-2'在紧急刹车时产生晃荡。吴永文又说道，"9月29日，是核研制历史上一个里程碑式的日子。'596-1'和'596-2'从221基地起运，吴际霖亲自到海晏火车站送我们，押运列车由李信随行。这一列特殊专列，由总参军交部和铁道部负责准备。各车厢都装有通信及空调设备。从火车机头、车厢、电机、空调、通信仪器，到司机、列车员、检车员、列车长都是按规定挑选最好的。为了保证将原子弹绝对安全运送到试验场，国防科委专门成立了保卫工作小组：由基地保卫处副处长崔寿桐、公安部科长胡伯鑫、王学玺和马杰成四人组成。他们的主要任务是既要负责沿途原子弹运输的安全保密，还要负责协调参加此次运输的各单位的工作，保证原子弹的顺利运输及安全试爆。经过协商和安排，由空军、总参军交部、铁建部、二机部、221基地、新疆军区保卫部、新疆维吾尔自治区公安厅以及总参谋部、公安部、总政保卫部、国防科委等组成主要运输单位，并对参加原子弹运输单位确定的领导人和参加人员进行严格的政审。同时，还规定了定任务、定人、定位、定职责、定知密范围的'五定'措施。为了安全、保密，列车进行了改装。比如为防止火花，把检车使用的小铁锤都换成了黄铜锤。在途中除了司机有换班休息外，专列上所有同志都随车作业，不完成任务不换班。押运人员很少休息，很辛苦。但这次专列和上次的专列不一样，挂了一节餐车和一节卧铺车。列车上的生活条件改善了，睡觉有卧铺车厢，吃饭也不像第一次运输时那样靠兵站送饭。"

除了运输过程中做到了万无一失，专列沿途的警卫和到达乌鲁木齐后的警卫都是按照国家最高元首级警卫的。列车沿途通过的重要车站、路段、桥梁等地方，由总参谋部通知该专列通过的铁道沿线驻军和民兵担任外部警卫，内部警卫由公安部通知铁路公安局、处担任。专列到达终点乌鲁木齐后，外部警卫由新疆军区担任，内部警卫由新疆维吾尔自治区公安厅担任。

在列车还没有从221基地出发之前，新疆已经从各个方面开始安排部署警卫，大家一个细节一个细节地过，对于尽可能出现问题的地方进行梳理，并制订解决的办法。

在车站到机场的汽车运输环节中，大家的意见因达不成一致而出现争论。

"这段路我们要全程戒严，这样才能保证万无一失。"一个处长说道。

"要是戒严了，全新疆的人都知道我们有大行动，反而带来不安全因素，这个方案不可行。"另外一个人立即否定。

"我看还是把运输时间调到夜间，这样我们可以暗中戒严。"负责此次运输的处长崔士范说道。

"我同意崔处长的意见，白天这条路上车辆多，行动目标太大，不利于安全保密，但我有一个顾虑，如果我们天黑了运输，那条路上还是有很多车辆。"负责此次运输的公安厅科长朱文良接着话茬说道。

"我认为我们可以在这段时间专门对这条路做一个检测，什么时候车辆流动最少，我们什么时候押运。"崔士范提出了他的想法。

"我赞同！"

"我赞同！"

……

会议室里的几个人达成了一致意见。

经过近十天的观察，发现凌晨2点到4点是车辆最少的时刻，于是，大家把原子弹从车站运送到机场的时间定为凌晨两点到四点。

列车经过6天的奔波，缓缓开进了乌鲁木齐站。

为了保证原子弹到达车站后的安全，新疆军区派了三层警卫，内层30米左右一岗，有关领导及工作人员发放专门证件，无关人员根本不能接近专列。新疆军区保卫部长李子香等领导亲自在夜间查岗。自治区公安厅厅长危良同志夜间亲自守车。

凌晨2点钟，一支低调又严谨的车队护送装好的原子弹出发，前面是开道车，遇到过来的车一律让它靠左边停车，等车队通过以后才能放行。接着是警卫车，中间是装有原子弹的车，后面又是警卫车。车队一到机场，立即装机，飞机上有基地保卫队的警卫，机场有加强的警卫。

天亮后选择最好的气象时间起飞到马兰机场，新疆军区和自治区及乌鲁木齐市委的领导对此次原子弹运输工作给予极大的关怀。王恩茂书记以及军区、自治区领导接见了核弹运输的全体同志，并请大家吃了顿饭。在场的除参加运输的人员外还有招待服务人员。因为极严的保密纪律，王书记并没有讲多少话，只说道："同志们辛苦了！"

"为人民服务！"大家异口同声地回答道。

接着他又说："请大家品尝一下新疆地方风味烤羊肉串，我专门请天山大厦的高级厨师为同志们烤的。我代表我们几位同志祝大家工作顺利。"

在各单位的大力协同、积极配合下，第一颗原子弹终于顺利地运到了试验场区。

就在原子弹安全运到试验场区后不久，张爱萍便命令运输组负责人："立即回到乌鲁木齐，想办法把运原子弹的专列隐蔽起来。"在场的总参军外交部部长接着话说道："只要你们找到隐蔽的地方，运输方面需要什么条件，有什么需要解决的问题，尽管提出来，我们想尽办法解决。"

吴永文很清楚，之所以让他们尽快返回乌鲁木齐找隐蔽专列的地方，是因为"596-1"已经进入试验场准备试验，专列上还放着"596-2"备用原子弹。这一机密知道的人很少。快速转移就是要保证原子弹不发生意外。另外一个原因也是从一些国家虎视眈眈地紧盯着中国不放的原因出发，虽然布置了各类效应物，外行人看不出什么名堂，但内行人一看就知道是在干什么。美国和苏联的飞机在上空转，在不择手段地搜集中国的情报。原子弹爆炸没几个小时，日本的取样飞机就升空取样，在这样紧张而严峻的形势下，执行此次任务就显得非常及时和重要。

隐蔽专列不是一件容易的事，难度很大。接到隐蔽专列命令的崔寿桐和胡丛鑫等同志立即返回乌鲁木齐市，向公安部的领导和自治区公安厅崔士范处长、朱文良科长等，传达了张爱萍的命令。经研究后他们乘汽车在乌鲁术齐市周围侦察寻找隐蔽地，并随时将查看情况、考察结果向张爱萍做汇报，提出了一个较远距离的隐蔽方案。经中央同意后，专列便离开乌鲁木齐市转移到甘肃境内的 × 基地。

在原子弹的保护过程中，不管是领导，还是工作人员都做到了极端负责、一丝不苟。他们心里明白，这列火车上装载的是党和国家，以及全国人民的信任和重托。他们清楚自己肩上的分量有多重。为了保守秘密，这一专列的人都受到严格的保密教育，世人无从知道他们，他们是真正的无名英雄。

震动寰宇的惊天一响

金秋十月，沉寂的罗布泊因为绵延数里的帐篷，显得热闹非凡。送水车在远处的沙丘里时隐时现，给人以踏实的感觉。那高高立起的试爆铁塔与大漠戈壁融为一体，好似神笔勾勒出的一幅韵致清晰的水墨画。朝阳升起的时候，连绵的沙丘被太阳照得金光灿灿，一点也看不到戈壁旷漠的严酷。是的，每一个善良的人，每一个善良的国家，都不会冰冷地去讹诈一个百废待兴的国家，更不会给伤痕累累的百姓撒一把盐，让其负重前行。然而，现实就如这一望无际的戈壁滩一样，表象的美永远不能够替代真实存在的残酷，除非你去改变它。

很多人不知道几日后的戈壁滩会发生什么，但真正参与其中的人们心里明白，最后的攻坚开始了。

此时，在罗布泊 702 工号里，参加总装的人员正在等待着上级领导下达命令。

张爱萍肩上挎着水壶，一会儿走到测试设备前，询问工人师傅设备是否正常，一会儿又走到百米高的铁塔下，问候驻守的解放军战士。一会儿又与科学家们风趣地谈笑着，一会儿又走进了距铁塔几百米远的地下工房，与每个人握手致意，问寒问暖。他亲切地拍着曹庆祥老师傅的肩膀，一再叮嘱："你们在工作中一定要牢记周恩来总理的指示，'严肃认真、周到细致、稳妥可靠、万无一失'。"

10 月 15 日早晨，基地指挥部下达总装原子弹准备塔爆试验的命令。全体参试人员兴奋地互相搂抱在一起，高声喊道："可盼来这一天了。"

在组长蔡抱真工程师、副组长吴文明工程师的带领下，装配组的全体工作人员激动而又有些紧张地走进地下工房。

地下工房是一个临时工房，既不宽敞，也不敞亮，稍不注意就会被地面上摆放的零部件绊倒。大家在指挥员的指挥下分工明确，有条不紊、全神贯注地总装着每一个零部件，车间里金属碰撞发出的声音清脆响亮，此起彼伏，像是一曲交响曲，一首即将改变命运的交响曲。

黄克骥心里感到奇怪，平时练兵，科学家和领导们时不时都会来与他们开玩笑，聊一些轻松的话题，今天怎么没有一个人来？到了吃午饭的时候，大家脱去工作服走出地下工房，突然被眼前的景象惊呆了。

张爱萍将军、221 基地领导、科学家们站在地下工房的出口处，一位厂领导对他们说："张爱萍将军怕打扰你们操作，在这里站半天了。"接着张爱萍将军走上前来，握着每一个人的手说："辛苦了，辛苦了……"

"那一刻，我激动得涌出一股热泪。此情此景令我们感动，终生难忘。就在这时，刚才那位厂领导又走上前来，心情激动地对大家说：'张爱萍将军特派直升机从乌鲁木齐运来了冰棍慰问大家！'听到这个消息，我们一阵欢呼！在挥汗如雨的时刻，能吃到一根冰棍，是一件多么幸福的事啊！"黄克骥满脸激动地说道。

1936年出生于辽宁省辽阳县一个农民家庭的黄克骥，弟兄姊妹8个，他是老大。由于家里孩子多，生活困难，不能报考中学继续念书，黄克骥高小毕业后就去沈阳一家私人橡胶厂当学徒。1952年，年仅16岁的黄克骥考入沈阳重型机械厂技工学校学习装配钳工，为期一年。毕业后分到重型机械厂工作。1960年，他正式调到二机部北京九所车间工作，任务是为研制第一颗原子弹做试验准备工作，并加工试验需要用的工具和零部件，满足17号工地打小炮使用。

1962年至1963年间，黄克骥和另外一位老师傅被抽调到旧车间去工作，在这里真正接触到了原子弹。

1964年春，黄克骥赶赴金银滩草原221基地，分到二分厂207工号总装车间，为第一颗原子弹的总装做准备工作。站在总装车间，黄克骥暗暗发誓，坚决完成党交给的任务。一定要为党、为国家争这口气，把工作做到最好！

为了减少失误，黄克骥每天严格地模拟练兵、看图纸，用训练弹反复进行拆装，熟悉工艺。除了黄克骥，总装车间的每一个人都是这样，尽职尽责地把自己负责的工作做到最好，做到不出任何差错。精益求精的工作态度使黄克骥很快从众人中脱颖而出，得到了组织的信任，曾先后参与我国第一颗原子弹、第一颗氢弹的总装，以及第一次"两弹结合"飞行试验。

傍晚时分，首颗原子弹总装工作终于完成。大家如释重负地舒了一口气，感到浑身一阵轻松。黄克骥与工友们走出地下工房时，看见铁轨上有一辆平板车载着一个大铁罐停放在那里，还有一辆大吊车停在一旁。

一切已经就绪，就等着他们总装出来的原子弹了。这时，听见一声"起吊"的命令，朱振奎师傅聚精会神地坐在吊车驾驶室里，在曹庆祥师傅手里摆动的旗子和哨声的指挥下，慢慢地将原子弹从地下工房的天窗里吊了出来，安稳地放在了平板车上的大铁罐子里。装配组组长蔡抱真工程师、朱深林师傅、曹庆祥师傅和黄克骥在平板车前就位，听到一声"出发"的口令后，他们4人便平稳地推着载有原子弹的平板车，沿着铁轨一直送到铁塔下面，交给负责将原子弹运送到铁塔上的工作人员，圆满完成了这项任务。

紧接着，大家一起登上大轿车离开702工号，在茫茫的夜色里向参观站方向驶去，等待那振奋人心的时刻到来。

"当看着第一颗'争气弹'在我们的手里总装出来，那份骄傲与自豪感是无法用语言表达的。我何其幸运，不仅参与了这项工作，而且用自己的双手参与总装了第一颗原子弹。当看到第一颗原子弹爆炸的蘑菇云冉冉升起时，我的心情非常激动，和大家一起含着热泪，在那里跳跃着，忘情地欢呼着！"黄克骥自豪地说道。

随着原子弹总装的完成，罗布泊核试验场区下达了清场命令，九所第九作业队大部分人员撤离现场，只剩下上塔插雷管的几个人以及李觉在内的几个主要领导。

1964年10月16日凌晨，李觉将军向试委会报告："原子弹塔上安装和测试引爆系统第三次检查完毕，请求清晨8时开始接插雷管。"张爱萍、刘西尧、朱光亚、张蕴钰等领导签字同意。

凌晨5点的时候，食堂的大师傅已经为最后上塔插雷管的几个人准备好了早饭。李觉局长给每一个人盛饭，并端到几个人跟前，他语重心长地对大家说："你们好好把饭吃饱，不要紧张，放松心情，也不要有思想压力，顺利完成任务归来，我在塔下等你们。"

几个人吃完饭后一起到了爆破塔下，准备就绪的陈常宜、叶钧道和124团工程兵牛工段长一起坐在吊桶盖上往塔顶升去。但让人意想不到的事情发生了。就在吊桶升到离地面30米的时候，突然停了下来。事发突然，坐在吊桶上的三个人都很紧张，但他们心里清楚问题出在哪里，一定是钢丝绳滑出轨道卡住了。

在这紧要时刻，牛工段长毫不犹豫地一个箭步跳到了塔上，攀爬到被卡的地方，用扳手一点一点将钢丝绳扳回轨道，复位后又跳回吊桶，吊桶重新开始往塔顶升去。

"事发虽然很突然，尤其是到了最关键时候，但我们冷静地处理了问题。通过这件事，足见上级领导决策的英明，如果那天只有我和陈常宜二人上塔，遇到钢丝滑出轨道的问题，就无法及时解决。"叶钧道说道。

8点整，原子弹装配的最后一道工序——接插雷管开始进行。大家给这道工序起了一个很有趣的名字：给原子弹"梳辫子"。

701分队队长陈常宜、副队长叶钧道和已经上塔的张寿齐在高达102米的铁塔上默默地等待着插管的指令。他们要在高塔上将几十个雷管安装在原子弹上。这项工作要求非常高，它不但考验着操作人员的知识、技术水平，还考验着他们的身体和心理素质。

用于核武器的微秒级电雷管对静电非常敏感，所以，雷管在搬动和安装的过程中，绝对不能磕碰，还要防止静电火花。每位操作者操作之前必须要先做去静电处理。他们身上从内到外穿的全是棉织品，包括鞋、衣服、裤子都是棉的。

几个人在102米高、摇摆晃动的塔架上操作，其难度和危险性不言而喻。这就要求每一个人都必须做到认真、谨慎、大胆、冷静，不能出现丝毫失误。与张寿齐同时上塔的还有贾保仁，由队员贾保仁负责记录他们三人谁插了哪根雷管，并协助递零部件。由于进行的是第一次核试验，又必须不出任何差错地将多根雷管插好，他们承受的心理压力可想而知。

"当时确实很紧张，但责任重大，我们心里只想着如何认真操作，圆满完成任务，确保万无一失，其他的什么都不想。"叶钧道说道。

操作过程中，由贾保仁拿起雷管递给他们，他们每操作一步，就马上去握一下接地的静电棒，确保消除静电。插雷管的整个过程动作很慢，有条不紊，所以用时比较长。插雷管时，判断雷管是否插好，全靠操作者的感觉和听觉，如雷管插到位时就会听到"咔"的一声，如果有一个人说没听清，就得重新插。他们三个人每插好一根雷管，就由贾保仁认真记录。

插好雷管以后开始接导线，之后便是导通环节，确定把同步装置与雷管连起来，这一项工作由赵维晋负责。几个人最后从塔上撤下来的时候，爆室里的李炳生和杨岳欣两个值班人员已撤离。叶钧道记得很清楚，在塔底下等待他们的是李觉、朱光亚和张蕴钰三位领导。

此时，他们安全、顺利地为第一颗原子弹"邱小姐"梳好了"辫子"，出色地完成了第一颗原子弹试爆插雷管的任务。

完成最后一道工序后，队长陈常宜感慨万千，和叶钧道相互对视了一眼，脸上露出了难以掩饰的兴奋和喜悦。

队长陈常宜有三个外号，第一个叫"打炮司令"。在221基地，如果说陈常宜是谁，可能很多人都不知道，但如果说"打炮司令"，却几乎无人不知，无人不晓。爆轰试验是核装置研制过程中不可缺少的极其重要的环节，而且要进行大大小小无数次试验。在试验场，设计、安全、测试等各部门都得参与，就得有一个统一的指挥和协调，于是大家就把负责现场指挥协调的这个人戏称为"司令"。既然是司令，可想而知，责任大、压力大。虽然没有指挥千军万马，却担着千斤重担。"打炮司令"由此而来。第二个外号叫"老抠"。"老抠"这个词一般指舍不得花钱的人。而对于陈常宜来说，指的是他在工作上的严格，甚至是苛刻。说起这个外号，陈常宜不无感慨地说："爆轰试验是一次性试验。制造试验装置花钱多，特别是大型试验装置，非常昂贵，加工制造周期又很长，一旦试验失败，不仅造成极大的经济损失，而且严重拖延进度，影响整个计划实施。再则，爆轰试验是危险工作，关系到所有参与人员的生命安全，因此，在工作中容不得一丝一毫的疏忽大意，安全和质量始终要放在首位。我很幸运，干了一辈子爆轰试验，没出过一次事故，这得益于工作上的一丝不苟和严格要求。这样有时难免会显得不近人情。"第三个外号还跟王淦昌有关。我国第一颗原子弹是在铁塔上起爆的，工作人员平时上下铁塔都是将人放在吊桶中，用卷扬机将吊篮吊上塔。

院领导最初设想，核爆前，塔上工作全部结束后，为了节省资源，将吊装用的钢缆卸下回收，这时塔上的人员就必须徒手爬塔而下。701队就让少数同志学习爬塔，100多米的铁塔笔直地耸立在空旷的沙漠上，没风的时候都会自然晃动，何况试验场经常起风，塔顶晃动幅度几十厘米都是很正常的。恐高胆小的人不要说在上面工作，站都不敢站起来，更何况徒手爬塔了。指定要爬塔的人员得提前一个多月就开始训练，这可真难住了不少人，虽然身上都戴着保险带，但人在移动过程中保险带是不起任何作用的，只有中途休息的时候才能用得上。这就要求大家不仅要有良好的身体素质，更要有良好的心理素质，保持心理稳定，胆大心细。陈常宜是701队队长，又是插雷管组的组长，当然要掌握爬塔的技巧。况且他长得精瘦，天生的动作灵活，练习爬塔没怎么费劲，轻轻松松就爬了上去。站在旁边看着他的王淦昌乐了，伸出大拇指对他说："好啊！你这爬塔的功夫简直像个'猴子'啊！"从此，"猴子"也成了他的外号。

1928年生于江苏常州的陈常宜，1952年毕业于上海复旦大学物理系。1960年从北京地质学院抽调到北京第九研究所，在陈能宽的领导下参加了"17号工地"爆轰试验，他几乎参加了原子弹所有的爆轰试验以及核爆试验。1963年到221基地，1964年第一颗原子弹试验时任第九作业队701队队长、起爆前最后一道工序插雷管组组长。研制氢弹时，221 基地集中力量组成氢弹原理试验突击队，他担任队长，在很短的时间内解决了关键技术，如期完成任务，确保 1966 年底氢弹原理试验如期进行并取得成功。1966年第一颗氢弹原理试验时仍任试验现场第九作业队 701 队队长。

此时，刚从百米铁塔爬下来的叶钧道不禁回想起了 8月份那次预演时他们被困塔上的难忘经历……

1964 年 8 月，在第一颗原子弹爆炸之前进行了一次预演，叶钧道作为参与人员来到了罗布泊试验场。他们的任务是把原子弹安全吊装到 100 米高的爆塔上，同时保证爆室的温度、湿度等环境要求，并完成起爆前最后一道工序插接雷管工作。当叶钧道和陈常宜一起完成了塔上工作，正准备乘坐吊篮下塔时，戈壁滩忽然刮起了大风。按照安全规定，只要遇到 5 级以上大风，吊篮就不能使用了。塔上的他们只能等风停了才能下塔。天渐渐黑了下来，可是风不但没有停，反而越刮越大，达到了 12 级以上，他们被困在塔上了。

爆室外狂风呼啸，爆室内摇摇晃晃，站也站不住，坐也坐不稳，两个人只能抓住铁栏勉强保持平衡。

狂风中，塔顶的晃动幅度有时会达到一米以上。尽管爆塔的设计安全可以抵抗十二级以上大风，但在这种情况下，人在爆室里待一分钟，就有一分钟的危险。

在戈壁的旷野中，两个人随着爆室晃动着，他们不担心"596-0"会滑落，因为设计了自动刹车装置，但为了更保险一点，叶钧道紧紧握着刹车把手，一刻也不敢松懈。

塔下的领导心急如焚，他们不断地打电话安慰他们："陈常宜，你们要稳住，我们正在想办法让你们下来，你们再坚持坚持。"

"领导们正在想办法解决，我们再坚持坚持。"陈常宜将领导的话传达给了叶钧道。

长夜漫漫，朔风呼啸，他们上去的时候没带一点水和干粮。百米高塔之上，又冷又饿，而铁塔以大约一米的幅度左右摇晃，两个有着钢铁意志的男人，却在高塔上被无情的狂风晃得晕晕乎乎，根本无法合眼。二人饥肠辘辘地熬过了漫漫长夜。第二天狂风依旧，更加让人煎熬难耐。戈壁大漠本就干燥无比，再加上长时间没有进水，两个人的嘴皮已经干裂，起了火燎泡，喉咙干疼似在冒火，体力也渐渐开始不支。

就在两人煎熬难耐时，124团工程兵牛工段长冒着大风，不顾生命危险，硬是攀爬到铁塔架子上，送来了水、面包和鸡蛋等食物。

啃着同志冒死送上来的面包，叶钧道的眼睛湿润了，他知道在这项伟大事业的背后，很多人都在付出，他们是一个光荣的团体，也是一个坚不可摧的团体。

叶钧道讲述这段历史的时候，眼睛里饱含泪水，对于他来说，这段记忆不仅仅只是惊心动魄的，更是一段让他全部的心灵都浸透在他自己深沉的情感之中的记忆。

叶钧道出生在陕西户县一个普通农民家里。户县地处关中平原，土地肥沃，一家人靠种地为生。他经历了残酷的抗日战争和解放战争，虽然年纪尚小，却经历了民族的苦难和旧中国的累累创伤。这一切在年少的叶钧道心里埋下了渴望祖国强盛的种子。

1950 年，读过书的叶钧道幸运地被政府保送进入东北工学院，主攻有色金属压力加工专业。

上大学的时候，除了学习之外，叶钧道还积极参与社团工作，他是学校团总支委员。空闲时间，他喜欢看书，看得最多的是苏联小说，《钢铁是怎样炼成的》《卓娅与索拉的故事》《真正的人》，等等，这些书给了他非常大的影响。

毕业后，叶钧道分到中国科学院工作。

1960 年春季的一天，叶钧道接到通知，来到时任二机部九所副所长朱光亚的办公室。朱光亚郑重地对他说道："组织上准备抽调你参加一项重要的工作。"

"什么工作？"

"暂时保密。"看到叶钧道有些迟疑，朱光亚用更加严肃的口气接着说道："这项工作非常重要，关系到党和国家的重大利益。"

听到这句话，叶钧道立刻意识到自己以后要从事工作的重要性，心里感到非常振奋，便毫不犹豫地答应了。

随后，叶钧道在陈能宽的带领下，开始进行原子弹爆轰试验。因为有在科学院工作的经验和基础，他在极短的时间内就适应了新的工作，并全身心投入原子弹的爆轰研究工作中。

1963 年，经过理论、设计、试验、生产等各部门的不懈努力，原子弹研制工作到了最后的攻坚阶段。叶钧道和九所的大部分科研人员来到 221 基地——青海金银滩草原，进入研制原子弹的最后冲刺阶段——"草原大会战"。

第一颗原子弹采用"内聚爆"型。需解决的技术难关，是炸药同步起爆聚焦爆轰波。经过大家的共同努力，很快就将这项技术问题攻克。可以说，核研制过程中，所有人员都是在用最原始的方法向着一个最辉煌的目标进军。

很多年以后，当叶钧道看到大屏幕上播放着 50 多年前他们在大草原埋头苦干的镜头时，他再也控制不住自己内心的情愫，潸然泪下，一抹柔情在他的脸上浮现，他的思绪随着镜头早已飞回了那曾让他奉献了青春的峥嵘岁月……

时间定格在 1964 年 10 月 16 日 15 时，新疆罗布泊一声惊雷般的巨响震动寰宇，直达云霄，一朵蘑菇云翻滚着升上天空。这一声巨响，使中国从此屹立于世界军事之林，不再被那些核大国所欺凌。在这声惊雷的背后，所有参与核试验的人背负着坚定的理想信念，蹚过荆棘，用自己的汗水和青春谱写了可歌可泣的无声誓言。

第三章
奉命于危难之间

从苏联单方面撕毁协议到原子弹爆炸，中国用时 6 年。中国的核科学家带领着自己的科研队伍，在没有任何技术可借鉴的情况下，日夜奋战、艰苦奋斗，充分发扬了"一不怕苦，二不怕死"的革命精神，有的甚至将自己的生命留在了原子弹研制的路上。他们忍受着生活上的困难，在极端艰苦的条件下、在自然条件恶劣的环境中，终于研制出了中国人民的"争气弹"，让中国人民挺起了脊梁。

白手起家研制氢弹

1960 年 12 月，当原子弹的研制还在最初的理论设计阶段时，氢弹的研制已经从钱三强和物理学家黄祖洽的谈话中开启了。历史证明，氢弹理论探索先行一步是钱三强、刘杰下的一招妙棋，为尽快突破氢弹技术打下了坚实的基础，赢得了时间。

1967 年 6 月 17 日 8 时 20 分，凝聚着核研制所有工作人员心血，并带着毛泽东主席和全国各民族人民殷切期待的，相当于 330 万吨 TNT 当量的中国第一颗氢弹，在罗布泊的上空，距地面 3000 米的高空处，成功炸响了！这一惊雷般的巨响，不但振了国威扬了军威，也大大地提高了中国的国际地位。

英国《星期日泰晤士报》以《中国爆炸氢弹》为题，发表评论称：中国在通向完全核地位的道路上前进的速度，又一次使西方专家们大为惊诧。第一颗氢弹爆炸的实现，比预计早了六个月到一年的时间。中国制造原子武器到热核武器所用的时间，比任何国家都短。

从简单的一张书桌、一把计算尺、一块黑板开始，到具备氢弹研制技术，人才的缺乏、没有借鉴的资料，等等，都是挡在氢弹研制路上的一座座大山。在一穷二白的艰苦条件下，科学家们带着团队在艰难的摸索中开始了氢弹的理论探索。

1963 年 9 月，九所组织一部分科技人员围绕设计含热核材料的原子弹，加快了氢弹的理论探索。

那是一个热火朝天的年代，他们的激情在花园路 3 号的那座灰楼中燃烧着，他们的岁月因为伟大的事业而散发光芒。从老一辈的科学家到年轻的大学毕业生，大家畅所欲言、献计献策。在一张白纸上描画着中国氢弹研制的蓝图。彭桓武所作的一次报告中，从理论层面上阐明了加强型原子弹还不是氢弹的认识。周光召抱来一堆印有美、苏导弹外形照片的书刊，对这些导弹的外形和类别进行了分析，认为原子弹和氢弹在结构上有很大的差别，在原理上也可能会有质的不同。

1964 年 1 月，中央专委根据氢弹预研工作进展情况，要求原子弹炸响后，在"三五"计划期间解决有无氢弹的问题。

1965 年 1 月，由黄祖洽、于敏牵头的 31 人氢弹理论研究队伍汇集在了一起，形成了强有力的科研攻关"拳头"。

1965 年 2 月，中央专委批准了二机部报的计划，力争 1968 年进行氢弹装置爆炸试验。几个月后，又批准了二机部《关于突破氢弹技术的工作安排》，决定在继续进行理论探索的同时，进行若干核试验，争取在 1966 年 6 月进行一次含有热核材料的原子弹试验，按理论与实践相结合的路子，逐步突破氢弹技术。

1965 年 2 月，在彭桓武、朱光亚的主持下，邓稼先、周光召组织科技人员制订了关于突破氢弹原理工作的大纲：第一步，继续进行探索研究，突破氢弹原理；第二步，完成质量、威力与核武器使用要求相应的热核弹头的理论设计。

准确完整的参数是核装置设计的重要依据。核武器研究所的科技人员在文献研究中发现记载数据很不一致。原子能研究所的何泽慧带领 30 余名科技人员，在丁大钊等曾进行过的关于轻核反应的科研工作基础上，经过半年左右的实验研究，对热核材料的核反应截面进行了测量，获得了可靠的实验数据。

1965年9月，于敏带领一支小分队赶赴上海嘉定华东计算所，并在那里进行了艰苦卓绝的"百日会战"，抓紧设计了一批模型。经分析研究，这支小分队获得了热核材料燃烧规律的重要成果，但这种模型重量大、威力低，不符合当量要求。于敏在总结经验的基础上，做了一系列详细的分析报告，科技人员又计算了一批模型，发现了热核材料自持燃烧的关键，解决了氢弹原理方案的重要课题。

1965年12月，由九院第一副院长兼二二一厂书记吴际霖主持，二机部副部长刘西尧、李觉，国防科委二局局长胡若嘏等参加的会议上，确认于敏等提出的利用原子弹引爆氢弹的理论方案从基本规律上推断是可行的。

据此分析，在1967年底或1968年上半年就有可能研制出体积较小、重量较轻、聚变较高的100万吨级TNT当量的氢弹。

这一切，验证了一句话："中国人不惹事，但从来不怕事。"

距离原子弹爆炸仅仅过了两年，第九作业队的全体工作人员再次乘上专列，带着金银滩的花香驶入茫茫戈壁，参加了我国第一次导弹与原子弹"两弹结合"飞行试验。经过艰苦的演练和总装以后，1966年10月27日那天的清晨，太阳冉冉升起，朝霞满天。大家陆续登上一座小山坡，望着那雄伟壮观的发射塔，等待着那振奋人心的时刻。不一会儿，大喇叭里传来倒计时的报读声，蓦然就见发射塔下燃起翻滚的火焰，神箭喷火升腾，转弯进入航道向爆炸目标飞去，第一颗导弹飞行试验成功了！欢呼的人们互相拥抱，并伸出大拇指说道："中国人有生产核武器的实力了！"

就在三天前的 1966 年 10 月 24 日，核弹装配组和设计部总装车间装配组的人员同宿在基地六号工作区的车间办公室。李觉和队领导、系统组的技术人员就住在距离车间百米远的解放军营房。李觉与他们同吃同住，这对他们来说是极大的鼓舞。

在基地指挥部的安排下，全队人员到达后来不及休息就投入了工作。总装组在陈家圣工程师、车间主任李必英工程师的带领下，开始了操作练兵，总装一发试飞航弹产品，准备基地全体预演。这次试验，他们要与核弹睡在一个车间里，因为他们是装配钳工，是搞机械的技术人员，对炸药、核材料，特别是对灵敏度很高的雷管的性能和安全知识知道得很少，还要在车间里进行试插雷管工作，心里总是不踏实，就怕万一不小心碰响了引起爆炸……

黄克骧躺在被窝里，脑海里全是这些念头，就有些睡不踏实了。同时，他也明白这是危险性很高的操作，不能有一点马虎。李觉非常了解他们的心理，不仅亲临现场陪伴，还指派负责技术安全的同志给他们上课，讲解雷管的知识、性能和安全注意事项等。负责插雷管的师傅还给他们做了安全试验，这才平复了大家的害怕心理。有了李觉的陪伴、关怀和鼓励，大家紧张的心总算平静了许多。

中秋节那天，黄克骥他们执行总装一发合练预演的产品。吃晚饭的时候，他们走进营房食堂，刚坐下来，李觉便走了过来，冲他说："大黄，今天是中秋节，晚上你们又要加班，可不能喝酒啊。"黄克骥站起身说："部长放心，就是桌上摆着酒，我也不会喝的。"李觉高兴地说："好，完成任务，我给你们酒喝。"

凌晨，一轮圆月下的戈壁景色迷人，而顾不上赏月的黄克骥他们顺利完成总装工作。此时的工作队领导在营房里开会，研究下一步工作。他们则乘此难得的闲暇，在办公室里谈笑着。谁也没有想到，这么晚了，李觉还来看望大家。见到李觉进来，大家立刻惊喜地站起来。李觉笑着说："坐下，坐下，完成任务了，可要注意休息哟。"

黄克骥刚放好被子，想躺下休息，李觉走到他的床前说："大黄，今天过中秋节，没有喝着酒，不高兴了吧？"黄克骥连忙笑着说："没有，没有。"只见李觉把一瓶葡萄酒放在桌子上说道："你和大家每人喝一口，睡觉香着呢。"听完李觉的话，大家感动得一时不知道说啥好，因为这不仅仅是一瓶酒，而是一份情义、温暖、寄托。

1966年10月24日，指挥部下达正式总装我国首颗核导弹的命令。多少天来的学习、练兵、参加合练预演，都是为了这一天。下午，在试插雷管的时候，大家退到操作线外观看，等待继续总装工作。突然，意想不到的事情发生了。一位工人师傅小心翼翼地将雷管试插进去后，有一个雷管怎么拔也拔不出来了，本来就是冒着危险在操作，万一碰响雷管，后果不堪设想。站在操作线外的人们，急得头上都冒出了冷汗。此刻，李觉就在他们身后几米远的地方注视着大家。有人担心地小声说："快让部长离开车间吧。"但李觉仍然站在那里不动。

这时，陈家圣工程师走出操作线，跟李必英工程师说了两句，然后走到黄克骧跟前说："大黄，你是钳工，你去试一试，给拔出来！"听到此话的黄克骧一下子傻了，赶忙说："我从来没干过那工作，不行，不行。"

陈家圣工程师了解黄克骧的心理，鼓励道："不要怕，别紧张，只要胆大心细，不会出问题的。相信你会有办法的，去试一试。"

黄克骧望了一眼坐在身后的李觉，李觉也在望着他，用饱含深切期望的目光在默默地鼓励着他。而此时不仅是李觉，几乎所有人的目光都看着黄克骧。为了争取时间，继续完成总装工作，黄克骧没有再说什么，走到操作台前，稳一稳神，伸出手轻轻地左拧一下，右拧一下，但雷管仍旧一丝不动。黄克骧稳了稳心神继续操作，过了半个多小时，突然，轻轻一下子就把雷管拔了出来。黄克骧舒了一口气，这才发现自己已经满头大汗，连衣服都湿透了。瞬间，场上的气氛一下子活跃了起来。

在披星戴月攻克每一个难题的路上，大家的努力没有白费。导弹的研制成功，加快了氢弹研制的步伐。

1966年12月28日上午，氢弹原理试验成功了，这意味着离氢弹爆炸成功的路只有一步之遥。各路参加会战的工作人员都露出了胜利的微笑，大家撤出试验场地，汇聚在马兰基地。傍晚，总指挥部庆祝酒宴的大厅里灯火辉煌，大家欢声笑语，互相庆贺着。作为一名装配工人代表，黄克骥也参加了此次庆功宴会，让他骄傲了一辈子的是，他有幸和聂荣臻元帅以及钱学森、朱光亚等科学家，国防科委副主任张振寰将军、二机部李觉副部长等共同举杯庆贺成功。

"我感到非常幸福和荣幸。看着自己代表221基地工人的这双粗糙的大手，眼前闪现出氢弹热核爆炸的场面：那燃烧的火球比第一颗原子弹爆炸时的光还要亮，时间还要长，爆炸声还要响，威力还要大，这是我国的第一颗氢弹原理试验。我们不仅装配了我国第一颗原子弹、导弹，很快也总装出了我国的第一颗氢弹！"黄克骥激动地回忆道。

氢弹热核试验成功的背后，是每一个中国人不愿受核讹诈的骨气，是渗透到骨髓之中的"奉命于危难之间"的责任感和光荣感，这是真实的历史反映，也是每一个从苦难中摆脱出来的中国人的真实写照。

神秘的 102 车间

在氢弹研制的过程中，有一个车间不得不提，它就是保卫部眼中"核心中的核心、要害中的要害"，肩负着原子弹和氢弹重要部件的生产和组装任务。这个车间聚集着从全国各地各个战线上、一流大学选拔分配而来的科学家、技术工人和大学生，他们负责氢弹热核材料部件的生产和组装、原子弹点火装置的生产、贫铀结构件的精加工、原子弹内球组合件的组装等工作，可谓是人才济济。这便是102 车间。在二二一厂撤销之前的几十年里，他们牺牲小家顾大家，不顾个人安危，将自己的大部分时间留在了这里，也留下了很多感人的故事。

102 车间负责热核材料部件研制的技术负责人是车间副主任宋家树。

宋家树的童年和少年时代正是时局动荡不安的抗日战争时期，他随父母颠沛于湖南、湖北、重庆、河南、上海、江苏等地，小学和中学没有在一个地方完整地读完过。在民族衰微、国难当头的背景下，作为长子的宋家树，父母对他寄予了很大希望，希望他能长大成才、有所建树。

1937 年抗日战争爆发后，宋家树随父母举家由湖南来到湖北，后又随母亲逃难到重庆。日本帝国主义疯狂轰炸重庆，宋家树随母亲整天钻防空洞避难。太多的惨烈景象深深刺痛了他稚嫩的双眼，让他对国难有了最初的直观印象，也培育了他朴素的爱国情感。

周折颠沛的生活并没有影响宋家树对知识的最初积累，他在白鹤场读完了小学，以优异的成绩考入重庆青木关镇的社会教育学院附属中学，又进入安徽安庆高中读书。宋家树文理兼修，英语基础打得扎实，尤其对物理表现出了极高的热情。

1949年4月，南京解放带来的崭新社会气象让宋家树振奋，他对未来的人生有了更加坚定而明确的规划。1950年考入大连工学院应用物理系。

刚进入大连工学院的宋家树便深深感受到了学校崭新鲜活、积极进取的气息，进校不久便光荣地加入了中国共青团。1952年，全国大学院系进行调整，大连工学院应用物理系学生全部转入东北人民大学物理系。新组建的东北人民大学物理系师资力量雄厚，从北京大学、清华大学调来的留学归国人员组成的教师主力队伍，汇聚了余瑞璜、吴式枢、朱光亚等一批学术造诣精深的物理学家。教授们立身高处却谦逊平易，学识渊博且德行高洁，尤其是在科学上的远见卓识和旺盛的科研生命力，激发了宋家树求新知、做学问的热情，使他逐步养成了严谨求实的科研品格。

1960年初，宋家树被中组部调入北京第二机械工业部，分配到九所，参加核武器研制的攻关任务。

根据学术专长，宋家树被分配到金属物理研究室，任第一组组长，带领一批刚从学校毕业的年轻科研人员，具体负责第一颗原子弹攻关任务中某特殊材料的精炼与铸造。

在大学期间，宋家树创建过一个放射性同位素实验室，但与现实需要的研制原子弹核心材料还是相去甚远。而新中国的核武器研制事业几乎是从零起步，没有技术、没有设备，连一份像样的技术资料都没有。

面对从未接触的全新领域，技术的空白和面临的困难，激起了宋家树骨子里不服输的干劲。他理清了工作头绪，制订了科学的研究方案，将任务进行了分解和周密安排。他主张凡做大事要"先试验，后行动"，为此，宋家树提出自己设计制作设备方案，组织同志们购材料、操焊枪，一个简易但实用的精炼炉在集体的智慧下诞生，具备了冶炼的基本条件。就在这样简陋的条件下，宋家树带领这支年轻的队伍，从物理原理出发，开始了一系列艰苦的科研探索，对核材料、核部件的性能和工艺进行研究，开展铀材料的试验。通过对高浓铀和钚的中子本底计算、核材料杂质控制原则的建立，以及精炼、铸造过程动力学分析，确定了核材料部件成型的工艺路线，取得了大量有关的工艺数据，验证了多种加工方法，为关键部件的制造奠定了坚实的科学基础。

1964 年初，宋家树告别妻儿，奔赴青海参加"草原大会战"，被任命为 221 基地第一生产部 102 车间副主任，负责主持热核材料部件的研制工作。在没有文献资料可借鉴的条件下，他带领技术人员和工人克服种种困难，充分发挥技术民主，加班加点进行工艺上精益求精的探索，攻克了铀–238切屑燃烧等核材料部件加工的一系列技术难关，最终如期拿出了合格产品，为首颗原子弹爆炸试验成功做出了贡献。

1964年10月16日，罗布泊升腾的蘑菇云还没有散去，宋家树喜极而泣的泪水还没有干，核工业部副部长刘西尧又给他下了一道命令："给你一年时间，把热核材料部件搞出来！"面对领导的信任，他毅然领命。

这是一项非常艰巨的开创性研究任务，其肩负的使命和压力也是巨大的。他明白：这次不仅是又一次改行，有时还要让别人理解一些难以说明的观点，更重要的是，要跳出原有的研究领域，从战略的高度重新认识一些问题。

因为手头没有任何资料，而宋家树也只知道热核材料的化学性质很活泼，遇水则被水解变质。在时间紧迫、安全问题突出的情况下，他首先以热核材料需要干燥的环境为突破口，紧锣密鼓地部署建造干燥空气站，通过大量的试验，很快熟练掌握了这套庞大设备的应用，制备了大量湿度极低的干燥空气。其次，加工热核材料的工艺问题则更加复杂，成型方法、机械加工、防护涂层以及杂质元素分析等问题如巨石横亘在前。宋家树组织攻关小组充分讨论、缜密论证，并慎重做出多路探索、同时推进的决定，探索形成了一套一直沿用至今的可行工艺。

为解决热核材料加工的问题，他与同事一道，进行了数百次试验，掌握了材料吸湿性能，制订了一套与加工和装配环节相关的质量保障措施，并和团队成员通过一次次实验研究，最终建立了热核材料到成型的分析、物理性能测试和无损诊断方法，特别是材料在加工工艺过程中的安全性分析和产品在热加工过程中的热应力等理论分析，对解决试验工艺过程的安全性和避免部件产生相关缺陷起到了关键作用。

宋家树带领攻关小组经过缜密论证，找出了三种可能的方法解决热核材料加工中的成型问题。但就操作问题，大家的分歧很大。

"我认为一种方法一种方法来实验最稳妥。"

"时间紧迫，我认为三种一起上最好。"

"三种方法一起上，人员调配上有问题，遇到问题不好解决。"

"一种方法一种方法做实验，这样对追踪数据有利。"

……

大家你一言我一语，争论相当激烈。宋家树知道，他们说的都有道理，但已经没有太多的时间可以一个一个来，最后他决定三种方法一起上。

结果证明，当初讨论中认为最难的实现途径，却成为最切合实际的方法，无论是加工工艺还是加工质量都最为理想，为热核材料的加工赢得了宝贵的时间。

在解决热核材料机械加工中的安全与质量问题时，宋家树带领大家通过多次燃烧、爆炸实验、往手套箱中加注不同气体对手套箱进行改进等措施，将难题加以解决。

……

此后，热核部件成型工艺、机械加工、防潮涂层等技术难关被一一攻破，一整套与加工和装配环节相关的质量保障措施也不断完善并出台……经过一年的努力，合格的热核材料部件终于生产了出来。

有人统计了一个数字，第一朵蘑菇云从罗布泊升起的时候，我国核科技人员的平均年龄只有 29 岁。他们中有很多人走出大学就投身核研制的道路上，每天一遍又一遍地进行着论证原理的实验，可以说，在艰难的攻坚路上，他们的世界里没有白天，也没有黑夜，只有核事业。

102 车间的重点组

在 102 车间，有一个组每天和热核材料接触，他们的任务就是将粉末状的热核材料压制成型，之后再由机加工组将其加工成设计要求的尺寸。热核材料的性质特别活泼，它和钢、铁、铝、锌等各种金属在高温、高压下都能起反应，将不同组份的粉末状材料压制成型，哪个部件用什么料，一定不能错，同时还要防止混料，难度很大。因此压制组也是 102 车间的重点组。

接受采访的吕志清就是压制组的一员。

分配到压制组的吕志清，1940 年 10 月出生在黑龙江巴彦县兴隆镇，贫困的家境养成了他特别能吃苦的品格。1959 年，吕志清考入哈尔滨工业大学，1964 年毕业后被分配到二机部九所。

吕志清记得很清楚，1964 年 9 月 28 日，他到达西宁，几天以后便被分到 221 基地 102 车间热核材料压制成型组。由于住宿紧张，102 车间刚修建出来还没有使用过的男浴室变成了他们的宿舍。

"虽然当时基地的条件有所好转，但 1000 多名毕业生同时分到 221 基地，住宿紧张也情有可原。在浴室的更衣室里放置双层床，能放六张。另外的人安排在淋浴间，每个喷头间放一张小一点的床，就是一个人的宿舍。我还有赵鸿德、吴东周、张宗池等就住在喷头间里。喷头间根本见不着阳光，我们一住就是一年。那时候，我们过得还挺充实，楼上就是办公室，吃过饭就到办公室看书学习，整理材料。"吕志清边说边将海变拉回到了属于他的年代，他喝了一口水继续说着："从 1964 年到 1965 年，压制组内有 33 人，22 个技术人员，11 个工人。压制组是热核材料部件攻关当中最重要的一个组，热核材料成型，主要靠压制组。我们的组长武胜带着我们日夜奋战在车间攻关。我们当时对热核材料没有什么认识，资料基础非常薄弱，只有一本苏联出的小薄书《锂和它的物理化学性质》，可以说，是真的不了解，而我们需要解决的问题很多。"

压制组分为三部分，小型组、大型组和铸造组。因为压制成型需要几个主要工艺参数、粒度的配比、压力与密度之间的关系。小型组主要摸索工艺参数。

由于原材料既昂贵又紧缺，为了减少成本，压制组组织了一批人进行模具设计——设计用来做实验用的小型模具。经过模具设计小组科研人员的艰苦攻关，压制模具终于设计出来了。

1965 年 10 月的一天，压制组做了一次实验，但一场意想不到的意外也伴随着这次实验悄悄逼近了压制组。

在冷压过程中，压制组又遇到了密度均匀性的问题。一连两天都没有得到解决，这让吕志清有了些许挫败感。有一天，宋家树看着愁眉苦脸的吕志清问道："脸这么长，看来是遇到难题了。说说吧，看我能不能帮忙？"

"宋主任，是这样的，在冷压过程中，上面的密度与底下，旁边的密度正负差超过 ×，我想了很多办法，但好像作用不大。"吕志清一脸愁容地说道。

"嗯，正负差超过了 ×，就意味着部件是不合格的。"宋家树也不着急，他好像在想着什么。

"宋主任，这个部件是半圆形的，怎么样才能确定其密度不超过 × 的均匀性呢？"此时的吕志清有些迫不及待。

"这个简单，我给你们解决。"说完走到办公桌前，随手拿起一支笔，找了一个本子就开始算起来。过了不久，宋家树就通过数学计算的方式解决了吕志清的难题。

"我打心眼里佩服我们的宋主任，他的物理知识很渊博，数学水平也很高。无论你在工作上遇到什么难题，他都可以通过数学知识将其变成一个模型来解决处理这个事情。"吕志清说道。

在吕志清的记忆里，他们压制组所在的 102 车间是和家一样，是生命中最重要的存在，甚至可以说，很多时候他们的情感天平会偏向于事业。正因为所拥有的这份执着，在解决材料裂纹问题时，全组人员在武胜的带领下集体研究、群策群力，通过多次实验后得以解决，并得到了国防科委的认可，《热核材料的裂纹研究》也获得了科工委的三等奖。

"那个时候，我们 102 车间的风气特别好，没有男女区分，没有技工和知识分子区分，从领导到个人，都是积极上进的，都是刻苦学习、努力工作的，而宋家树、武胜，以及更高层面上的邓稼先、于敏等，他们身先士卒，给我们带了好头。宋家树妻子在北京工作，20 多年来，他却一直过着单身的生活，实实在在在草原上与'两弹'共舞，与核武器为伴啊！何文钊也是，他一年一次探亲假，一年回家一次，从来不搞特殊。"吕志清停顿了一下后又说道，"就别说和我们经常打交道的领导们，从二机部保卫局来了一个姓冯的局长到我们组蹲点，就给我留下了深刻的印象。他刚到的时候就对大家说：'你们干的事，我不懂，我没有这方面的专业知识，只能为你们做好服务。'50多岁的正厅级领导，天天跪在地板上擦地，给我们打扫厂房，并保证安全。后来大家把这个传统传承了下来，直到撤厂的最后一刻，4号大厅的地面始终被车间的同志们打扫得干干净净。"

吕志清的妻子殷汝贤毕业于哈尔滨师范大学，1968年和吕志清携手步入婚姻殿堂。1970年，妻子调入221基地二中工作。1971年，他们的第一个孩子出生了，就在生孩子之前，殷汝贤还在讲台上讲课。陈能宽的妻子裴明丽看见她见红了，赶紧说道："小殷，你快走吧，赶紧去医院吧，都这样了，你还上什么班呢！"

"在我们压制组，很多人的业务能力都很厉害，有我们的技术骨干、副组长许纪忠，还有李之义、郑坎均、马德顺，等等，他们利用自己的专业特长解决了很多问题。我们在工作中群策群力，克服困难，直到完成任务。我作为其中的一员，很自豪也很荣幸，想想全国那么多人，真正能参与到'两弹'研制中来的能有多少人呢？客观地讲，能干这件事就很高兴，能够为祖国的核武器事业贡献一点自己的力量，也是今生梦寐以求的事情。"吕志清感慨地说道。

102，我又回来啦

在热核材料加工组工作过的忻福祥已经 78 岁了。2020年，他应邀回到了青海，然而，严重的高原反应挡住了他再一次回到金银滩的脚步。为了不让老人失望，他的亲戚和他坐着救护车，给他戴着氧气从西宁出发，但还是因为严重的高原反应在到达金银滩草原后，连车都没有下。他吃力地看着自己心里回忆过无数遍的金银滩草原，只说了句"再等等"。

几天以后，忻福祥的高原反应症状逐渐减轻，他觉得自己的身体没有问题了，在亲戚的陪同下，再次踏上了金银滩的路程。

绿色的草原，耸立的高山，湛蓝的天空，几朵飘不走的白云似乎在等着他的到来。

"好久不见，我又回来啦。"老人默默地和草原、221基地说着话。

当他辨别着方向，站在曾经的 102 车间，眼泪瞬间流了下来。往事一一浮现在眼前。

1964 年 7 月，忻福祥从上海电力技工学校车工专业毕业。毕业前，由于成绩优秀，年年都是三好学生，校领导找他谈话，想让他留校当老师。他高兴地接受了组织的安排。

8 月中旬，班主任打电话叫忻福祥到学校，原以为是安排他当老师的事情。可是，见到班主任后，她很焦急地对忻福祥说："你的毕业分配有变动，现在二机部要在我校挑选八名毕业生，经政审有两名同学不合格，需要调换两名。由于时间紧，考虑你和孙国良在学校表现突出，所以我想问问你的想法。"

"你身体单薄，体质较差，不太适合到大西北去。我也和校长提了换人的请求，但校长让你自己去和他说。"班主任继续说道。

听完班主任的话，忻福祥心想，既然挑选到我了，我就服从分配。于是他郑重地对班主任说："我同意去，我家有兄弟五人，应该有人去支援大西北的重点建设。"

"那你的父母亲会同意吗？"班主任问道。

"父母亲的工作我来做。"忻福祥没有犹豫。

9月4日，忻福祥离开上海，一路风尘地到了西宁，住进了杨家庄招待所。本以为只有他离开家、离开父母，没有想到，他去青海后的一年中，家中发生了很大的变化。1965年，他的大弟随工厂迁往江西，二哥二嫂一家也随工厂迁到了西藏。1966年，待业在家的小弟恰逢新疆招工，支边去了新疆。家中五个男孩一个女孩，其中四个男孩先后离开了上海，离开了父母。

初到草原的忻福祥心潮久久不能平静，仰望浩瀚的星空，犹如宇宙点亮的天灯。广袤的草原，秋的缤纷绚烂了眼界。一切让他激情澎湃，他知道这是心中的信仰在慢慢浸染他的青春理想。

刚进厂的忻福祥首先接受了严格的保密教育，这是每一个进到 221 基地的人都要接受的教育。上班后他经常要到一厂区外的草原上挖防空洞，有时听到警报响就要躲进防空洞，战备的气氛很浓，不知情况的他仿佛能嗅到硝烟的味道。虽然很好奇，但他不敢去打听自己所在的单位是造枪的还是造炮的，便悄悄打开地图分析，青海在中国地图的正中间，美蒋要打过来也不可能。

第一颗原子弹爆炸成功，举国上下欢呼雀跃，相互庆祝。但是，忻福祥依然不知道这颗原子弹就是在 221 基地研制生产的，甚至很多在 221 基地工作的人都不知道。随着科研工作的逐步深入，跟着师傅加工核材料部件时，他才知道这里是核武器研制生产基地！

忻福祥暗自下决心，他要入党。随后，他郑重地向党组织递交了入党申请书，愿意为党奉献一生。

1965 年，102 车间开始筹建机械加工组。忻福祥在技校学到的机械知识在实际工作中起到了很大的作用，而且对于新领域知识的接受也很快。因此，他首批被选入热核材料机械加工组。入选的 8 个人中，7 个人都是高级工，而他只是一名技师，这让忻福祥很高兴。很快他的业务能力得到大家的认可，一致推荐他当主操作手。

"当时，102 车间需要攻克热核材料的压制成型、机械加工、涂层等技术难关。虽然困难很多，各班组的工人师傅们、技术人员与车间领导集思广益，群策群力，解决和克服面临的困难。我们加工组自然也不能落后。在机械加工生产之前，我先要加工一些热核材料试样。这是我第一次进行热核材料机械加工，它的重要性不言而喻。因为这次加工首先要从理论上论证工艺流程是否可行，各项工艺技术指标全凭此次加工验证确定。"忻福祥说道。

进行热核材料加工时，进刀量的控制非常严格，如果进刀量稍大就会产生崩块，影响精度；如果进刀量过小，切屑就会呈粉末状弥漫在手套箱中，不但影响加工观察，还容易引起粉尘爆炸。车刀主切削刃与副切削刃的角度同样重要，各项参数都将影响产品的设计要求。经过初期的试样加工，操作者与技术人员共同确认刀具参数适用规范，为后期批量生产制订了安全可靠的质量标准。

"只知刀具的选择、进刀量的选择、转速的选择、浓度的选择等，还远远不够。这些只是外在的硬件，更重要的是操作者的思想及现场工作的精神状态，一切烦躁不安的情绪都将影响正常发挥。所以，操作者的责任之大、任务之重、信心之强，完全体现在产品加工的最终结果上。"忻福祥自豪地说道。

这是忻福祥第一次加工热核材料，102车间由此突破了热核材料机械加工的零纪录，也标志着中国热核武器从理论层面转向研制、试验、生产阶段。

从此以后，历次热核试验中的热核材料部件加工，忻福祥一直是加工组的主力队员，次次参与，从来没有缺席过。

1966 年 3 月 30 日，邓小平同志视察 221 基地，赶上研制氢弹的关键时期，他到 102 车间视察了热核材料的压制、加工，以及涂层和车间装配。

在加工组，邓小平认真观看忻福祥加工产品的过程中开口讲了一句话，虽然因为机床声音很大，忻福祥没有听清楚，但他从邓小平的眼神中完全读懂了其中的含义，这是鼓励的眼神。

"当首长走到我旁边观看加工产品时，我心里非常紧张，眼睛一直盯着旋转的产品，不敢看首长一眼。我很幸运，能代表加工组为首长一行演示加工产品部件。更让我骄傲的是，当时班组内有很多高级工，而我只是参加工作才一年多的二级工，说明组织上对我的期望是很高的。"忻福祥自豪地说道。

1966 年 8 月的一天，加工组对热核材料加工尚处在探索阶段，为了追赶时间，加工作业已经连续加了几天班，所有人都很疲乏。晚上 10 点多，忻福祥准备卸下产品，于是就戴上防毒面具钻进了密封箱。他弯着腰低着头站在密封箱内，手托着产品等待着，只要真空泵放完气，就可以从吸盘上卸下产品。就在产品落到手上的一瞬间，他突然昏了过去，产品滑落在密封箱里，身体也随之瘫在密封箱内。密封箱外的人见状，立即把他从箱内拉了出来，然后由两个人搀扶着带出了工号。过了七八分钟，忻福祥呼吸到了外面的新鲜空气，他才慢慢苏醒。原来箱内没有氧气，所以昏过去了。

看着醒过来的忻福祥，同事开玩笑说："忻师傅，你已经为核事业死过一回了。"

1985年后，加工组内的老同事陆续退休了，就在青黄不接的时候，基地承担了一批某型号的生产任务。加工组的"核一代"只有忻福祥和一名勤杂工，其他六名都是"核二代"。也就是说，忻福祥要带六名"核二代"来完成这批任务。

虽然，有几个"核二代"已经工作十年了，参加过几批生产任务，也曾在师傅们的指导下加工过热核部件。但由于责任重大，产品的成本昂贵，有些师傅在关键的精加工时刻，还是不敢放手让年轻的"核二代"们独立完成。

为了顺利完成这批生产任务，分厂领导、车间领导曾与忻福祥商量，想征询他的想法和态度。

"这批生产任务技术要求很高，成本也高，容不得一点差错。要不要外调一些高级工来协助你工作？"厂领导问道。

"是啊，现在你们车间存在青黄不接的情况，很多年轻人没有当过主刀手，我怕他们出现失误。"车间主任接着说道。

"要是从外面调一些高级技工我认为不现实，因为很难适应我们的加工环境，也胜任不了操作加工产品在密封箱内的工作。我建议还是用我们车间的年轻人，也给他们一个施展能力的机会，我相信我们车间的年轻人一定能够完成任务。"忻福祥说道。

领导们虽然肯定了忻福祥的观点，但脸上露出的却是担心的表情。

忻福祥看着一脸担心的领导们，对他们说道："放心吧，我带着我们的年轻人一定保质保量完成任务。"

加工组的6名技术工人中，有2人与忻福祥签过师徒合同，是他的徒弟。另一人与已退休的师傅签过师徒合同，其余3人没有正式的师傅。忻福祥通盘考虑了一下，把大家召集起来开了一个动员会。忻福祥首先表态："这一次的生产任务要求高，但这次生产我不当机长，也不操作，只当一名'监理'。原来当过主操作的，这次当机长。原来当副手的，这次当主操作。"

忻福祥的话，调动了大家的积极性，6个人脸上有一种难以掩饰的兴奋。几个人摩拳擦掌，一副就要上机的架势。

由于分工明确，使烦琐的工作变得简单顺畅，为加工优质品部件打下了坚实的基础。

加工生产前，大家对工艺流程部件做了严格的质量检查，与流程记录认真核对，并对部件的毛坯余量逐一测量检验，严守质量关，把一切存在的问题都解决在机床下。

加工生产中，从毛坯部件的领取到上机床加工，忻福祥虽然只是"监理"，但也做到了心中有数，并要求机长每加工一刀都必须向他汇报加工情况。精加工时，忻福祥亲自测量，发出加工指令，再三提醒操作手认真对待。

三个月的时间，大家齐心协力不但圆满完成了任务，而且产品质量达到了优质品标准，没有辜负领导对他们的信任。

鲁迅说过，我们从古以来，就有埋头苦干的人，有拼命硬干的人……28年过去，忻福祥与草原结下了深厚的感情，虽然这个地方条件差，气候恶劣，晚上休息不好，生活方式与南方差异很大，吃饭变成了艰难的任务，但他还是深深地爱上了金银滩，爱上了他曾经工作过的221基地。

望着眼前碧绿如洗的草原，忻福祥对着他想念了30多年的草原说道："我的同事魏景春、姜元柏、毛波、李秉钧、王宜民、戴志良、严长法已经去世了。他们去世时，大部分都只有五十几岁，他们和我一样想念着你！"

攻克涂层难关

氢弹结构中必需的核聚变材料（简称"热核材料"）部件对水蒸气敏感，为此热核材料部件的加工、周转、贮存等诸过程都要采取保护措施。这是氢弹研制过程中必须解决的课题。

1965年初，承担热核材料部件研制的102车间用召开全组动员大会的形式将这一任务隆重地交给了六（1）组，从此这组有了"涂层组"这一别称。

1964 年春天，九所大批人马奔赴金银滩草原，参加预期 5 个月的"草原大会战"。这便诞生了 102 车间第六大组。大组下设 1 组、2 组、3 组。其中 1 组涂层组从事材料结构、性能及应用的研究。留苏博士朱日彰任第六大组副组长兼任涂层组组长，组员有张良翰、郝树深、刘素、赵福春、刘庆禹、贺全三、陆振华、冯淑敏、董绍章、吴方近，以及杨应达、蔡秀金等 30 多人，其中高等院校毕业的大学生约占 80%。

为了会战顺利进行，朱日彰组长反复强调会战的意义。他说："会战就是集中一切可用的力量，在短时间内，用攻关的精神解决平常做不到的事情，让不可能成为可能。会战中必须坚持科学的态度、实事求是的作风。"全组人员在组长的领导下全力以赴、精心组织、科学分工、有机配合，采取了一些有效的科研管理措施。譬如，机理研究与保护应用研究并行开展、成品涂料调查筛选与自行研发适用的保护层两条腿走路、开发保护层时必须包括工艺适应性等；涂层组 30 多人分工明确，各司其职。但大家分工又不分家，通过小结、阶段性总结，明确任务进展情况和存在的问题，以及下一步安排等。经过 5 个多月的历练，两次全组的阶段性总结完成了会战使命，研发出应用于第一次氢弹试验的热核材料部件保护涂层及一整套热核材料保护措施，也就是后来被称为第一代热核材料保护涂层及日后热核材料生产线沿用的保护措施。

张良翰，1937年6月出生在浙江台州。他的父亲经商，母亲是一名语文老师。1955年，他被保送到留苏预备部准备到苏联留学，后因中苏关系破裂，1957年进入清华大学工程物理系。学制6年。在清华大学读书期间，他光荣地加入了中国共产党。1963年大学毕业后，被分配到二机部九所。

"我怀着激动的心情到北京花园路3号去报到，开始接触核材料。到草原之前，我被派往包头202厂验收铀部件。1964年4月，我乘飞机踏上了其他人常说的221基地。"张良翰难抑激动的心情，又说道："我对草原是没有概念的，在南方城市生活了十几年，已经被南方的景象固化了。当我看到广袤的金银滩草原，看到皑皑白雪和肆虐的风依然是草原主宰的那一刻，我的心多多少少有一丝凄凉。如果我们的国家不遭受核讹诈，如果我们国家可以不受外界的侵犯，我们又何须到这样苍凉的地方呢。那时候，我就想过，一定要努力，一定要早日完成国家交给我们的神圣使命，只有我们国家的军事强大了，我们才能把更多的人和经历投入国家的建设中去，才能使老百姓真正过上好日子。"

张良翰被分配到了一厂区107工号。不久，107工号合并到102车间，他分到了涂层组。他在221基地工作了27年，把青春岁月留在了221基地，留在了草原。

4 月的金银滩草原，春天的脚步还有点远，眼中的一切依然是枯黄的，依然透着冷。一阵风刮来，张良翰打了一个冷战。谁也不会想到，此处正是我们国家的第一个核武器研制基地。在何文钊和宋家树两位主任的领导下，102 车间几乎聚集了国内清华大学、北京大学、北京航空航天大学、上海交通大学、哈尔滨工业大学等高等学府的优秀学子，里面还有很多留苏回来的博士。他们从祖国的四面八方汇聚到草原，组成了一支精锐的科研队伍，将自己的学识和智慧、青春和热血与祖国的核事业紧密相连。

"我们最初接触热核材料时，对热核材料的知识知道得很少，几乎为零。整个车间只有一本十几页的小册子《氢化锂氘化锂》，就像知识丛书或者说明书之类。其他的知识全是从宋家树等科学家那里获知的。他常给我们提供一些相关的知识线索，并指定一些书，让我们自己去翻阅、去学习、去理解，最后将其变成对自己有用的东西，再用于实践当中。这个过程中，常常是宋家树先学，然后再教给我们大家。"张良翰回忆道。

1965 年，涂层组里传阅过一本活页纸读书笔记，它是一本将活页纸用针线缝起来的本子，有二三十页厚，没有封皮，名字叫《括记 2》，那是宋家树在研究学习过程中写的读书笔记。

"你看，我需要的东西在这个笔记本中找到了，我当时翻看那本书的时候怎么就没看到呢。"郝树深说道。

"宋主任学术严谨，他主抓热核材料上马课题也是临阵受命，改行的。我们的空气干燥等很多参数最初都是由宋主任指导的。"张良翰说道。

"你看，宋主任对热核材料的物理、化学特性都进行了综合分析与研究，我们看起来都方便多了。"郝树深说道。

"是啊，不但深受启发，还起到了辅导的作用。这对我们了解热核材料帮助太大了。"张良翰激动地说道。

通过宋家树的读书笔记，很多人明白了该从哪些方面学习自己所需要的知识。

涂层组实验室第一步要做的工作就是研究热核材料跟环境的适应性，研究它在不同环境下的储存情况等。为了把前期的工作做好，派员到北京、上海、天津、沈阳等地做调研，并从原理上严格筛选出近百种油漆、涂料，在此基础上进行了千百次的实验筛选。

"哎呀，做了这么多次试验，全都不理想。这可如何是好？"郝树深叹了一口气。

郝树深，1938年3月出生在山西汾阳的一户贫民家庭。年幼时，家境比较困难，一家四口艰难度日。郝树深上初中的时候，中华人民共和国成立，母亲到街道办的缝纫厂就业，有了父母亲两个人的收入，家里的境况有所好转。但不管生活有多艰难，郝树深的父母亲都很重视两个孩子的教育。父母亲的态度让两个孩子对待学习的态度也很认真。1956年，郝树深考入清华大学工程物理系。

"那年的我由于表现优秀，政审合格，被保送留苏。我们那一批一共500多人，留苏之前在留苏预备班学习一年俄文，但因为中苏关系恶化，就没有去成。我又回到清华大学继续上大学，学校的学习风气好，要求很严格，让我在6年的时间里学到了很多知识。"郝树深说道。

1963年，郝树深毕业后被分到二机部九所第四研究室，进一步学习铀的知识、常规用法，并接触模拟材料进行试验，为"草原大会战"做准备。

1963年底，大家群情高昂出发去草原。正值青春的郝树深并没有被高原反应、气候恶劣等自然条件吓倒，反而充满激情。

他所在的组，5个月会战取得的最大成果就是研制出了第一代涂层，满足了热核材料最初保护的要求，积累了丰富的数据。

"草原大会战"之后，涂层组不但没有因为解决了热核材料的保护要求而稍做停歇，反而加速了实验研究的步伐。大家心里很明白，第一代涂层只能满足短时间的需要，现在做的就是要为产品长期保护使用做准备。

"我们现在要研制的涂层一定要经得起时间的考验，比如产品要存储多少年，我们必须要通过短期实验来推断出这个保护膜具有多少年的保护效果，这个实验叫加速老化实验。"宋家树说道。

大家听完宋家树的话，开始着手加速老化实验的准备工作。而有关这方面的资料在国际上都没有可供的参考，全凭自己研究和摸索。如果要通过加速老化实验再合理推断保护膜准确的保护期限，就要通过大量的实验才能得出准确的结论。而这个结论的得出却并不是很容易拿得到的。最初，涂层组的研制思路是想根据地下核试验，100%的湿度直接接触核产品。如果要做到这一步，就必须要使他们研制的涂层保护材料具有较强的防潮性，仅这个过程涂层组就经过了快一年的探索和上百次的实验。

要完成实验，必须要有设备，既要有高温箱，又要有低温箱，还要有干燥空气和湿度大的空气。这时候，设备就成为影响实验的主要问题。

"我们需要一个低温箱。到哪里去找一个低温箱呢？"刘素说道。

"是啊，我们没有冷冻箱，化学组的那台电冰箱无法测量温度，也不能控制温度。"赵福春说道。

"我们可以问问总厂器材处有没有低温箱。如果有，问题就解决了。"赵福春好像想起了什么，又接着说道。

经过和总厂器材处沟通，总厂器材处的同志一查账本，果然有一台放了好多年的老式低温箱。

"我去看了一下，那个低温箱的确很大，1米乘1米的，看着已经很旧了，不知道能不能用。"赵福春说道。

"拉回来吧，改一改，能做实验就行。"技术比较全面的车间副主任、老工程师王铸说道。

王铸原本是技术处理化室副主任，当时被"下放"到班组。他知识面宽，动手能力强，经验丰富。在工作中任劳任怨，兢兢业业，在很多试验中，他的建议都能够提到点子上，很多问题都能够想办法，被大家认可。

"是啊，有条件利用条件，没条件创造条件，自己动手利用废旧的设备进行改造不是我们车间的优良传统吗？"张良翰自信地说道。

拉回来的低温箱是一个放了好多年的库存积压产品，用不成。大家就开始重新改造低温箱，拆开保温石棉，将膨胀阀、减压阀、冷凝器、压缩泵等全部研究了一遍。在王铸的带领下，在低温箱原来的技术基础上进行改造、修整，将不工作的部分进行更换，改成适合涂层组用的涂层低温箱。在拆卸的过程中，大家都有顾虑，有什么顾虑呢？按照说明书所说，如果将氟利昂换错的话，就有爆炸的危险。王铸的经验比较多，看到大家的顾虑，便说道："不要害怕！按着说明书做，不会有问题的。"还说："你们都走开，我一个人来操作。"听了这话，在场的赵福春、蔡秀金、刘素等人都不忍心离开。大家按照说明书小心翼翼地操作，最终将低温箱改造好了。

看着改造后的低温箱，刘素高兴地说道："我们不但有了低温箱，通过这次拆卸，还把低温箱的原理都搞清楚了。"

在研制的过程中，还需要做一个热核材料部件的烘箱，这个烘箱比较大，长约 3 米，高约 2.5 米，宽约 1.5 米。烘箱的内部结构要适合推车在里面运行，可以升降等。根据涂层材料的性能要求，烘箱里面的温度要保持在 50 摄氏度，还不能用电炉丝、碳棒等进行加热，必须用红外灯加热。

在大家的群策群力下，涂层组自己设计、自己画图，有些比如导轨之类的金属件请了十厂区的师傅帮忙加工，其他一些零星设备，由涂层组自己焊接、组装完成。

"那时候的我们没有讲条件的习惯，大家的劲往一处使，心往一处聚，再难的事情都能找到解决的办法。大家都在夸赞 221 基地的人有能耐。说句实话，这些能耐都是在工作中锤炼出来的。"赵福春说道。

赵福春的爱人杨晓玲是北京人，高中毕业后便被招进九所，是金相组实验室的助理技术员。赵福春出生在河北唐山的一个普通家庭，父亲有诗词功底，对历史故事也很了解，写得一手好毛笔字。赵福春从小受父亲的熏陶，学习成绩自然也很优秀。

杨晓玲在工作中比较较真，她虽然是做金相工作的，但在工作中和赵福春很合拍。

"我出生在一个很普通的家庭，在我上初二的时候，父亲因肺心病去世。家里的境况就不如以前好了。哥哥初中毕业放弃上高中考大学的机会，直接上了技校，毕业后到煤矿工作去了。姐姐已经出嫁。母亲很幸运，她从家庭走向社会，在粮食局下属的一个工厂里做临时工，1956 年，工厂归到粮食局系统，母亲成了粮食局的正式职工。一个月工资 41 块钱，养活我们，还要供我们念书，生活虽然有所转变，但还是很艰难。母亲常常说：'如果没有政府，没有共产党，一家人的生活更加艰难。'"赵福春喝了一口水后又感慨地说道："大学毕业后在 221 基地遇到我的妻子，我们是自由恋爱，一辈子感情都很好。"

王铸在大家眼里是一位非常敬业的技术骨干，但很遗憾的是，如今他已去世，大家只知道他的业务能力很强，其他则一无所知。

万事俱备只欠东风，涂层组一边研究保护涂层的工艺流程，一边自己动手一步一步研究完成配套设备，经过大家的不断探索和实验，第二阶段涂层的实验与研制正在如火如荼地进行着。

1965 年上半年的一天，赵福春正在做试样的称重试验，试样在空气当中被潮解，它的重量就会改变，赵福春正在专心测量重量的变化，推算腐蚀规律以及保护特性。

实验室的门半开着，宋家树从实验室门口路过，见实验室里有人，便走了进去，看到赵福春正在天平前称重，就静静地站在旁边看着他称量，等赵福春把一个试样称好，做了记录，关掉天平，取下试样挂回试样架后，宋家树问他："你这是做什么试验呢？"

"是做一种油脂涂料的保护性能测试。"赵福春看到宋家树站在旁边，立刻回答道。

宋家树看完后就说道："你称重量，是怎么做比较的？"

"就是每隔一定时间称一次重量，看重量增加了多少。根据潮解化学反应式来判定它被潮解了多少量。"

"每一块量点的试验条件都完全一样吗？"

"基本上都是一样的。"

"这个油脂的厚度你怎么控制的？因为厚度不同，它的保护效果也不一样啊。"

"厚度用油脂的黏度，因为在浸涂样品时，温度不同，油脂的黏度就不一样，挂在试样表面的厚度也不一样。"

"温度和称重之间能不能建立起联系？"

"这个联系我没有建立。"赵福春稍微考虑了一下后回答道。

宋家树听完以后很谨慎地说道："我建议你尽量想办法测量厚度，或者用油脂的温度来衡量油脂涂料的保护效果。"

听完宋家树的话，赵福春开始细细琢磨：实际上油脂的温度和这个涂料厚度之间的关系是一个不太稳定的关系，用温度还说明不了涂层的厚度，因为保护效果与厚度是真正息息相关的，可以建立起来这样的关系，但他却没有考虑到。

"通过这件事，从宋主任的指点中我看到了自己在工作中的不足，从而得到了提高。之后，我建立坐标，建立相互关系，将以前想不到的点都联系起来，这样一来，工作中所遇到的小难点就顺利解决了。"赵福春钦佩地说道。

"我们在研制保护涂层工艺过程中，根据工艺操作、工件状态、位移和运动、安全生产等需要和要求自行设计、制造了大量的专用工艺装备和工具。为适应多种型号产品涂层工艺的需要专项使用，在密封间里设计制作了一些专用设备，像熔化炉、真空除气系统、通风口及油箱通风设备，像旋转喷漆台、工件静置盘、热核材料部件多用夹持胎具等。这些设备都是涂层组自己设计、找料，除机加工外，所有钳工、钣金、组装、配套都是自己干的。不等不靠，永远主动应对，是这个组的习惯。"刘素感慨地说道。

刘素，爽朗的北方女孩，是221基地少有的女技术员之一，出生在北方的一个小城市。学习成绩优异的她顺利地考上了上海交通大学冶金系特种冶炼专业。五年的大学生涯，不仅接受了良好的教育，而且她也从一名共青团员成长为一名共产党员。1964年，她完成学业后，和很多分到九所的大学生一样，刘素满怀着到祖国最需要的地方去建设祖国的激情赶赴青海省会城市西宁。

乘坐两天一夜的火车，1964年7月30日的晚上，刘素和七八个来自北京、武汉等地的应届毕业生到达了西宁。大卡车把他们送到了221基地在西宁的办事处——小楼。"到达小楼以后，我才知道来青海报到的学生有千余人。我们学校这一届有几十个人，光冶金系就有七八个，还有电机系、自控系的，我和几百名从全国各地来的学生一起进行了两个月的政治学习、保密教育，并隆重地进行了保密宣誓。这期间，却没有一个领导对我们说我们是干什么的。

10 月 16 日，我国第一颗原子弹爆炸，我隐隐约约意识到我即将从事的工作是做什么的。我暗自兴奋，也很自豪，感到这是国家对我的信任。"刘素说道。

10 月底，正逢青海省依中央指示组织干部队伍下乡进行"农村社会主义教育运动"，刘素和大部分同学被派到青海省省长组建的"四清"工作团。

"都是刚出校门的学生，没有社会经验，被分散编入青海省的'四清'队伍中，为了保密，对外称我们是来自北京学生劳动实习大队，并要求做到和贫下中农同吃、同住、同劳动。"刘素说道。

刘素和青海果洛州的一名妇女干部下乡到湟中县（今西宁市湟中区）的一个生产队，住在一户孤儿寡母家里。

20 世纪 60 年代青海湟中县的山沟，家家户户也只有一两间土坯房，生活过得很是贫苦。为了节省开支，只烧一个土炕，于是刘素她们只能和房东娘儿俩挤在一个炕上。刘素很快便适应了下乡的生活。

每天早晨起来，刘素就会到河边去挑水，冬天的河面全被冰封了，她先将河面的冰撬开，再把水舀到桶里挑回去。没挑过水的刘素把扁担放到肩上时，水桶就会左右摇晃，根本无法控制。但没过多久，她就能挑着水行走自如。由于卫生条件差，她感染了蛲虫，被困扰了很久。

"我们在学校里都是以学习为主，而且大城市的生活条件比偏远的农村要好很多。因此我在开始的一段时间里很难适应，尤其是同劳动，自己以前生活在城市，没有干过农活，所以难度很大。"刘素说道。

1965年7月，下乡工作结束，刘素再次回到了小楼。8月，她终于来到了心心念念的地方——221基地。

踏上金银滩草原的那一刻，正是草原最美的季节，221基地坐落在无边的绿色地毯上。向远处眺望，蓝天白云下，白雪皑皑的山峰与草原相映生辉，让人心旷神怡，还能看到不远处牧民扬鞭吆喝，赶着成群的牛羊路过221基地，扬起一股股尘埃，溢满了生活的气息。夜晚，星光灿烂，就像是宇宙点燃的天灯，照亮着她一腔热血为祖国奉献一生的炽热情怀。

时间就像草原上脱了缰的野马一样，转瞬就到了1970年。在大家的共同努力下，第一代涂层已经完成了它的历史使命，而第二代涂层无法达到武器战术技术指标中对温度的要求，越来越不能满足日益精进的核研制工作需要。

总之，热核材料部件涂层向涂层组提出了非常苛刻的要求，那就是既要达到保护性能的要求，又要有良好的硬度、强度、韧性、附着性等，还要达到部件在弹体装配时的尺寸要求。这给涂层材料及涂层工艺创新发展提供了空间。

此时的刘素已经是涂层组的组长，她从一个缺乏实践经验的大学生已经成功蜕变为一名优秀的涂层研制科研人员，研发第三代涂层的任务便落到了她的肩上。她找到了涂层组很有想法和能力的张良翰，说道："第二代涂层的弊端越来越明显了，我们必须要有一个突破。"

"是啊，虽然第二代涂层的憎水性和保护性能都很好，但它属于半硬膜，膜的强度经不住硬划伤，所以必须要改进。"张良翰说道。

"第二代涂层不利于后期的长期储存、保护。如果我们有一个突破，能够研制出适用于批量生产、长期储存的涂层，那就完美了。"赵福春说道。

"是的，第二代涂层的硬度不够，又容易变形、划伤等缺陷。如果我们能够研制出储存与保护性能都很高的涂层，那么部件的利用率就高了。就是上级对我们没有下这方面的任务，我们的工作怎么开展呢？"刘素若有所思地又说道："东西好不好用只有我们自己知道，虽然国家没有给我们实验任务，但我想上这个课题。"刘素刚说完，几个人便异口同声地说了句"我同意"。

研制第三代涂层的序幕就在几个人的一致决定下低调地拉开了。

为了少走弯路，顺利开展工作，由王铸、刘素、赵福春组成的三人小组开始到北京、上海等地相关的科研机构、大学实验室去做调研，一圈下来，收获甚微。

实验的起步在艰难的行进中放缓了步调。几个人急得就像是热锅上的蚂蚁。

"热核材料的性能太活泼了，要用一种材料完全替代另一种材料的难度太大了。"赵福春叹息道。

"即便是这样，我们也不能放弃。我想一定会有一种办法可以解决。"刘素更像是在给自己增加信心。

这时候，张良翰很兴奋地跑进办公室说道："有人在苏联的一篇文章中看到，热核材料可以用 P-C 涂层保护。不知道可不可行？"

张良翰的话像是揭开了一层面纱，让几个人眼前一亮。

赵福春接着张良翰的话说道："有人意在半导体元器件上制出某种塑料膜作为绝缘保护层，我还在搜寻有关的信息。"

赵福春的话引起了大家极大的兴趣。

经过多方调研与实验，最后找到了一种新的聚合膜——P-C 涂层。但在研制过程中，要将化工原料 P-C 变成涂膜，附着在产品表面上，是一种化工产品的物理状态变化过程。就是说，首先要将它变成气体，气体再凝结到产品表面。其难度就是要在这个原理的基础上研制、设计一套符合原理的工艺设备。

没有现成的工艺图，完全要靠大家的智慧自己设计，似乎这并不是什么稀奇事，所有的核研制人员在资料有限、技术有限的条件下，都是这样走过来的，涂层组也一样。

刚开始的时候，在实验室里做小型实验，由于没有真空聚合箱设备，几个人就用电炉丝先将透明的玻璃瓶瓶底割掉，再一步一步想办法做出适合实验用的抽真空装置。通过二三十次小型实验之后，实现了 P-C 涂层可以贴合到产品上的效果，并能够起到保护产品的作用，满足工艺的要求。

在实验室完成理论设想以后，几个人回到密封间进行大型实验，很多之前没有遇到的问题一个一个接踵而来。在加工大型涂膜时，成膜率不但低，而且时间非常长，不能适应生产。

"小型实验和大型实验的区别太大了，我们可能要重新改造设备了。"王铸首先开了口。

"看来我们把问题想得还是太简单了，不仅仅是改造设备的问题，工艺也要改进。"刘素说道。

"P-C涂层的特点就是能在真空下成为高分子保护膜而均匀地聚合在产品上，起到保护产品的作用。我们现在找到了最佳的保护热核材料的涂层材料，完成设备改造只是一个过程，这对于我们来说，就不算是难事。"张良翰说道。

"对！接下来的事情无非就是实验、改造，再实验、再改造的问题，我们离成功已经不远了。"赵福春说道。

经过上百次的实验，涂层组最终研制出了一套工艺和设备，将热核材料放在真空聚合室内，P-C原材料经气化，高温裂解，净化后，在产品上聚合成透明的高分子保护膜，起到保护产品的作用，达到了国家要求的武器储存年限。P-C涂层工艺研制课题获得了1978年全国科技大会成果奖。

课题完成之后，核武器进入到生产任务阶段，而涂层组设计制作的涂层设备已经不太符合生产工艺的要求。于是，涂层组在生产任务下达之前，根据热核材料部件的形状、大小、涂层厚度等要求，重新设计适合产品的工艺装置。动员全组心往一处想，劲往一处使，一人提出方案，其他人便热烈发言。经过反反复复讨论、测算、修改，终于设计出了一套理想的涂层装置。接着，分工合作，自己动手画图，请哈尔滨锅炉厂加工、制作出 P-C 涂层的全套装置。

全新的 P-C 涂层装置经过反复工艺实验确定了全部热核材料部件的涂层工艺参数和工艺方法，形成了包括 P-C 涂层介绍、设备使用说明书、操作规程、工艺参数、设备维护、故障处置等全套技术文件并在随后的生产中获准使用。这是核武器研制过程中一项新材料研发及成功应用的新成果。这一成果获得了中华人民共和国核工业部部级科学技术进步奖，也是涂层组辛勤努力、集体智慧的结晶。

"那时候没有厂家专门制作针对 221 基地产品制作需要的设备，但我们从来也没有因为设备问题而停下科研的脚步。缺氧、缺物资、缺条件就是不缺精神。没有现成的东西，但只要是工作中需要的，我们基本上就自己动手设计制作。而这个'制'高度体现出了我们的精益求精。技术通过苦练，通过多做，都可以掌握，但做到精益求精，对自己所从事的工作有高度的责任心，千方百计把它做好，这就是工匠精神！如果没有这种精神，技术再好也成不了工匠，更不具备工匠精神。"刘素感慨地说道。

伴着星空与明月下班，迎着晨曦与朝露上班，在家庭和事业的天平上，他们都不同程度地将重心倾斜到了事业中，从开始的愧疚到后来的习惯，为了祖国的核武器研制事业，他们对于自己的家庭，付出得太少太少。

刘素回忆起往事的时候，总认为她有愧于家中老小。记得有一年，大女儿得了风湿性心脏病住院，当她看到老家寄来的信后，便再也控制不住自己的情绪而泪流满面。这朵在工作中遇到多大问题都没有被打倒的铿锵玫瑰，此刻，因为对女儿的亏欠、对父母的亏欠而心痛不已。但她还是强忍住心痛，奋战在涂层工作第一线。丈夫吕经邦也在核研制第一线工作，负责核弹的引爆控制系统，同样离不开岗位去照顾女儿，因此只能把所有的事情交给年迈的父母。为此，多年以后，女儿依然在埋怨她，而这样的事情不胜枚举。女儿长大以后，当她对女儿的不良习惯进行纠正时，女儿总是很漠然地对她说："改不了啦，谁叫你们从小不带我？"

那时候丈夫吕经邦工作很忙，常常到其他基地出差，有时就把假期挪给妻子用，以至于儿子五岁了对自己的父亲都很陌生。在儿子五岁时，刘素第一次把他带到了青海。火车快到西宁时，她嘱咐儿子："见到爸爸要喊爸爸，他是戴眼镜的。"儿子不认识父亲，便说道："戴眼镜的人很多，我喊谁呢？"

221 基地的许多双职工自己无法带孩子，往往将孩子托付给内地的家人。孩子们长大后，和父母之间都有不同程度的隔阂。刘素和吕经邦退休后，帮助儿子儿媳带孙子。儿子说："我从小缺少的父母之爱，在我的儿子身上得到了弥补。我现在原谅你们了。"

赵福春和杨晓玲在生活中同样遇到了很多困难。他们有两个孩子，老大由姥姥带。生老二的时候，杨晓玲一个人坐汽车到西宁，又乘火车从兰州转车，经过几天几夜的颠簸才回到北京，再从北京挤车回老家。回到老家的第二天，孩子就出生了。

"现在我想想都后怕，妻子到老家的第二天就生了，如果生在半路上该怎么办？她一个人，多危险啊，这成了我这一辈子对她最亏欠的事儿。"赵福春愧疚地说道。

一个月后，杨晓玲又带着婴儿辗转几天回到了草原，刚满月的婴儿一过兰州就不适应，开始拉肚子，这一拉就是三个月。他们找了很多医生，最后诊断为高原心脏病，两个人当时就懵了。

"你说怎么办啊，孩子这么小就得了心脏病，怎么办啊？"杨晓玲边哭边着急地说道。

"是啊，必须要想办法，如果孩子一直在草原上，他就会很危险。"赵福春不停地抓着头发，一脸的无助。

两口子为了给孩子治病，想尽了办法，但都无济于事。孩子的身体一天不如一天。为孩子的身体健康着想，赵福春不得不把妻子杨晓玲调回北京。

赵福春以为，这样妻子和孩子就能好过一点，仅仅过了一个月，让他更担心的事情很快就传到了金银滩草原。

那天，丈母娘发来电报说"晓玲得了乳腺癌"，看着电报上的七个字，他哽咽无语。

此时的赵福春双眼浸满泪水，这段往事在他的记忆里已经成为一个烙印，他带着这么深刻的烙印生活在越来越美好的今天，多少也是有点慰藉的。在采访的过程中，海变问刘素："你们那么拼命，为的是什么？"刘素激动地说："中国的老百姓被奴役了几千年，翻身做了主人，没有一个人不想着把自己的家园建设好，这是义不容辞的责任和使命。"

我愿以身许国

在 102 车间工作过的人都被王淦昌的一句话深深感染，并成为他们事业与理想的写照。不管多么艰苦，不管离家多远，他们都无条件服从组织的安排。这句话就是："我愿以身许国。"

物性组的徐庆胜，1963 年吉林大学物理系金属物理专业毕业后，便被分配到北京第九研究所四室报到。从此，这位出生在辽宁沈阳郊区农户家庭的小伙子便踏上了和父辈不一样的人生之路。

"我的父母虽然都是地地道道的农民，但他们从小重视我们兄妹的教育，用毛驴驮点粮食当学费，想尽办法让我们学知识。那时候我家离学校有五六公里的路程，我们兄妹几人从小就住在学校，但无论条件再如何艰苦，都完成了学业。"徐庆胜说道。

1964 年 2 月，李觉专门做了一场动员报告，让刚毕业的大学生们赶赴西北参加"草原大会战"，作为一名共产党员，徐庆胜身先士卒，成为第一批赶赴草原的技术员之一。

3 月，春天的气息弥漫在北京的大街小巷，从三年困难时期走出来的人们憧憬着美好的明天，徐庆胜和他们一样，也憧憬着他的未来，只是他的未来不在条件优越的北京，而是在海拔 3200 米以上的金银滩大草原。

火车徐徐离开北京车站，合着岁月的节拍，徐庆胜带着梦想西行而去，列车行驶到甘肃境内的时候，映入眼帘的便是满目的苍凉，光秃秃的山一座连着一座，没有尽头，山顶覆盖着皑皑白雪，透着寒冷和陌生。低矮的土坯房、延伸到大山深处的土路，都让徐庆胜内心有一种"春风不度玉门关"的凄凉感。

3 月的草原，风永远是主角，刚到草原的徐庆胜就被一阵狂风刮得睁不开眼睛。等风停了，看到眼前望不到头的荒原和坐落在草原上的 221 基地，想到自己的一生会和眼前的景象不可分割地在一起，徐庆胜是失落的。但一想到自己所从事的事业和肩负的责任，他又觉得眼前的一切就是对他的考验。他是党员，是大学时期就已经入党的党员，他还是物理系学生会的副主席，他怎么可能被眼前的恶劣环境吓住呢！想到这里，徐庆胜顿觉浑身是劲儿。

徐庆胜分到胜利路办事处暂住，上下床，14个人挤在一个房间，满满当当的。因为没有压力锅，大家吃的是粘牙的夹生饭，加上高原反应和工作中的难题，他们面临的困难似乎从来没有消停过，但大家却毫无怨言，因为他们心里很清楚，他们都有一个共同的奋斗目标，从事着一项神圣而伟大的事业。

徐庆胜所从事的是物性组的工作，到金银滩草原以后，分到一厂区物性组上班。物性组的工作是为核材料的零部件提供可靠数据，主要做热核材料高、低温热膨胀系数实验，虽属于辅助性工作，但它也是核研制不可或缺的一项工作。

刚分到九所的时候，徐庆胜对于物性工作是陌生的，因此，他和同事们做了大量的调研工作，查阅了很多相关资料，像大海捞针一样找出有参考价值的文字，制作成卡片，做成索引，最终对物性实验有了一个基本的认识。

到221基地以后，物性组将工作具体化，对于一些进口设备进行熟悉，对于没有的装置想办法设计加工，在怎样密封、怎样通过高温加工等问题上想了很多办法。

做膨胀系数实验，就是要将热核材料放到零下几百摄氏度的状态里，再慢慢升温，升到几百摄氏度，观察整个升降温的过程中体积的变化，确切了解部件在不同温度条件下的膨胀程度是怎么样的，从而测定它的膨胀系数。如果各个系数不同，证明产品质量不稳定，必须注意各个部件膨胀系数的合理搭配、预留间隙等。

徐庆胜知道自己工作的重要性，做膨胀系数实验的时候，从来不敢懈怠，在升温和降温的过程中，不能停，所以一个实验下来就需要二三十个小时，观察记录数据。等做完实验走出车间，头晕目眩的徐庆胜差点栽倒在地。工作虽然很累，但他却从来不觉得累，为了获取更多的知识，平时闲暇时间就加倍学习。

"那时候我们都很年轻，遇到一些外文资料，很多都看不懂，宋家树主任就会给我们翻译，拣重要的部分告诉我们国外是怎么做的，我们应该怎么做，常常对一些不懂的问题给我们做细心指导。不仅如此，对于我们的生活也很照顾，有一次我们吃了食堂没有煮熟的豆角而中毒，他还跑到宿舍来看我们。我们感冒生病，他也会及时过来看望。不管是在工作上，还是在生活中，他的关怀可以说是无微不至的，让我们大家都很感动。"徐庆胜说道。

徐庆胜老人的回忆是片段式的，他的讲述也是片段式的，但他对于221基地的情怀却如一杯浓烈的酒。30年的经历中，他自己都不知道熬过了多少个日日夜夜，做了多少个实验，他已经忘记了受过的苦，忘记了经历的困难，但他却把美丽的金银滩草原视同自己的第二故乡。他最后说道:"金银滩草原有我的青春和梦想,那里有蔚蓝的天空,有清新的空气,有朵朵白云。那里天高气爽,草绿、花香,白胖的蘑菇隐藏在绿草深处,令人垂涎。那里的小鸟叽叽喳喳,牛羊成群,和草原构成了一幅最美的风景画,让我陶醉,让我至今记忆犹新。"

苏恒兴是102车间探伤组的技术员,1964年9月被调往221基地从事无损检测工作。

在赶赴西北的路上,他依然牵挂着远在上海的母亲和妻子。他是家里的独子,临出发时,母亲受了工伤,正躺在医院里。妻子做胆囊手术也躺在医院里,两个孩子需要照顾。但当组织征询他的意见的时候,他却说:"我服从组织安排,以党的需要为主,到祖国最需要的地方去。"

苏恒兴选择了西北高原,就意味着选择了国家,心中虽然万分牵念母亲和爱人,牵念着孩子,但他的脚步却走得异常坚定。

"我没有办法去选择,我是国家培养的技术骨干,我所有的付出都要以国家为先,比起我小家的困难,国家的困难才是真正的困难。"苏恒兴回忆起往事时忍不住泪流满面。

苏恒兴只上到小学四年级。上海解放以后,16岁的他便进入上海材料研究所工作,在机械加工组工作了一年多,由于他好学又聪明,很快就被调到材料研究所金属物理实验室工作。他在实践中学习,在学习中实践,一步步成长为技术骨干,并参与筹建了无损检验组。

刚调到 221 基地的时候，苏恒兴分到 102 车间无损探伤检测组。无损探伤检测是材料成型后需检查它的内部是否有缺陷的一项工作，是检查一个部件是否合格的重要环节。而在当时，无损检测技术几乎为零，甚至大家都不清楚无损检测的概念。

"我刚到的时候，组里 10 个人大多数都是刚刚毕业的大学生，他们从来没有接触过无损探伤检测，不知道怎么做。但很多产品元件都需要检测，我一个人也干不了，只好一边工作一边培训，把无损探伤检测方面的理论基础、应用情况、应该怎么做等知识教给大家。通过理论与实践相结合的办法，大家很快就熟练掌握了无损探伤检测的基本要领。"苏恒兴骄傲地说道。

在测量热核材料部件的密度均匀性中，无损检测也起到了重要的作用。

"你在测量热核材料部件的密度均匀性上有什么想法？"宋家树开门见山地问苏恒兴。

"我也在考虑这个问题，看看能不能找出更适合的测量方法。"苏恒兴保守地对刚认识不久的宋家树回答道。

"热核材料比黄金还要贵，如果制作不成功，那损失太大了。我们国家还很贫穷，所以，无损探伤检测很重要。"宋家树郑重地说道。

听了宋家树的话，苏恒兴突然对眼前这个清瘦儒雅的男人肃然起敬。看着宋家树真诚的眼睛，苏恒兴大胆地说道：

"我们可以用伽马射线测量热核材料部件的密度均匀性，在5%以内就正常，大于5%就不行。同时也可用超声波检测。"

听了苏恒兴的话，宋家树很高兴。通过声波转换的方式测出的数据与宋家树的理论计算出的数据很接近，超声波测出的精度比宋家树的理论数据还要高，宋家树高兴地对苏恒兴说道："这下，我心里的一块石头落地了。"

由于其工作的特殊性，苏恒兴工作了64年，直到80岁才真正退休。采访的时候老人已经87岁了，他感慨地说："我将自己的一生都奉献给了无损探伤检测事业，奉献给了核事业，这辈子值了。"

张引是102车间质谱组的技术员。1940年，他出生于辽宁海城。父亲是一名教师，受父亲的影响，张引从小喜欢诗词、历史、古籍典故等。家中兄妹6个，仅靠父亲一人的收入，生活过得特别艰难。

从小就爱学习的张引顺利读完了初中，被保送到海城高中，最后考到哈尔滨工业大学数理系。后来，张引又转到物理系学习。

1964年，张引从哈尔滨工业大学工程物理系毕业，被分到221基地102车间质谱组，从事同位素检测工作。在氢弹研制过程中，同位素化学性质的相同致使同位素丰度只能采用质谱方法检测，这是一个新的课题，产品质量要求需给出氘的丰度值。

俗话说得好，知己知彼百战百胜。面对一个全新的项目，大家从氢的同位素开始一步一步了解，再通过仪器分析将同位素的轨道分开，检测热核材料的丰度值。

有一天，张引正在车间做分析，等他把手头的分析做完抬起头，就见王淦昌站在他的旁边。王淦昌笑着说："我对这个质谱分析很感兴趣，我在大学教书的时候，给大家讲过荷质比原理，但我没见过质谱仪。"

张引看着慈祥的王淦昌，拘谨地说道："我没有来草原的时候，也没有见过，这里面有一台仪器都是进口的，听说值100多万元呢。"

"现在因为国家的需要，你们开展这么一个新项目，这很重要啊，你们一定要把这个工作搞好，一定要有信心，因为你们提供的数据非常关键，对保证氢弹研制成功非常重要啊。"王淦昌的话语中透着满满的鼓励。

听完王淦昌的话，更加坚定了张引做好这项工作的信心。他知道，眼前这位平易近人的白胖老头可不是一般的人。几天前，王淦昌来到质谱车间，大家都在看一份德国材料，车间里的人只会俄语和英语，对德语一窍不通。就在大家不知道怎么办的时候，王淦昌问道："你们遇到问题了吗？"

"是啊，这份德语资料我们都看不懂。"张引说道。

"哦！是这样啊，你们给我看看，说不定我能帮上忙。"边说边坐到了地上。

组长秦有钧把资料给了王淦昌。大家自然而然地围着王淦昌坐了下来，他非常认真地给大家讲了资料中的重点部分，等大家了解清楚了才离开。

王淦昌认真的态度极大地鼓舞着张引以及车间的同事。当时，王淦昌已年近花甲，又患高血压等病，经常呼吸困难，吃不下饭，睡不好觉，但依然坚持在高原工作。更让张引敬佩的是，王淦昌是来221基地中年龄最大而且在高原工作时间最长的一位科学家。

王淦昌的言行鼓舞着张引，而另一位让他印象深刻的便是周光召副院长，使他在今后的每一项工作中都会想起他，也清楚地认识到，工作无小事，必须要保持严谨、认真的态度。

有一次，一个部件需要用质谱仪进行检测，在检测之前，张引和吴东周两个人去向周光召做汇报。汇报的过程中，周光召问的问题很细致，从检测原理到检测方法，从正面考虑到反面考虑，从小问题到大问题，从各个方面将检测中可能存在的问题都考虑到了，每个问题抠得很深，让张引和吴东周回答得满头大汗。

"我以为我们就是最专业的，但我不得不承认，我们在工作中还是存在一些考虑不到的问题，周光召考虑问题、认真对待工作的态度给我留下了很深的印象。几十年过去了，他的这种精神一直影响着我，使我对待工作从来不敢马虎。"张引说道。

两位科学家对待工作的态度让张引在后来的工作中更加努力，他在实践中学习，在学习中实践，能力很快就得到了大家的认可。

质谱分析比较复杂，一个部件里含有多种化合物，在加热的过程中，所产生的离子是重叠的，很难分辨，这就难倒了大家。张引通过多年的实践经验，反复论证后，提出了检测加数学计算的方法，根据部件的原理，对重叠的部分，通过数学计算的方法，成功计算出成分及含量，圆满地解决了这个难题。

在那艰苦的年代，221基地对张引最大的影响就是严肃认真的工作态度和齐心协力攻克难关的大无畏精神。研制氢弹，对各道工艺的要求都很严格，就质谱组的工作，不仅要做到非常之慎重、非常之严格，更要面对眼前的困难和心理障碍。在做质谱分析的过程中，一般的真空还不行，需要高真空。高真空采用水银扩张泵抽真空的方法，就是要把水银化成蒸汽。水银有毒，大家刚开始接触时对此项工作有着认知上的抵触，而通过严格的操作和了解以后，大家的心理上便不再抵触。

"我上学全靠国家的助学金，初中的时候有7.5元，高中大概有10元，大学助学金、伙食费加起来每月13.5元，还给我增加特别困难生活补助4元，每月共17.5元。最后一年，毛主席说学生需要增强身体，加强营养，学校每月又给我们加了3元，我每月就能领到20.5元，相当于一般工人一个月的工资，我父亲工资的一半儿。如果没有助学金就没有我的今天。"张引回忆道。

张引对海夋说很多经历过的事他都忘记了，但是对于上学时国家资助的金额他却记得很清楚，这一笔笔数字的背后，是一颗怀着对国家的感恩之心，以及将自己的命运和国家的命运紧紧维系在一起的担当。也正因为如此，他的生命便放射出了灿烂的火花……

从第一朵蘑菇云升起到如今，已经过去了半个多世纪。当初那些参与核研制的科技人员平均年龄只有 29 岁，如今的他们已步入耄耋之年，还有很多人已经永远离开了我们。"不忘初心、牢记使命""勇于担当、无私奉献"这些话用在这些曾经为核研制付出一生的人们来说，不仅仅只是一句口号，而是在长期的艰苦环境中自然而然养成的一种自觉行为，一种境界。

第四章

前线后的前线

1958 年，221 基地的初建，是从三顶帐篷开始的，而只要有建设，只要有生活，后续的保障就会相应而生。在研制"两弹"的艰难中，后勤保障也面临着种种可以预见或者不可预见的困难。

艰难的物资运输

　　兵书上说："兵马未动，粮草先行"，可见后勤保障工作在军事行动中的地位和作用。物资、卫生、运输、保卫，等等，都是后勤保障的一部分。在采访参与 221 基地后勤保障的很多老人的讲述中，你能明显感觉到后勤保障工作面临的多重困难，在那个物资匮乏、供应困难的年代，加之金银滩草原恶劣的自然条件，困难似乎会放大，显得更加突出。

　　在 221 基地建设之初，金银滩草原一无所有，所有的物资都要从全国各地运输到草原上，而那个时候火车只通到兰州的河口西站转运站，这就需要大量的人在兰州河口转运站进行装卸货物的工作。孙进才就是其中的一位。

1959年4月，221基地在河南清丰、内黄招收了一批支边青年建设青海，孙进才报名参加。

在孙进才的记忆里，去大西北是一件很光荣的事情，出去闯一闯，看一看外面的世界，对于年富力强的他来说，这是一个可以实现自己梦想的机会。从河南坐火车向西行进，路过大火车站都设有专门的接待站提供水和食品。

"我只是一个农村来的普通人，看到一路上接待我们的人，心中多少有点不适应。从小到大，从来没有过这样的待遇。"孙进才说道。

火车到达兰州以后，大家被安排住进了建兰饭店。两天以后，负责接待的人从来的青年中选出来一部分，其中就包括孙进才，把他们带到了兰州河口西站转运站。

孙进才到西站以后，就开始进入紧张的工作状态。他们的工作就是不停地装卸货物，把每天从全国各地运来的各类物资、材料和机器设备卸下来再装到开往西宁的大卡车上，运到西宁再转运到金银滩草原。

在转运物资的过程中，铁路的修建也在如火如荼地进行着。后来，火车通到了兰州的华庄，把物资也运到了华庄，他们的转运站也迁到了华庄。再后来，铁路通到了青海民和站，从内地调拨来的物资就运到了民和站，物资一步一步往前挪，转运站也跟着一步一步往西搬。最后火车终于通到了青海西宁。

在221基地建设最关键的几年里，正赶上国家物资紧缺的三年困难时期，全国到处都在勒紧裤腰带过日子，221基地的建设者们也一样过着食不果腹的生活，那可真的是一段苦日子。没有专门运货的设备，但不管白天黑夜，不管天寒地冻，或是刮风下雨，不管几点钟，只要车一到，不管多累、多困、多饿，大家都要跑着卸货、装车，像长钢筋、水泥等基础建设所用的材料，都是靠人抬、拉、扛、卸，先入库再装车运走。即便是不卸货、不装车，大家也不闲着，在用人力钉好的大沙杆架子上，把长钢筋弯成一盘一盘的，方便装车。

"那时候，无论领导、技术人员、保卫人员，还是工人，只要一说加班，每个人不管白天黑夜都会参与到卸车、装车的工作中，没有一个落后的，更没有一个在屋子里待着不干的。我们的科长叫贾海滨，东北人，是参加过黑山狙击战的英雄，曾经是个排长。他负责所有的器材。所有的器材包装上都写着他的名字。他性格爽朗，什么活都抢着干。另一个科长叫王家栋，也是我们的主要负责人之一。他们对我们工人特别好，只要说参加义务劳动，他们就先跑着去干活，净拣重活、累活干。油毛毡特别沉，我们年轻人都只扛一捆，但贾海滨一次扛两捆，从来不叫苦叫累。"孙进才喝了一口水继续说道："从我工作的那一天起，我就遇到了两个很好的领导，并影响了我的一生。他们身先士卒，为我树立了榜样，也为我能成为一名意志坚定的共产党员起到了引领作用。"

老人沉浸在久久挥之不去的回忆中，那个年代带给他的经历，有悲伤，有喜悦，但对于他来说，他能走一条有坚定的信仰之路是一件多么幸运的事。

火车通到西宁以后，孙进才成为68货站位于西杏园附近003库的一名电工，负责输电线路的正常运行。003库于1959年10月中旬竣工投入使用。当时堆积在西宁火车西站的物资卸下来之后，由汽车拉到003库，221基地需要啥，再由汽车往基地运。由于前期物资运输的量很大，大家一直在不停地卸货、拉货，即便这样，每天还是需要加班加点。时间久了，装卸货都锻炼出来了，五六个人装一车砖，只需要很短的时间。有些怕摔的仪器仪表等，需要立刻入库的绝不会等到下一刻。冬天的时候，有些怕冻的仪器，必须要保暖，因此，库房里生着烧着焦炭的大铁皮煤炉子。

从孙进才参加工作的那一天起，他一直和物资打交道，直到1963年火车通到221基地，大型机械、贵重物资都能直接运到221基地，他也从西宁搬到了221基地乙区。

草原对于孙进才来说既熟悉又陌生，他一直想象着草原的样子，想象着自己工作的大本营，但他第一次踏上这片土地的时候，他还是被眼前宽阔苍茫的景色给震惊了。

与自己的家乡比，草原就像一个巨大的怀抱，迎接着他的到来。

"虽然我之前一直不在 221 基地上班，但我是 221 基地的人，因此，当我真正踏进金银滩草原，真正工作和生活在这片土地上的时候，我的心是激动的，哪怕我身处海拔 3200 米的高寒地区，哪怕缺氧，哪怕生活不方便，因为 221 基地才是我真正的家。"孙进才一边说着，一边抹去了眼角的泪水。

从 1958 年到 1962 年，金银滩草原从一无所有发展成为具有 5 万余人生活的 221 基地，这和很多人的付出是有很大关系的，除了建设部门、生活物资保障部门，物资运输部门更是起到了至关重要的作用。221 基地建设所需物资，都需要通过铁路运输来实现，但基地只有一条铁路线，而且没有足够的卸货场地。运送到基地的物资大部分是基础建设所需的砖、瓦、沙子、石头、水泥、木材、钢材等建筑材料和生活物资。

在这样艰难的物资运输过程中，有很多人留下了让人难以忘怀的印象，他们虽然没有参与"两弹"研制，但是，他们的形象在历史的长河中始终散发着光亮。董天祯，一名经历过抗美援朝战火洗礼的火车司机，在高海拔的金银滩草原，始终像一个战士一样，迎难而上。

1926 年 7 月，董天祯出生在黑龙江省所辖富裕县的一个小村庄。那时候正是军阀混战的时候，老百姓的日子也处在水深火热之中。在那个烽火连天的战乱年代长大的董天祯，眼睛里看到的和心里感触到的，为他幼小的心灵埋下了一颗希望光亮的种子。长大后的董天祯成为哈尔滨铁路局机务段的一名火车司机，在离鸭绿江10多公里处的编组站工作。除了担任专门为朝鲜战场运送补给的火车司机外，还要担任编组站的调度调运物资。在编组站当调度是极其危险的事情，就在朝鲜战场战火连天的1952年，董天祯冒着被轰炸机轰炸的危险和特务组织的蓄意破坏，往朝鲜战场运送物资。

记得有一次，美国派出103架飞机欲炸毁鸭绿江上的桥和编组站，当美国飞机飞过来的时候，我军已经提前截获了敌方情报，早已准备好了高射炮迎战美国飞机。

激烈的战斗说打响就打响，为了抢时间运送补给，董天祯和他的几个司机伙伴驾驶着火车往朝鲜方向开去。途中，他的三个同事先后不幸中弹倒下，看到倒下的同事，愤怒的董天祯开着火车毫不畏惧地冲过了鸭绿江桥，硬是把补给送到了朝鲜，光荣地完成了任务。而就在他把火车开过鸭绿江桥的那一瞬间，美国轰炸机的炸弹就落到了鸭绿江桥上。

"那次战斗，我们牺牲了三位同事，只剩下我和李国臣。不过我们解放军可真勇敢，103架敌机，大多数敌机被打了下来。当看到一架架飞机被打下来的时候，我们也深受鼓舞。只有把美国人打回美国，没有战争，我们才能过上好日子。"董天祯情绪激昂地说道。

1959 年，董天祯被调到 221 基地，从事基地的铁路建设和运输工作。

"当年，为了加强我国的国防力量，不受外敌的强权侵略，党中央从全国各地和部队调来大批官兵、科技人员、工人到金银滩草原搞建设，研制核武器，我就是其中之一。我从东北到西北的时候，进入视野的是满目苍凉，但党派我到哪旮旯我就到哪旮旯，这是必须要去完成的任务。"年已耄耋的董天祯仿佛又恢复了当年的果敢和刚毅，语气里满是豪迈。

在几万人的队伍中，董天祯显得平凡、朴素，在冬天靠牛粪取暖，睡觉必须和衣而卧，吃饭只有青稞面的金银滩，无论什么工作，他都积极认真地去做好，还抽出业余时间开荒种地，以补充粮食和蔬菜的不足，充分发扬自力更生、艰苦奋斗的精神。

时间一晃就到了 1963 年，火车通到了 221 基地，但铁路局有规定，运行区间内不允许卸车和堆放货物，这对基地建设来说，会严重影响生产运行。这可急坏了 221 基地铁路站负责人之一的董天祯。为此，董天祯多次和铁路部门沟通协调，铁路部门也考虑到基地建设的需要，根据实际情况，充分安排时间，利用列车通行空间，在铁路干线附近开设卸货场地进行卸车，解决了无卸货场地的问题。

为了更好地满足运输需要，发挥运输人员和卸车单位人员的工作积极性，按照车辆在基地内停留时间的长短，实行奖惩制度。经基地领导批准，对压缩停留时间的工作人员给予奖励，延长时间者给予罚款。办法施行后，很大程度上调动了铁路职工和卸车单位职工的工作积极性，不但压缩了车辆在基地内停留的时间，加速了车辆的运转，提高了运输的效率，而且保证了各单位的物资及时进入基地，有效保障了基地建设工作全面顺利展开。由于办法行之有效，铁路职工、调车人员、调度员等与货主之间联系的积极性大大提高，减少了中间误时，加快了卸车速度，做到了及时排空，并严格遵守了兰州铁路局关于列车在站内停留时间的规定，受到了铁路局领导的表扬。

在采访解石磙的时候，他向海娈讲述了站长董天祯的几件事，回首往事，老人脸上的表情是复杂的，情绪随着那段岁月中经历的事情而起伏不定，但在老人心里，不管是董天祯，还是那个年代，都像烙印一般深深印在他的内心深处，带着痛触，带着自豪。

"那时候，我们铁路职工有600多名，特殊岗位实行三班倒。基本上火车一到，各样的物资都有，这些物资就由编组站的人员统一调配编组，由编组站编号。号编好以后，告诉司机送到哪里。目的地有加工厂、电厂、粮库，等等。煤调往电厂，砖、水泥、钢筋、沙子等调往建筑工地，生活物资则需要进入冷库、仓库管理，这就是编组站的作用。凡是从外面进来的物资全都经过我们的手，尤其是建筑工地的物资最多，因此，铁路上的工作量非常大，5台机车头都不够用，后来又调进来一台内燃机，共6台机车头，共同承担着繁忙的运输任务。"扳道员解石磙说道。

1941年出生于河南省宝丰县的解石磙，和221基地的很多人一样，深刻地感受过旧社会的苦难，从小立志要做一个对国家有用的人。18岁那年，解石磙光荣参军，当他穿着解放军的衣服告别自己的父母亲的时候，他心中立誓，一定要报效祖国。

解石磙参军后，先进驻酒泉基地，后又进驻新疆，第二年，被调入404。1963年7月进入221基地。

被分到铁路扳道工组的解石磙跟着老工人当扳道工，后来又被调到交运处产品车上做安全押运员。

20世纪60年代的221基地，铁路运输算是最繁忙的单位之一。每天火车从西宁站到海晏县火车站，再到221基地编组站。在繁重的工作中，还要抽人维护铁路。因为建设过程中，有些路段的地基不够坚实，会出现塌陷和断轨的现象，为了确保正常运行，发现问题就要及时进行抢修，这对于人手并不充裕的铁路运输来说，面临着严峻的考验。同时，面临的困难还有雪域高原恶劣的气候，加之铁轨坡度高，火车头也会出现缺氧的情况，导致燃力不够。平常在海晏县能够拉十来节车皮的火车，到221基地，也只能拉个八九节车皮，因此，司机的繁忙程度可想而知。

有一次，快下班的时候，有一车货需要送到221基地去。按说，司机已经到了交接班的时间，他完全可以把工作交给下一班的司机，当时的董天祯站长却要求司机把货送完以后再下班。司机就说道："董站长，我从昨天忙到今天，到现在还没有吃饭，你让我送没有问题，能不能让我吃点饭再送，我实在饿得不行了。"听司机这样说，董天祯非常恼火地说："抗美援朝牺牲了那么多志愿军，冒着枪林弹雨，他们一个个都不怕累不怕饿，你如今受的这点饿算什么？下来，不愿意干就走人，为革命工作还怕饿？！"

"好！好！好！我干！我干！"司机立刻打起精神说道。

于是，董站长和司机一起把这趟货运到了基地。但加送一趟货并不是司机一个人能完成的，还要得到副司机、司炉工、调车员、连接员、货物员等的齐心配合。因此，可以这样说，一个司机工作的背后，很多人都在加班加点拼命工作。

董天祯经常说一句话："再苦再累不要叫苦，在朝鲜战场上牺牲了那么多志愿军，他们没有叫过苦，没有叫过累，几天吃不上一口饭也没有喊过饿。要干就干到底，为革命不怕牺牲，更不怕饿。"因为董天祯经常不离口的这些话，使铁路上的职工都充满更加坚定的斗志面对高强度的劳动。他们吃苦受累，工作更不敢马虎，因为他们知道，如果工作出现失误，后果将很严重。下了夜班，没有谁想着赶紧去睡觉，都是先去义务打扫卫生，党员还要参加政治学习，人人几乎没有空闲的时间。

解石磕的工作量也相当大，5 台机车头不停地来回运输物资，每天进出的车辆有 100 多次，扳道工必须每天严格按照计划书扳道，不能出任何差错。累的时候，站着都能睡着。除了正常工作，每个星期六都要检查工作，看谁做得好。因此，大家都争先恐后地争做最好，工作热情非常高。就如解石磕的话："我们当时就只有一个想法：干好！"

只要提起 221 基地的往事，年近 80 岁的解石磕老人的记忆便十分清晰起来，就像是昨天刚刚发生过的一样，讲起来滔滔不绝。他说："那时候的我每个月只有 50 多块的工资，上有老下有小，走到哪都得有粮票，但我从来没有向单位要求过什么，一切困难都自己克服。由于粮票少，每顿饭就吃一个小馒头、一碗稀饭、几根咸萝卜条。但我很知足。不要说我们，领导也一样，从不搞特殊化。有时候，书记来晚了，也是有啥吃啥，如果只剩下馒头，拿个馒头就走。回到站长室，把馒头掰成小块，放在茶缸里用盐水一泡就吃了，吃完就一句话：'干活去。'"

董天祯刚到 221 基地的时候，铁路还是一片空白，啥都没有，更不要说管理经验和方法。他迎难而上，带着铁路职工艰苦创业，在实干中不断积累经验，在饥饿中盖起了铁路楼。他凭着坚定的信念和革命精神，在很多工作中克服了常人根本无法想象的困难，为"草原大会战"打下了坚实的基础。

艰难的物资运输只是当时后勤保障中的一小块，要解决好几万人在金银滩的工作和生活，其艰难程度可想而知。

解决"吃"的问题

灿烂耀眼的星空，是由一颗颗星体组成的，它之所以璀璨，是因为有着集体的光辉，它形成的是一股强有力的、摧不垮的、巨大的力量，也是让西方国家心生畏惧的力量。完成"两弹"研制这项辉煌业绩需要的是一个英雄集体的力量，在他们无私奉献的背后，依靠的是党的领导、集体的智慧，以及社会主义制度的优越性。

1960年年底，张爱萍将军视察221基地，给全基地中层以上的党员干部做报告。

张爱萍将军一上来就问大家："同志们，你们说来到这个地方好不好哇？"底下听报告的没有一个人说话。接着他说道："我知道你们认为这个地方不好，我看这个地方也不好，头顶蓝天，脚踏草原，海拔高，风沙大，从生活上来说很艰苦。可是从另一方面说，这又是一个好地方，因为我们要在这里建的是一个原子能工业基地，只有在这样一个人烟稀少的空旷地区，才适合建设这样一个基地。"然后他又把话题转到建设基地的重要性和必要性上，说道："我们在这里建设的基地，是要研制先进的核武器。如果没有核武器，我们在国际上就没有地位，腰杆子就不硬，帝国主义就要欺负我们。为了要有国际地位，为了不受帝国主义欺负，所以我们到这个地方来了。"紧接着他又说道："现在，在我们面前有两个难关，一个是要攻克技术上的难关，再一个就是要渡过生活上的难关。只有我们大家团结协作，克服困难，加快基地建设步伐，才能尽快研制出'争气弹'。"

张爱萍将军的话一说完，就赢得了大家热烈的掌声，也使大家在之后的工作中明确树立了为核武器研制这项伟大的事业克服困难、贡献力量的决心。

在这些党员干部中，就有从山东省调来的李修福。

李修福曾在山东省青岛市纺织局工作。1960 年 10 月，山东省抽调 28 名党政干部到第二机械工业部，李修福就是其中之一。大家一起到山东省委组织部报到时，才被告知要去青海。一行人先从济南乘火车到徐州，又转乘上海至西宁的火车。到了西宁以后，又坐汽车马不停蹄地赶到了坐落在金银滩草原上的 221 基地。

28 人到达金银滩草原的时候，正赶上一场大雪，夹杂着草原特有的烈风，雪花就如一头猛兽，扑向空旷的草原，扑向刚从山东过来的一行人，寒冷瞬间侵袭了穿着单薄衣服的他们。

李修福一开始并不清楚这个基地到底是生产什么的，只知道这里是国家非常重视的一个建设项目，心里也很纳闷为什么要把基地建在这样一个高寒、偏僻的地方。

张爱萍将军的讲话不但让李修福心里有了底，更是让他感到这项事业的意义和重要性。而接下来发生的事情更是坚定了他为这项事业付出一生的决心。

李修福被分配到总厂党委办公室工作。那时的基地还在初建阶段，基地首先面临的就是住宿问题。上万人一下子来到金银滩草原，职工宿舍难以在短期内建设起来，加之正是三年困难时期，全国物资供应严重短缺，职工们的工作和生活出现难以想象的困难。

就在这时，李觉局长说："把先盖起来的少量房屋让给科技人员工作和住宿。"说完自己带头住进了临时搭建的帐篷里。

李觉的行动深深触动了李修福，李觉不仅仅是221基地的领导人，更是解放西藏的主要人物之一，是一位顶天立地的将军，现在他却和很多普普通通的工人一样住帐篷，接受残酷的自然条件的考验，让人感动。在他的领导下，机关人员全部住进了既不御寒，也不挡风沙的用帆布支起来的半地下帐篷里。

我们无法想象那个时期的艰苦程度，对于221基地的每一个人来说，除了要适应高海拔的寒冷、缺氧、干燥之外，还要面对饥饿。三年困难时期，全国人民都处在极度生活困难时期，221基地也不例外，饥饿很快就蔓延到了草原……

"为了保证基地的基本运转，每人每月的粮食实行定量制。每人每月只有23斤，平均每天不到8两，也没有菜。大家拿着青稞馍馍一边往宿舍走一边吃，还没走到宿舍，青稞馍馍就吃完了。因为没有副食，大家的劳动强度又大，青稞馍馍根本不顶用。很多人饿得面黄肌瘦，身体出现浮肿。饭量大的同志为了填饱肚子，就想各种办法，夏天可以捡蘑菇，挖野菜，打野兔。冬天就麻烦了，草原上无树皮可剥，无野菜可挖，有的人干脆把馍馍泡到开水中，连水一起吃。当时觉得饱了，一会儿就又饿了。那时候，谁能给一个馒头吃，恩情能让人记住一辈子。"李修福说道。

20世纪50年代末60年代初，在刚刚起步的中国核武器研制领域，苏联釜底抽薪撤走233名专家，撕毁了中苏两国签订的12个协定和两国科学院签订的一个协定书，以及专家合同和合同补充书，废除了200多个科学合作项目。这对正急于挺直腰杆站起来说话的中国人而言，不亚于当头一棒，接踵而至的国家三年困难时期，更是雪上加霜。

李觉在回忆后勤保障中面对的困难时说："1950年1月15日，我清楚地记得，刘伯承、邓小平在接见18军师以上干部时，刘帅说过的一段话：'吃，是生活的需要，是生存的需要。吃是一门艺术，吃，又是政治，又是军事。'"是的，能不能解决后勤供应，解决几万职工的给养，解决"吃"的问题，关系到的是基地能不能坚持下去的全局，关系到的是早日造出原子弹，还是半途而废、前功尽弃的主要问题之一。

面对困难的局面，李觉明白，过去打仗讲究"兵马未动，粮草先行"，搞基地建设也不亚于当年的行军打仗，现在这个拥有数万人建设大军的基地面临的最重要的事就是后勤供应工作，没有后勤保障，科研工作也难以开展。于是，他号召全体机关工作人员都要参加后勤保障工作。在他的感召下，大家积极面对困难，克服困难。这期间，山东来的行政处副处长许增海同志将李修福从党办调到行政处工作，帮他抓生活。在分管后勤的厂领导王志刚和彭非的领导下，行政处克服一切困难，全力解决全厂职工和家属的吃、穿、住三大难题。

为了维持221基地建设队伍的稳定，李觉、赵敬璞等领导想尽各种办法给职工找可以充饥的食物，并从基地临时抽出1500多人，成立了农副处。农副处下设农、牧、渔三个专业队，不但鼓励大家就地垦荒种地，还组织打鱼队到青海湖打鱼，到周围的草原上去打猎。

作为221厂最初的组建者之一的党委书记赵敬璞，在推动核武器研制事业的发展上有着不可磨灭的功绩。这位在枪林弹雨中走出来的无产阶级革命战士，参加过无数次大大小小的战争，但让他引以为傲的，还是在221基地经历的每一个日日夜夜。

1918年，赵敬璞出生在江苏南京一个叫浦口的小镇。从小学到初中，他一直是一个品学兼优的学生。随着年龄的增长，家庭生活优越的他越来越痛恨黑暗的社会，总想凭借自己的力量去改变不公正的社会。

"九·一八"事变之后，日本帝国主义侵华日趋严重，南来北往的抗日团体向国民政府请愿，经常在徐州发表慷慨激昂的抗日讲演，激发了赵敬璞强烈的民族忧患意识，加之他广泛接触新思想，使他开始认识到中国共产党才是真正抗日的，为民族利益而奋斗的政党。1937年5月，赵敬璞收到已是共产党员的同学顾永田从太原寄来的一封信。顾永田在信中说，太原抗日气氛高涨，在徐州不可以公开说的，在太原可以说；在徐州不可以公开做的，在太原可以做。赵敬璞"骗了"家里一些大洋，毅然出走太原，从此踏上了革命道路。

"七·七"事变后，赵敬璞参加了山西青年抗敌决死队，又称新军，编入决死一纵队三大队八连。1937年9月，决死队北上抗日，恰逢平型关失守，部队撤到五台山，就地发动群众，扩大抗日武装。从此，赵敬璞开始了他抗日救国之路。

经过大小数十次战斗，赵敬璞获得了一定的战斗经验和政治工作经验，对中国共产党的宗旨和政策的认识也日益深刻。1938年10月，部队在寿阳作战时，他光荣地加入了中国共产党。

在抗日战争中，思想政治工作是稳定部队的决定性因素，也尤为艰难。但赵敬璞在工作中对症下药，不断总结经验给大家做思想工作，为部队的稳定打下了坚实的基础。

1940 年 2 月，赵敬璞调任太岳纵队青年知识分子训练队任指导员。1940 年秋，训练队与太岳纵队教导大队合并，他担任指导员、组织干事、大队总支书记。他边学习，边战斗，在残酷的反阎顽斗争、百团大战、反扫荡斗争中，在太岳根据地极端艰苦的条件下，身先士卒，顽强战斗……

转入战略反攻后，赵敬璞参加了收复四平、攻打天津等战役。1948 年 4 月，赵敬璞任四野政治部巡视团巡视员、组织部干事。四野打到广州，他上任 15 兵团直属政治处主任。后来 15 兵团领导机构与 13 兵团对调，北上组成志愿军司令部。赵敬璞任志愿军司令部直属政治处政委、直属政治部主任，1950 年 10 月 22 日入朝参战。

在志愿军司令部，赵敬璞参与了一至五次战役的战役准备与保障，他也是志愿军总部处级干部停留在朝鲜时间最长的一位。他负责统一领导司令部的行政、党政工作，虽然工作繁忙、杂乱，但在极其艰苦的环境中，他努力工作，对志愿军直属机关的党政建设和保证志愿军司令部完成指挥任务进行了创造性的工作，获得了彭德怀司令员的肯定与表扬。

1956 年 5 月，赵敬璞回国。1957 年 8 月，经过一年的学习，赵敬璞结束了解放军高等政治学院的学习，被分配到哈尔滨军事工程学院 4 系（装甲兵系）任政委，兼装甲兵科学技术研究所政委。

1960 年年初，赵敬璞调到第二机械工业部九局任党委书记。从此，他为我国的核工业与核武器的发展，呕心沥血，奋斗终生。

221 基地 5 万人的吃饭问题并不是一个小问题，按照农、牧、渔三个专业队分工不同，展开了自给自足的生产自救之路，并提出，要学习南泥湾的办法，自己动手，丰衣足食。

李觉组织农业队，有人就提出意见，说："这片地方连棵树都不长，怎么种粮食？"但李觉态度很坚决："不能种粮食，就种土豆嘛。"根据他和赵敬璞下放的政策和指示，行政处到兰州买了一批土豆种子，发给各个部门，大家在工作之余，在青海湖环湖牧场和金银滩附近垦荒种地。当时修路、架桥的工程兵正在搞基础建设，李觉就调来工程兵的拖拉机，很快开垦出了几千亩地。开春后按照金银滩的气候条件，种了土豆、蔓菁、萝卜、蚕豆等农作物，以及少量的油菜籽和青稞。当年秋天，就有了收成。在那个生活最困难的年代，基地农场获得丰收，不但缓解了大家的饥饿问题，也给了精神上的鼓励。很多同志称它是"救命的宝贝"。这些农副产品分到广大职工和科技人员的手中时，很多人流下了激动的泪水。有个中层党员干部激动地说："不要小看这些土豆、萝卜、蔓菁，有了它们就能造出原子弹。"

惊心动魄的打鱼经历

221基地在非常艰苦的生活条件下成立了打鱼队。打鱼队的帐篷就扎在甘子河临近青海湖的湖边。

无论一个人有着多么伟大的理想事业，总是离不开充满烟火气息的吃喝拉撒，吃不饱肚子，理想事业注定是要打折扣的。海峚在采访赵文有、霍银臣等老人的时候，被他们为了吃饭问题而发生的一些惊心动魄的故事所感染。

赵文有是从河南内黄支边来的青年人。到221基地后，作为他们那支支边队伍的连长，他被分到基地农副处工作。

"1960年，正是全国生活紧张的时期，全基地的人都吃不饱，我在农副处是个小小的负责人，管理伙房等单位，有200多人。那时候，基地成立了打鱼队，谁想参与到青海湖打鱼队，首先要有两条被子，为什么呢？因为到了船上以后，需要铺一条盖一条，如果只有一条被子，你咋铺咋盖呀？可当时我只有一条被子，领导到我的屋里检查的时候，我灵机一动，就把另一个人的被子抓住扔到我的床上。领导问我：'你有两条被子？'我说：'有，你看这不就是两条吗？'领导说：'那你去吧！'就这样，我就去了打鱼队。到了打鱼队我还是一个小负责人。"赵文有回忆道。

为了打鱼方便，打鱼队在甘子河注入青海湖的入口处扎下几顶帐篷，专门打鱼。

1960年4月的一天，是赵文有最难忘的一天。那一天，青海湖开湖了，青海湖的冰面开了一个三角口子，大家高兴极了，准备好渔具便下了湖。

刚开始打鱼的时候，用摇桨的小木船打鱼。因为湖面还冻着，所以只能用小网拉鱼，即便是这样，一次也能拉六七百斤。就在几个人齐心协力拉网的时候，湖面突然起风了，渔船经不住大风的侵袭，开始随大风在湖面上剧烈摇摆。不一会儿，风把固定船的缆绳挣断了，渔船随风倏忽一下就窜到了冰面下，并急速向湖心冲去。渔船刚窜到冰面下的时候，几个人还能听到外面在放枪、寻找几个人的声音。但没过多久，几乎没有了空气，不见了光线，仿佛一下子从一个世界走进了另外的一个世界。

周围死一般寂静，再也听不到呼叫他们的声音了，黑暗开始主宰着四周，恐惧不断地向他们聚拢。几个人渐渐被冻麻木，但强烈的求生欲，使赵文有大声喊道："用力扒，不要停，用力扒。"几个人在冰底下苦苦挣扎，手脚麻木得早已不当家了，但求生的欲望支撑着几个人不停地用手奋力划、划、划！

时间一分一秒地过去，几个人在青海湖的冰面下也不知道划了多久，就在快要坚持不下去的时候，突然船头往上一翘，从冰面下又窜了出来。当看到满天的星斗时，他们知道自己终于脱险了。

几个人靠着顽强的毅力走进帐篷时，帐篷里的人都吓坏了，也惊呆了，而他们几个死里逃生的人冻得都不会哭了。

尽管大家冒着生命的危险没日没夜地打鱼，一网也能打六七百斤鱼，但还是远远不能满足基地的基本需要。

"打鱼队没日没夜地干活，但根本解决不了基地近5万人的饥饿问题。"赵敬璞对李觉说道。

"小木船打鱼不能解决问题，那我们就自己造机帆船打鱼。现在国家困难，我们要想办法自力更生。"李觉不假思索地说道。

"这个主意好。我们基地什么人才没有，造一艘船还不容易？！"赵敬璞高兴地说。

很快，从厂家购买的造船材料和电机等运到了甘子河，并调集了木工、焊工、电工、钳工、油漆工等高级技工，大干苦干，只用了四五个月的时间就造了两艘机帆船。

就在船下坞的时候，却遇到了难题，坞道上尽管抹了黄油，锚也抛进了水里，可是任众人怎么推、怎么拉，船就是不动弹。

两天过去了，船还是下不了水。

这可急坏了李觉，他急得责问宋处长："我让你调吊车来，你为什么不把吊车调来？现在我命令你跑步回去调吊车去。"

这也是李觉急得没有办法说出的急话，从甘子河到221基地，那得跑到猴年马月去！何况吊车也只是一辆解放车，就是来了，也吊不动这个几十吨重的庞然大物。

"那也是李觉局长急不择言了，当时全厂职工已经饿了小半年了，每个人都不同程度地出现浮肿，有的人还出现了幻觉。现在，船下不了水，你说他得有多急？"霍银臣说道。

宋处长不敢违拗李觉局长的命令，立刻跑步回221基地调车。宋处长那边跑步走了，这边的李觉更是急火上心，竟然不顾一切"通"的一声跳进了青海湖。

5月的青海湖，乍暖还寒，也是风沙最为肆虐的时候。李觉已经是知天命的年纪，他穿着大衣不顾一切地跳了进去，当时在场的副厂长、处长、科长、副科长，连同工人们，就像下饺子一样，都"扑通""扑通"跳进了水里。

上百人齐刷刷地跳进水里，那声音就像是青海湖开湖的冰裂声，又像是打仗前的冲锋号，有着出征的义无反顾，也有着壮士断腕的豪迈与壮烈。大家用绳子一起用力将船往青海湖里拉。在冲破云霄的喊声中，奇迹出现了，船竟然被拉动了，下了水。

李觉高兴地振臂欢呼："好呀！好呀！"

此刻，这位身经百战的将军在欢呼声中流下了激动的泪水，为了基地5万人的生活，流下了百感交集的泪水。

屋漏偏逢连夜雨，谁知船刚刚下坞，青海湖上突然刮起了大风。

"你们无法想象那时候青海湖的风，那风刮起来，就是穿着棉大衣，风都能穿透，渗到你的肉里头去，风吹起来的沙子打得脸生疼生疼，严重的时候能把人的脸打肿。这样的风吹在青海湖，掀起的便是翻滚的巨浪，发出怒吼咆哮的声音，让人不寒而栗。"曾在打鱼队工作的霍银臣说道。

船瞬间被风浪卷出很远，霍银臣等人都还在船上，由于风太大，无法与岸上取得联系，他们4个人费了很大的劲才游到岸上。而从水里上来的人衣服全湿了，没有可以换的衣服，只能聚到帐篷中烤火，边烤火边自己暖干。

接下来面对的事情一件接着一件，首要的问题是，船虽然下坞了，但打鱼队没有打鱼的技术和经验，一次网撒下去，无法和别的打鱼队比。

"唉！打鱼还是需要技术和经验，你看人家石油局的打鱼队，他们打的就比我们打的多得多。"赵敬璞着急地说道。

"除了经验，还需要设备，你看人家渔业局的那台'火斗机'，是正规渔船上用的打鱼机器，撒一次网能网到几千斤，而我们就是打不了多少鱼。"对于打不出鱼的问题，李觉也很着急。

"怎么办？再想不出办法，我真的没脸见基地的人，他们不分昼夜加紧干活，而我们连后勤保障都做不好。"赵敬璞说道。

"如果我们把打鱼队搬到151码头，是不是会好一些，那边水域深一些，鱼是不是多一些？"李觉说道。

经过两人的商量，第二天早晨，两艘渔船就出发往151码头开去。那天的风很大，船在青海湖上航行了足足7

个小时，还没有到 151 码头。赵敬璞晕船，加之一整天的颠簸，又晕又吐。好不容易到了 151 码头，渔业公司还不让船停靠码头。

"你们是哪个单位的？"渔业公司的人问道。

"我们是青海矿区机械厂的。"船上的人大声回道。

"机械厂是哪个厂，我们怎么不知道。"

"我们就是建设大青海的，现在厂里生活困难，需要打鱼补给，麻烦行个方便。"

"不管你们是干什么的，都要遵守我们的规矩。行了，你们先靠岸吧。"

听完渔业公司人的话，大家就按渔业公司指定的地方，将船停靠到岸边。

一下船，首先打听医院，几个人赶紧找担架把赵敬璞匆匆送到了医院，留下几个人留在船上值班，其余全部带着铺盖上岸。渔业公司的人已经给他们支好了两顶帐篷，暂时安排他们住了下来。

为了让 221 基地的人能吃饱饭，李觉和赵敬璞又找到青海省委书记高峰。

"今天可是稀客啊，我还想着去看看你们，你们就来找我了。"高峰书记见了两个人笑着说道。

"我们再不来找你们，就要饿死啰。这次我们是来找你要饭吃的。"李觉半开玩笑地说道。

随后，赵敬璞便将打鱼的事情给高峰书记详细地讲述了一遍。高峰听完后做了特批："只要221基地的车来151码头装鱼，有鱼就先让221基地的车拉，先记账，到时候一起算钱。"

有了高峰书记的特批，221基地的车去拉鱼的时候，总是满载而归。

"我们一次要派二三十辆解放车去拉鱼，汽车排成了长队，浩浩荡荡往151码头开，那阵势真的很壮观。渔业公司的人也很热情，只要我们的大卡车到了，就立即安排给我们装鱼。除了给我们装鱼，省领导还给我们派了船长、技师、大副到我们的船上，手把手传授开船和打鱼的技术和经验。同时，又根据实际情况，对我们船上的部分机器进行了改造。之后，我们才慢慢学会了打鱼。221基地的职工也吃上了鱼。"霍银臣说道。

自从学会打鱼后，打鱼队每天凌晨4点钟出海开始下网，渔网有100多米长、200多米宽，一网下去，两条船并排平行拉网，就要拉四五个小时。一网打捞上来的鱼用卷扬机往鱼舱里装，一艘船有大小两个鱼舱，可以装上万斤的鱼。

为了保证打鱼工作的顺利进行，李觉和赵敬璞倒班跟着渔船出海，从来没有间断过。船上不仅有李觉或赵敬璞，还有指导员，有党组织，有船长、轮机长、大副等。船长专门管技术，大副专门管下网和收网，一个船上十六七个人，工作进行得井井有条。两艘船出航三天，一趟能打鱼四万斤左右。

有一次，两艘船开往海心山附近时，一号船的螺旋桨被水底下的破渔网给缠住了，不能行进。本打算让二号船拖着走，但不巧的是，二号船的机器坏了，两艘船被困在了海心山附近。

一天过去了，两天过去了，三天过去了，四天过去了，船上带的东西全部都喝完吃光了。赶上机器坏了，不能打鱼，大家又饿又渴。

"那几天，可真的是煎熬，前往这边打鱼的船老远看到我们的船在，就会调转船头，到离你更远的地方去打鱼，因此，求救根本不可能。到第四天的时候，水和食物都用完了，渴了只能喝机器排出来的蒸馏水，这个水特别苦，但再苦大家也要喝。可是赵敬璞和田子钦年纪大了，喝不了蒸馏水，两个人又渴又饿，瘫躺在船舱。看着他们有气无力的样子，我心里着急，突然看见甲板上的垃圾桶里有两个大头菜根，如获至宝地拾起来用手一揭，皮还能揭下来，尝了一下，味道还可以。于是我用刀把皮削干净，拿着两个大头菜根就去船舱找他们。"霍银臣回忆道。

"赵书记、田处长，你看我给你们送高级食物来了。"霍银臣高兴地说道。

赵敬璞和田子钦此时已经饿得没有办法了，一听见霍银臣的话，赶紧问："啥东西？"

"一人一块，你们尝尝是啥东西。"

田子钦咬了一口，说道："你小鬼还行呗，这是啥东西，怎么这么好吃？"

"啥东西？大头菜根！"霍银臣笑着说。

"噫，那根没撂掉吗？"赵敬璞问道。

"扔在垃圾桶里边，还没来得及撂。"霍银臣回答道。

"这可比苹果强啊。"赵敬璞激动地说。

四天过去了，打鱼队还没有回来，基地的领导就猜测到渔船遇到麻烦了，便及时通过青海省军区，用他们的船找，终于在海心山附近找到了两艘船，将船拖了回来。

还有一次，已经到1961年年底了，青海湖也到了封湖的时候，这次由田子钦带队出海，大家准备了三天用的食物和水。

出航到第三天的早晨，田子钦说："你们多吃点鱼，少吃点面，今天咱们不返航。马上要封湖了，明天打一天鱼再返航。"

到了第四天收网准备返航的时候，青海湖已经开始封湖，一阵烈风就将水浪冻成了冰，裹住了船身。

看到这个情景，船长便对大家说道："同志们拿起家伙，把船身边的冰拨开，不然我们就要被困在这里了。"

听完船长的话，大家拿起钢叉、钢钎、铁锹等家什，一边拨，一边捣，一边往前航行。在前行的过程中，只听见有人喊："船长，冰把我这边的船身割出了一道槽子。"

听到有人喊，大家纷纷前往观看，只听船长大喊一声"各就各位"后说道:"大家不要慌,站在原地干好自己的工作。"

听完船长的话,大家各就其位,拨的拨,捣的捣,经过千难万险,船终于到了临时码头。下船一看,只见一道二指多深的槽子,如果再迟一会儿返航,船身就会被割透进水,后果不堪设想。

尽管大家都安全到达了码头,但大家的手全都冻烂了。自那次之后,基地领导经过商量,把码头建到离221基地比较近的青海湖岸边。第二年出海时,大家把船重新修整一遍才下海。1962年,221基地又打了一年鱼之后,把船交给了在青海湖打鱼的某部队,结束了221基地三年的打鱼生涯。

"打鱼是个辛苦活,每天晚上11点收网以后,渔网不能撂下不管,需要连夜把粘在网上的水草等杂物清理干净,把网摆好才能结束,不然就要耽误第二天早晨按时出海。渔网很大,要清理干净渔网,需要6个人翻腾两个多小时才能完成。而且,白天在船上也不能休息,每隔一个小时,就得往甲板上洒水,从船头洒到船尾,防止烈日把甲板晒裂。那个时候工作很累很苦,但是大家从来不会抱怨,反而要暗中较劲谁干得最好。领导交给的任务,只能好好完成,没有人拖泥带水当后腿。除了工作,还有很多让我忘不了的乐趣。"霍银臣喝了一口水,接着又说道:"那时候我爱打篮球,咋打?白佛寺那里有一个篮球架,没有鞋穿,我就光着脚在沙窝里跑着打,我那打篮球的技术都是那时候练出来的。"此时的霍银臣，眼睛里放着光亮，似乎又回到了那个让他魂牵梦萦的金银滩，回到了青海湖，回到了那艘机帆船上。

我们很难想象那样的场景，在霍银臣充满幸福感的回忆里，我们根本感受不到艰苦岁月留给他的滋味到底是什么味道的，但有一样很清楚，青海湖的浪是死浪，是上下翻滚的浪。它与大海里的浪不一样，草原的烈风一吹，那浪比六层的楼还要高，能把船一下掀到浪尖上，又一下摔落到湖面，真的是惊险无比。

打鱼队就在那样艰苦的环境里整整打了三年鱼，在那个艰苦的岁月里，为帮助全基地的职工和家属度过生死难关立下了汗马功劳。

来自国家的援助

除了打鱼，李觉又给驻扎在老羊场那边的支边青年每人发一支洋镐把，让他们上山抓兔子。当时李觉说过一句话："我们是在年平均气温零下二三十摄氏度的高原缺氧条件下立足的。"也正是因为 221 基地领导人坚定的信念和为全基地职工家属考虑的大局意识，从上到下，大家的生活尽管困难，也始终保持积极向上的生活态度，为原子弹和氢弹的研制成功打下了坚实的基础。

开始到山上打野兔的时候，因为野兔跑得快，加之大家都没有吃饱饭，因此一天打不了多少野兔。后来，大家慢慢摸准了野兔的脾性，发现野兔在夜间活动频繁，尤其在黄昏或黎明时活动比较多，遇到人时，有的野兔尽量隐藏，一动不动。抓住野兔的活动规律以后，有的人一天能打一挑子，那也能改善一下大家的生活。

除了基地的职工自给自足外，青海省政府也拨了大批牛羊供基地的人食用。但这一切还是没有改变大家饥饿的生活状态。

"那时候的221基地有近5万人吃饭，5万人是一个什么概念，即便打鱼队打三天鱼，满载而归，每个人分到手里的鱼也少得可怜。那时候我的爱人怀有身孕，想吃点有油的，只能将分配购买的鱼内脏掏出来，放在脸盆里，上面盖上一块玻璃，在太阳下曝晒，晒出一点油来炸馒头吃。"二二一厂最后一任厂长王菁珩回忆道。

而作为在行政处工作的李修福来说，在国家三年困难时期，解决吃饭问题就是他们的第一大任务。为了千方百计解决吃饭问题，他首先同西北地区的地方政府联系，希望能给基地支援一批粮食。那时候地方上也很困难，另一方面因为工作的保密性，对外联系的介绍信一律是"青海机械厂"的名称，所以得到的支援并不多。正在苦恼的时候，李觉局长出主意说："可以找东北地区求援，东北局的第一书记是宋任穷同志，原来当过二机部部长，他了解我们这个事业的重要性，一定会帮助我们的。"听完李觉局长的话，李修福立刻动身前往北京。到了北京，找到221基地驻北京的彭非副局长，由他分别和二机部、东北局联系。尽管东北局的粮食也很紧张，但在宋任穷书记的直接过问下，从黑龙江收购了5万多斤大豆调拨给221基地。彭非副局长立即通过二机部与东北局粮食部门办好了调拨手续。

李觉听到彭非副局长在电话中说"宋任穷书记调拨了5万多斤大豆给基地"的消息以后，高兴地让行政处派人前往北京。左忠民、朱金武两名同志带着钱款，先到北京找彭非副局长拿调拨手续和介绍信。

拿了调拨手续的二人到东北付了款，又用麻袋将大豆包装好，最后联系了火车车皮，分批陆续运回了221基地。这5万多斤大豆对于221基地的近5万人来说，就是雪中送炭。食堂用它做豆腐、榨豆浆、生豆芽，使全厂职工终于吃上了副食品。豆浆则重点供应科研人员，为他们补充营养。榨豆浆剩下的豆渣，又和其他杂粮掺和在一起蒸馍馍，也增加了主食的供应量。这批大豆为全厂职工度过最困难的时期起到了很大的作用。有位老人说："最让我记忆深刻的就是宋任穷书记给我们调拨来的那批'救命的大豆'，他让我们看到了生存的希望。"

蔬菜问题在青海当地是难以解决的，为了让大家吃上一口蔬菜，行政处派人到兰州、西安等地求援。那时由于中央支持，221基地的经费比较充足，但问题是有钱也买不到粮食和副食。于是，行政处所派人员就直接到蔬菜产地去联系。记得有一次，李修福带着一个工作组到西安去找蔬菜，为了找到蔬菜产地，几个人在乡下走了好几十里路，终于发现了一处较大面积的蔬菜产地，主要是萝卜和大白菜。几个人如获至宝，立刻和当地的商业部门联系，由基地出钱，商业部门来收购，然后统一装上火车，拉回基地。用这种办法，行政处工作人员也在兰州郊区收购了很多蔬菜，包括大头菜、大葱、辣椒等，直接用汽车运回基地。这些蔬菜，除了现吃之外，大部分都腌制起来，留着作为过冬的储备，从而保证了各个食堂能够在较长时期内正常开伙。与此同时，基地食堂自己养猪，在一定程度上也解决了吃肉难的问题。

国防科技人员的冷暖同样也牵动着党中央的心，在讨论五院、二机部需要解决的问题的书记处会议上，邓小平说："五院、二机部的科技人员，待遇要高些，工资要高些，生活安排要好些，由李富春同志挂帅，统一考虑解决五院、二机部所需的人力、物力、财力。"

当时，正在北京协和医院住院的聂荣臻元帅，得知科技人员的生活困难情况，心里很不安，决定用个人名义向海军以及北京、广州、济南、沈阳等军区的领导同志呼吁，请他们尽快设法给予支援，拨给国防科研战线一批猪肉、鱼、海带、黄豆、水果等副食品。

就在聂荣臻元帅向各单位发出呼吁后不久，副总参谋长杨成武和北京军区副司令员郑维山到北京协和医院看望聂荣臻元帅，元帅对郑维山半开玩笑地说道："知道你们的家底，你们有生产，有东西，你一定要拿出一些来。你可不能小气呀！"郑维山的回答也很干脆："东西我一定搞一些，还可以打一些黄羊。"

陈毅元帅来看望聂荣臻元帅的时候，满腔热忱地说："我举双手拥护向各单位'募捐'，也加上我的名字。科学家是我们国家的宝贝，要爱护，我这个外交部长想要腰杆硬，也得靠这些人。我们不吃，也要保障他们最起码的生活。"

于是，全军、全国各族人民又一次勒紧裤腰带，把各种物资送到了国防科研生产和试验基地。粮食部一次就拨给二机部西北三个厂几百万斤黄豆，青海省给221基地调拨了2万只羊，商业部、总后勤部在兰州成立了二级批发站，加强西北地区核工业部门和特种部队的生活供应。

从共和国领袖到各级干部，再到群众，举国上下勒紧裤腰带走过了那段艰难的岁月。毛主席不吃肉了，周恩来总理不吃肉了，但是在1962年春节，在人民大会堂举行的那次盛大宴会上，很多核武器研制方面的专家都参加了。后来得知，这次宴会主要就是想让科学家们吃顿肉，补点营养。

除了解决基地所有职工和家属的吃饭问题，其他生活问题也是基地领导人主要考虑的问题。

撑起物资保障的一片天

从全国各地奔赴 221 基地的建设者一批又一批，保障他们的生活是 221 基地首要考虑的问题。金银滩草原海拔高，全年无霜期也只有一两个月，大多数时间都要穿着厚衣服工作和生活。为了抵御寒冷，基地领导决定统一给基地的职工配备"防寒四大件"，就是棉大衣、大头鞋、皮帽子、一条单人毛毡，以便来基地工作的职工能够抵御寒冷。因此，给基地的所有人配备过冬用品，也是行政处的重要任务之一。

1961 年，行政处接到购置防寒四大件的任务后便开始着手准备。

"当时国内物资匮乏，我们接到一万多套防寒四大件的购置任务以后，便立即做计划。如果按照现在我们国家的制造能力，可能一个大的制衣厂几天就能解决问题，但是在那个年代，要想购置防寒四大件，就要到各大城市去购置，因为仅靠一个城市，领导交给我们的任务就完不成。"李修福停顿了一下后又说道，"'党叫干啥就干啥！'是我们那个年代的座右铭。这也是 221 全基地人员不分领导干部、职工群众，上下一心在不到十年的时间里研制成功原子弹的重要原因。"

李修福和同事们下西宁，奔兰州，到西安，甚至还去了四川等地，在这些城市里，他们一家一家跑，一家一家定，目的只有一个，宁可自己多跑一点路，也要在尽可能减少运输成本的情况下，把需要的东西买齐。

在兰州购置防寒四大件的时候，有一位同事无意中看到一家工厂有大量的棉絮、被套等用品，顿时眼前一亮。怕夜长梦多，便立即打电话给上级领导王志刚："领导，我们看到大量棉絮和被套，要不要买回去？"

听到采购人员打来的电话，王志刚高兴地说："买，当然要买，有了这些棉絮，今年的冬天至少好过一些。"

这一批购置回来的过冬用品，让全基地的职工都配备齐了穿戴和铺盖的过冬用品。

职工们领到这批过冬用品以后高兴地说："今天之前是又冷又饿，现在好了，不用受冻了。"看到这一幕的李觉决定，以后，每年都要事先与基地的人事部门协作，根据进人情况和职工发放劳保用品的年限做好购置计划，然后再出去购买回来作为备用品。这样就能保证每一个基地职工在冬季到来之前，都能领到过冬的防寒用品。

吃和穿的基本问题在后勤保障部门的努力下有序进行着，从全国四面八方调集过来的大批人员源源不断地进入基地，并开始了他们的工作和生活，他们中有机关人员，有部队解放军，有厂矿的专业技术人员，还有建筑师、学校的老师、医院的医生，等等。为了适应形势发展的需要，急需大批办公用品、仪器使用的工作台，以及生活用的简单家具等。但在那个极其困难的时期，购买这些家具遇到了很大的困难。

为了减少成本，李修福和同事们在西北地区的中小城市联系购买家具，原因很简单，就是减少运输环节，降低成本，但由于用量大，西北地区的中小城市在很短的时间内难以解决庞大的需求量。

"王副厂长，购买家具远比我们想象得难，我们这趟算是白跑了。西安、兰州、西宁都无法解决我们基地庞大的需求量。怎么办？"

听完李修福的话，王志刚说道："西北地区的城市解决不了，你们就去大城市订购，现在基地处在负荷前行的状态，很多人一天忙到晚，连张床都睡不上。如果再不尽快解决，我们都对不起他们。"

李修福和同事们分头行动，到北京、上海、南京、南昌等大城市的家具厂联系，然而，经过实地查看和调研，南昌家具的原材料是竹子，青海干燥，竹子制作的家具根本不适合青海使用。北京和南京等地都不能满足大批量的家具生产，最后发现只有上海有大批量生产家具的能力。然而，大家兴致勃勃地到上海签订制作家具的合同时，新的问题又来了。

由于大炼钢铁导致全国的树木遭到大量砍伐，造成木材极度紧张的局面，因此，但凡购买木制产品，都需要国家计划审批的木材指标。

李修福立刻给王志刚打电话："王副厂长，定制家具光有钱还不行，还要有木材指标。您说怎么办？"

听完李修福的话，王志刚立即在电话里说道："你们即刻动身去北京，李觉局长现在在北京，你们找李觉局长，他一定有办法解决木材的指标问题。"

相较于李修福，看着奋战在金银滩上的几万职工，看着越来越冷的冬天，王志刚作为221基地的负责人之一，就像是热锅上的蚂蚁。他知道，眼下要解决的家具问题一刻也等不得。

李修福和同事赶到北京九所找到李觉局长，说明了具体情况。李觉局长马上提笔写了一封给二机部的联系信，信中说明木材指标对于221基地建设的重要性，交给李修福。李修福拿着李觉局长的信到二机部去落实木材指标，很快，二机部就批复了221基地使用木材的指标。

拿到木材指标的李修福一行人再次南下上海，到了之前联系好的家具厂。没想到事情又来了。家具厂的厂长看了一下所批木材指标的数量后说道："按照这些指标制作家具，也只能满足你们所需数量的一半。"

听完厂长的话，几个人又蔫了，怎么办呢？家具定制的数量都是按照严格的预算进行的，如果少了，怎么向上级领导交代呢？李修福开始犯起愁来。

就在这时，李修福发现家具厂还生产一种铁制床。走近一看，床头是铁管的，床体是铁皮的，这种床不必使用木材指标就可以购买。

"看到铁床的我眼前一下子就柳暗花明了，心里高兴地对自己说，太好了！如果领导同意把木床换成铁床，我就能圆满完成任务了。"李修福说这句话的时候，脸上充满着微笑，在阳光的照耀下，显得更加灿烂。

自己的想法只是想法，还是要向领导打电话请示："领导，给我们批的木材指标只能完成一半的量，但这个家具厂可以制作铁床，如果我们把木制床换成铁制床，不用木材指标就能买。木材指标全部可以用来购买办公家具。"

王志刚听后毫不犹豫地说："就按你说的办，木制床全部换成铁制床。"

除了办公家具和床，还有一些需要定制的科研和实验用的工作台，李修福把提前设计好的图纸交给厂长，并叮嘱厂长严格按照图纸要求制作。

等所有的事情有了眉目之后，接下来的事情就是等工厂生产出一批家具，他就尽快联系火车皮将家具运送到221基地。为了加快进度，几个人又到南京家具厂求援，让他们帮着赶制一批家具。

一批批家具在几个人的努力下运往221基地，而他们也在京、沪、西宁三地来回奔波，有时候买不到卧铺票就买硬座，硬座买不到就直接站着。那时的列车从上海到西宁，能走三四天，累了就靠着座椅打打盹儿，饿了随便吃一口馍馍。时间久了，原本浮肿的小腿肿得更加厉害，用手一摁就是一个深坑。但大家的努力没有白费，各种家具终于分期、分批不断地运进了 221 基地，不但及时解决了基地科研人员研究、实验用的工作台、办公家具，也解决了基地职工和家属的生活家具。

当几个人完成任务回到厂里时，王志刚和彭非两个人高兴地对他们说："现在大家睡觉有了床铺，科研人员有了工作台，这都是你们'跑'回来的，你们出色地完成了任务！"

"我们几个人经过几个月的努力，拖着疲惫的身体回到基地，看到大家有床睡，有工作台做实验，有办公桌算实验数据的时候，我们的疲惫瞬间消失得无影无踪。革命工作，虽然分工不同，但是对于那些奋战在一线的科研人员来说，我们的付出是值得的，也是光荣的。原子弹和氢弹能顺利研制成功，也有我们后勤人员的一分辛劳，我们为此而感到欣慰和自豪。"李修福自豪地说。

经过行政处和相关部门的努力，终于完成了困难时期厂领导要求的"解决吃、穿、住三大问题"的艰巨任务。从而度过了生活最为艰难的时期。到了 1964 年"草原大会战"的时候，基地的各种物资供应也逐渐丰富起来。大家的日子也慢慢好过起来。

听李修福老人讲完，海变的情绪难以平静，虽然小时候自己也遇到过吃不饱饭的问题，但比起这些老人们，显得那么微不足道。在国家初建、外敌侵扰的年代，又遇上三年困难时期，对于全国的每一个人来说都是严峻的考验，更别说生活在地处偏远的金银滩草原，大自然也在"毫不吝啬"地对待着他们：首先就是印在每一个人记忆里的烈风，能将帐篷刮跑，也能将人刮得似乎没有一点希望。其次，就是高寒的气候，一年一两个月的无霜期，剩下的日子，除了和烈风做抗争，还要和严寒做斗争，晚上睡在并不御寒的帐篷里，冻得直流泪，下巴和眉梢都结了小冰疙瘩，即便穿着棉衣、大头鞋，盖上所有能御寒的东西，还是会被冻醒。再次，就是缺氧引起的各种身体不舒服。头疼、头晕、呕吐那是常有的事情，有些人几天就能适应，有些人一两个月都不能适应。身体上带来的折磨让他们的生活和工作雪上加霜。221基地的人来自祖国的大江南北，乍到金银滩草原，生活上难免不习惯，有的人开始抱怨环境艰苦，身体不舒服，有的人开始想着回家。可是到最后，很多人还是选择留了下来。为什么？

"苦不苦，想想红军两万五"，这句今天的人听起来有些难以想象的口号，却是当时基地建设者们实实在在的行动，他们遇到困难的时候，首先想到的是从前辈的教诲和榜样中寻求答案，于是他们捧起毛主席的著作，讲红军过雪山草地的故事。有一些人这样激励大家："红军长征穿着单衣，饿着肚子还翻过了雪山，这点冷算啥？"因此，只要大家有了党的领导，头脑里有了毛泽东思想，便能同大自然开展顽强的搏斗，再冷都能坚持下去，再饿也能工作。野外作业的职工为了防止冻伤，用冰擦脸，用冰搓手和脚，增强抗寒能力。冬天的严寒走了，大风季节又跟着来了，那时候的帐篷就像是惊涛骇浪中的孤帆，被刮得东摇西晃，但大家就是在那种沙尘飞扬、天昏地暗中日复一日地劳作，丝毫不减斗志。

邮局，和家人沟通的桥梁

在221基地工作的每一个人的背后，都牵着远在几百里、几千里外的亲人，由于每年只有一次探亲假，所以，那个时候，邮局便成了221基地职工和家人沟通的桥梁，而创建矿区邮局，便成了杜秀兰一生中最值得回忆的一件事。

杜秀兰，1938年11月出生在陕西米脂县，在延安长大。小时候的杜秀兰家境清苦，从她记事起，父亲卧病在床，母亲因为是小脚，干不了力气活，每天靠给胡宗南的兵洗被子、洗衣服，换些馒头，再给有钱人家做些针线活，卖鞋、卖袜等挣一点微薄的钱养家糊口。杜秀兰一家五口，哥哥参军后牺牲在抗美援朝的战场，小妹因为脑膜炎7岁便夭折，母亲也因忧伤过度，年仅42岁便离开了人世。

1957年，杜秀兰考上初中，但只读了一学期，就赶上"大跃进"，又听说西宁不要户口就可以招工，便用父亲给的所剩不多的钱买了一张西安到兰州的火车票，乘上了西去的火车，那时就一个想法：出来了就不回去。

叔叔在青海邮电管理局工作，杜秀兰经过学习、考试，也进入青海邮电管理局成了工作人员。1959年9月，她通过政审，进入青海矿区邮局。那时候，邮局已经有机器设备，基本邮政业务工作都已经开展，但邮局创业的艰难却成为杜秀兰努力工作的榜样和动力。

最让杜秀兰记忆深刻的，是创办矿区邮局负责人之一的杨海虎。他16岁参军入伍，成为解放军一野一军二师四团三营七连的一名战士。从此，他从山西走到陕西、甘肃、青海，扛枪征战，解放西安，进军大西北，一步步成长起来。

杨海虎曾经参加过扶眉战役。为了彻底消灭残留在扶风和眉县地区的胡宗南余部，瓦解他们企图通过扶风和眉县的有利地形阻止我军解放大西北全境的阴谋，杨海虎所在部队首先集结到了扶风和眉县的武装力量一同参战。之后，又第二次解放宝鸡，在宝鸡进行了一段时间的休整以后，进军甘肃。部队一路向西，翻秦岭，走定西、陇西，在与甘肃交界的陕西陇县固关镇，全歼了马步芳"精锐铁骑"十四旅。

在杨海虎闲暇时的讲述中，杜秀兰也似乎跟着他到了那个年代，一路向西，为解放全中国和敌人做拼死搏斗，很多战士为此献出了宝贵的生命。就如杨海虎所说："那时候的部队生活很艰苦，我们的伙食给养都是自己解决。入冬的时候，部队给每人发了几斤羊毛，战士们自己学着捻线，编织脖套和袜子，手巧的战士自己会打毛衣。一个人没有不能受的苦，在战争年代，我是靠着坚定的信仰，靠着部队这个大家庭的锻炼一步步成长起来的。我不但学会了很多生活中需要的手艺，我还学了文化，认识了很多字，可以给家人写信。"

杨海虎在部队服役到1955年便转业到西宁市邮电局工作。

到邮电局上班的杨海虎分在发行投递科，单位给他配发了一把手枪和一辆自行车，专门负责给青海省军区、省政府、青海石油局等单位送机要文件和机密电报。日子一晃就是三年。

1958年底，要成立西宁市郊区邮电局，青海省邮电管理局和西宁市邮电局经过严格审查，挑选了徐浩书、杨海虎、张思庆、王录生、王海全、任安局和王海明7位同志作为筹建的先遣人员，到221基地开办简单的邮政业务。

组织找杨海虎谈完话以后，希望他能够立刻动身，管人事的干部说："那边在等着开展工作，你不去没有办法全面铺开。"

看着管人事的干部一脸严肃的表情，他答应立即动身。但又处于好奇，悄悄问道："西宁市郊区邮电局在哪里？"

管人事的干部很不客气地说道："不要问那么多，到了地方你就知道了。"看到管人事的干部一脸神秘，杨海虎便知道此事的重要性。拿着介绍信到青海省邮电管理局报到，再由青海省邮电管理局介绍到西宁郊区邮电局。

第二天，邮电局的车把杨海虎一行人拉到了位于海晏县三角城的郊区邮电局。

"我是1959年1月28日到的221基地，我爱人1月31日生产。爱人在医院住了六天以后就自己出院回家了。我家当时住在邮电管理局院子里的三楼，那栋楼房没有上下水，没有卫生间，垃圾要自己下楼倒，水要到一楼去打。家里没有暖气，需要自己生炉子，一个产妇，所有的事情都要自己解决，自己做饭，自己洗尿布，还要照顾孩子，而我在海晏筹建邮局，忙得走不开。几十年过去了，只要我一想起他们娘儿俩受的苦，心里就不是滋味。但自始至终，我的爱人没有埋怨过我，她对我说：'比起我们经历过的旧社会，现在的我们还能住上楼房，生活条件比起以前不知要好多少倍。我们目前遇到的苦都不是苦，是可以克服的苦。你现在最重要的不是想着我和孩子，而是不能辜负组织上对你的信任，尽快把郊区邮电局筹建起来。'"在杨海虎的回忆中，他的脸颊上流下了两行眼泪，也让杜秀兰打心眼里佩服杨海虎。

尽管杨海虎的家庭面临很多困难，但就如杨海虎妻子说的话，他从来没有在工作上有过闪失或者马虎。刚到海晏县的时候，杨海虎和同事们住在海晏县邮电局，经过多方协调，及时设立了郊区邮电局筹建处。

1959 年的金银滩草原，什么也没有，只有一片广阔无垠的大草原，一片毫无雕饰的旷野。当显而易见的最原始的生命力、大自然最本质的面目袒露在背井离乡、身负重任的年轻人面前时，我相信所有的人都和杨海虎一样，内心都会闪过一丝的苍凉和无助，都会有不知身在何处，更不知路在何方的迷茫。但是他们还是在恶劣的气候、四周环山的金银滩坚持了下来，这就是信念支撑的力量。

"西宁市郊区邮电局创建之初，金银滩草原没有一间房子，没有一条小路，自行车在起伏不平的草原上都没有办法骑。夏天，茫茫草原连个避雨的地方都没有；冬天，大雪弥漫覆盖整个草原，连方向都辨不清。到最冷的季节，从嘴里、鼻孔里喷出来的团团热气会立刻凝成层层霜花儿，冻结在皮帽四周，恰似一顶银色的头盔戴在冻得通红的脸膛上。我们所有的家当都在一顶帐篷里。白天 7 个人在帐篷里办公，晚上就是我们睡觉的宿舍。取暖和做饭烧的都是牛粪。"杨海虎回忆着初建时的艰辛。

郊区邮电局的诞生地在后来的污水处理站。7 个人刚开始从每个工区背回要寄走的信件，送去寄来的信。为了保密，从开始筹建 221 基地时就为各个工区编好了通信地址，对外统一的地址为青海省西宁市郊区 321 信箱，对应不同的工区，编有不同的数字，比如一工区就要在 321 信箱后写 1 号，二工区便是 2 号，三工区为 3 号，依此类推。

1958 年年底和 1959 年，221 基地聚集了一支万人大军开始建设基地，郊区邮电局的服务工作也相对应地开展了起来。起初是流动服务，哪里有人他们就去哪里卖信封、卖邮票，顺便把他们写好的信带回邮局，再送出去，送到他们家人的手里。

"郊区邮电局创建时只有 7 个人，每个人独立分管一项工作，同时又要相互协作。那个时候，不管什么局长、财务人员，分工不分家，有活一起干，都在一线工作。郊区邮电局接送邮件两天为一个周期，第一天我们 7 个人在南山土路旁接收邮政车送来的信件和包裹，第二天邮政车从刚察县回来后，又拉走郊区邮电局的邮件和包裹。那时候没有车，只能靠 7 个人的两条腿把收来的信件和包裹送出去，再将寄来的信件和包裹取回来。取回来的信件和包裹经过分拣后再送到各个工区。除了邮件和包裹，我还负责报刊发行，全国各个省的报刊种类很多，其中报刊发行就有很多项目，虽然全盘业务只有我一个人来做，但其他工作需要多人分类共同完成，即便是这样，大家都忙不过来。而负责信件分拣的任安局工作同样繁重，责任也更为重大，因为他最忙碌的时候，要负责近万人的信件和包裹的收寄分拣工作。投递员王录生和王海全每天都要奔波在几个工区间，全靠两条腿。"杨海虎对同事们讲述道。

杜秀兰和李桂荣、徐国珍、周树前到的时候，矿区邮局已经有两排六间的矮平房，半围着一个大院，第一排第一间是负责接电话的总机室，旁边是男同志宿舍，再过来是女同志宿舍，一间宿舍住八个女同志，门很矮，高低床进不去房间，徐浩书局长有办法，他让大伙把床拆开拿进去后再安装。床安放好后，中间过道很窄，每天早晨起床后，八个女同志在过道里转都转不过来。另外一排房是负责电报、挂号、包裹等业务的营业室，中间是分拣室，最把头一小间，放置着三张床，供西宁上来当天回不去的同志临时住宿。

"我们算是幸运的，一去就有房子住。有些男同事因为没有多余的房子，还住在帐篷里，位置就在老消防队对面。我们的食堂安在一个帐篷里，帐篷旁边还搭建了一个仓库。我和爱人结婚时，帐篷里隔出一个小间，成了我们的婚房。"杜秀兰回忆道。

那个全靠信件和家人沟通的年代，邮局工作的重要性是可以想象的。在221基地建设初期，很多人因为收到家人的信件而有了支撑下去的勇气，很多人因为收到了家人的鼓励而不再迷茫，还有很多人因为收到邮局的电报，能够及时处理家里的变故。因此，邮局也因为它的使命而变得温暖。

李忠春所在某团接到上级命令赶赴221基地搞基建。而他的妻儿都在河南省老家。李忠春的爱人不识字，与丈夫的联系全靠村里有文化的人代笔。有一年腊月，家里失火，等到村民们帮忙把火扑灭时，家当所剩无几。

面对无助的母亲，大女儿第一次给221基地的父亲发了一封电报："家中失火，速归。"也因为那一张及时送达的电报，李忠春得以第一时间赶回家，让无助的妻子和孩子们有新衣服穿，有温暖的房子住，也因为有了那次发电报的经历，大女儿开始给远在221基地的父亲写信。第一次收到女儿写来的报平安的家书后，这位大山一般雄健的七尺男儿流下了激动的泪水。他幸福地说："我的女儿可以给我写信了。"

邮局的工作人员见过太多这样的场面，每一次杜秀兰都会换位思考，站在看信人、寄信人的角度去思考问题，因此，她越来越感觉到自己的责任和使命重大，在工作中更是不敢懈怠，就怕因为自己的一个失误而造成不可挽回的损失。

自从西宁市郊区邮电局建成后，每一个到221基地的单位和部门都要到邮电局报名。而他们的属地都要到邮局备案，地址和邮箱都由邮电局编排，方便对信件和电报的管理。随着很多单位进驻221基地，人员开始不断增加，邮局的工作量也开始增加，邮局的规模也从7个人的小帐篷变成了四间小土房；业务也从简单的收寄信件、包裹，发展到无线电报业务。发报的时候没有电，就用手摇发电机，一个发电机一边坐一个人摇电，电量小到只能供发报机使用。

随着221基地建设规模的快速推进，从全国调来的人也越来越多，郊区邮电局的业务量也迅速地增大，收寄的邮件越来越多。为了满足业务的需要，分别从西宁市邮电局调进来一批人，又从南京邮电学校和西宁邮电学校分配进来一批学生，主要从事技术工作，邮局的工作人员从最初的 7 个人增加到了 80 多人。为了适应形势的需要，西宁市郊区邮电局又成立了几个支局，增添了市话、长话、报务、机务等业务。为了方便服务，电报、电话白天晚上都实行值班制度。

"那可真是一个忙碌的年代。在 221 基地还没有电的时候，发电报需要人力发电，要完成一封电报，背后都是几个人协同工作，所以必须要保持人员时时在岗，连个上厕所的时间都没有。话务员的工作同样辛苦，那时候的电话还不是自动转接，需要人工插转，每个插口都有编号，对应相关的领导和部门，最大的是一台一百门的电话人工交换台。话务员分为长话话务员和市话话务员，长话话务员分管全国的话务，市话话务员分管全厂区话务。话务员每天管着交换台，一个萝卜一个坑，即便没有电话来，也不能轻易离开岗位，因此，服务在第一线的人，一个班上下来，人都累瘫了。"杨海虎对新来的同事们感慨地说道。

20 世纪 60 年代初，杨海虎和另外一个同事受徐浩书局长的指派，到青海省邮电管理局接配备的两辆美式吉普车。这种吉普车后面可以拖一个挂车拉邮件，这对于建设初期的郊区邮电局来说是雪中送炭的一件事，大大地方便了往返海晏火车站的邮件接送。但好景不长，随着业务量的加大，吉普车根本装不下大量的邮件和包裹。为此，221基地筹建处给郊区邮电局配了一辆从抗美援朝战场上退下来的苏联2.5吨嘎斯车，解决了邮电局的燃眉之急。

郊区邮电局的发展一共经历了四个过程，他们从一顶帐篷开始起家，在污水处理厂的附近成立郊区邮电局，并开始营业。随着业务量的增大，搬到一工区的两排平房内办公，并在这里安装了第一台单路载波机，开展了电报、电话业务。再后来，为了方便全基地的职工，又将邮局搬到了副食商店的院子里。最后，基于全盘考虑，将邮局搬到了有地下室的二层小楼，从此，再没有搬过地方。

可以说，那是一个激情燃烧的岁月，5万人齐聚221基地，大事业、大投入、大会战、大协作，因为保密的原因，很多人不知道他们的付出是为了什么事业，包括邮电局工作的很多人。但他们知道，祖国需要他们，他们就要来。所以，还有什么困难能够压倒这样一群人？应该说，没有！

离开二二一厂以后，杜秀兰跟随二儿子安家在合肥。结果，正值英年的儿子去河南出差，突发心梗猝死在异地他乡。致命的打击降临到杜秀兰身上，她哭瞎了视力本就不好的双眼。屋漏偏逢连夜雨，没过多久，爱人也因病突然离世。"我的天顿时塌啦，那几年，我真不知自己是怎么熬过来的。后来，买菜时被汽车撞伤了腿，残疾了。再后来，我又从楼梯上摔下去，几经磨难，都没有死，我还活着。既然如此，那就开心快乐地活着吧。"老人笑着说道。望着老人皱纹里漾出的微笑，海雯被深深地打动了。

数十年的岁月匆匆而过，偏远的221基地又恢复了昔日的宁静，清凌凌的麻匹河穿镇而过，落日的余晖依然像天空的霞帔一般迷人，草原冬天的凛冽丝毫不减，高海拔缺氧的事实依然存在，只是它因为有了几万人的呕心沥血、有了几万人的万众一心而多了一份厚重和沉淀，它沉淀的是一个又一个鲜活的生命在这里的付出，它沉淀的是"两弹一星"精神一代又一代的传承。因此，这个地方成为221基地所有人的精神家园，她所承载的是从事核事业工作的使命与责任，是党和国家对国强民安的期盼与希望。

221基地发展规模越大，人就越多，邮电局的工作便呈现出几何状的递增。为了不影响邮电局的正常工作，新建的邮电局配备了地下室，里面有一个电话总机，有一部无线电台，有一部载波机，还有一台用解放牌汽车的机芯制成的发电机，遇到战争或其他特殊情况，可以启动地下设备继续工作。同时，为了保密，221基地单独租了邮电局的一条线路，通过载波机达到保密要求。除了电话线路，邮电局承担的保密工作比较多，机密文件一拿就是二三十袋，为了把保密工作做好，邮电局专门成立了三人机要组，杨海虎任组长。他们除了在分拣的时候要特别注意，西宁邮电管理局的人也要对221基地的信件进行管理。

221基地背后鲜为人知的保密措施不仅仅体现在邮电局，各个单位都有严格的保密制度与保密措施。科研人员、

基建工人、军工企业的工人，他们在 20 世纪 50 年代末和
60 年代初从全国各地奔赴 221 基地，大多数人并不知道自
己即将从事的事业事关国家核心机密，但他们始终都遵守
着进基地时的一个原则，那就是"不该问的不要问，知道
的也不要说。上不告父母，下不告妻儿，更别说是亲朋好友"。
221 基地还有"一问三不知"的保密制度。那就是，问你
干什么的，不知道；问你在哪里干活，不知道；问你的通
信地址是什么，不知道。他们还有八条保密守则：不该说
的机密，绝对不说；不该知道的机密，绝对不问；不该看
的机密，绝对不看；不在私人通信中涉及机密事项；不在
非保密本上记录机密事项；不在不利于保密的场合谈论机
密；不带机密材料游览公共场所和探亲访友；不用公共电话、
明码电报、普通邮局办理机密事项。很多人回家探亲，都
不能说真话。家里的亲人、朋友都不知其工作单位的性质，
只知道是保密单位，邮政地址是某某某信箱，大家都严格
遵守保密制度，保持着很强的保密观念。

一位曾经在 221 基地工作过的老人说道："新职工进入
基地的第一课就是到保卫科接受保密教育，保密教育的第
一项内容就是学习毛泽东关于保密工作重要性的指示。这
样说吧，1964 年 10 月 16 日，当中国第一颗原子弹爆炸成
功的消息传到金银滩草原时，一个投身原子弹研制工作，
并在此坚守多年的人竟然问局长李觉：威力这么大的核武
器，是在哪里制造的？这就是毛主席'必须十分注意保守

秘密，九分半不行，九分九也不行，非十分不可'指示的效果。"

杜秀兰在221基地工作几十年，却没有一张室外的照片，所有的照片都是在照相馆照的。杜秀兰并不是特例，很多人都不能在室外照相，因为这是保密规定。虽然现在来说，这是一个遗憾，但也蕴含了一个道理：没有，是一种遗憾；没有，是一种责任；没有，是一种制度；没有，更是一种尊严。

守卫221基地

除了邮电局的工作人员在严苛的环境下坚守在221基地，还有很多人为221基地做出过贡献，甚至是他们的一生。他们中有警卫团的战士，有公安局的警察，还有牧场的牧工，以及221基地保卫处的工作人员。

出生在河北承德滦平县桥头村的李杰两岁的时候便失去了父亲，他的父亲是被保长活活打死的。在旧社会的剥削和压迫中长大的李杰，在感受到全新的中国带来的希望之后，便积极入了党。那年，他18岁。

1959年冬季征兵，李杰满腔热情地报了名，经过严格的政审和体检之后，李杰成为一名合格的解放军战士。

1960 年 1 月 3 日，对于李杰来说，是一个难忘的日子。从各个县征来的兵有 1300 多人，他们有一个共同的使命——守卫 221 基地。

为了保密，大家乘坐一辆闷罐车从东北沈阳出发，火车一路南下，李杰以为要到南方，结果到了郑州就往西拐，一路向西，根本不知道是往哪里走。一连走了七天，到了站才知道是到了青海西宁。

在西宁停留了一夜后，第二天又坐上了矮箱板解放车，经过四个多小时的颠簸后到达海晏县驻地。

一月的金银滩，气候难以想象的恶劣。刚到金银滩的他们正赶上一场烈风，没有防备的李杰一下车就被烈风刮着后退了几步。更不可思议的是，只见鸡蛋大的土块被风刮得在地上来回翻滚。

营房全是刚搭的旧帐篷，离地半尺高，四面透风，为了睡觉的时候暖和一点，几名战士挤在一起睡，把两件大衣盖在上面，早晨起来，大衣上是一层厚厚的冰霜。

雪上加霜的是，当时正赶上国家三年困难时期，李杰他们每天进行新兵集训，吃的是青稞面掺草的馒头，一顿只有一个。为了改善伙食，战士们大半夜去大草原围兔子以改善生活。

部队的生活严苛而单调，既然是警卫兵，最重要的任务就是要保证 221 基地的安全，设在 221 基地外围的八个哨所，是通往 221 基地的八个要道口，既是检查哨，又是厂区的瞭望哨。离团部最近的是 5 号哨所，每一个哨所驻守一个排。

三年困难时期，哨所的补给更加艰难。哨所驻扎的地方一般海拔都比较高，无水无电，点的是煤油灯，饮用水全靠团部的水车送。遇到雨雪天的时候，汽车轮胎即便有防滑链也打滑，车根本上不了山，战士们只能用脸盆接雨雪，解决吃水问题，生活极其艰苦。他们白天站哨，晚上常有狼群前来光顾，有时还有敌特信号弹的骚扰，因此大家的警惕性都非常高，子弹上膛，随时准备应付突发情况。

刚进驻金银滩的那个冬天，一连排长随一班驻防 3 号哨所，在一个风雪交加的夜晚，排长带着两名战士出去巡逻，由于雪大风急，不小心滑进了山沟。等到排长爬上来的时候，他的一双鞋里都浸满了雪水，并结了冰。回到营房的连长怎么也脱不下那双大头鞋，好心的战士提来一桶热水让他泡脚，不一会儿冻冰融化了，鞋也跟着脱了下来，但一双脚的脚趾头却齐刷刷地掉了，被紧急送到团卫生队也没有接上。

哨所的战士住的是油毛毡房，取暖靠的是煤砖土火墙，做饭烧的是柴火，没有新鲜的蔬菜，经常吃的是煮不熟的面条，喝的是达不到沸点的水，因此，很多战士都不同程度地患有胃病，头晕气喘的症状，拉肚子的现象也经常发生。为此他们还编了一句顺口溜："海拔三千三，走路也要把气喘。"由于高原缺氧的原因，一旦得了感冒就很难治好，有的甚至付出了年轻的生命。

同样在警卫团服役的马玉福就因为战友的牺牲而愧疚了一辈子。

刘三柳是警卫团一连连长，这位性格坚定、毅力刚强的湖南人担任连长的时候只有 30 多岁，他知道自己患有黄疸肝炎，却依然带病坚持工作。

1968 年，青海独立师召开"四好连队"表彰大会，团部决定一连参加，马玉福看到刘三柳的病情日益严重，脸色已经开始发青、发黑，于是对他说："老刘，表彰大会我觉得你去比较好，你带一名老兵去参加大会，就可以顺便到西宁独立师医院检查一下你的病情。"

听完马玉福的话，刘三柳说道："我不去，我身体没有大碍，你去吧，如果需要上报材料啥的，你写材料比我写得顺手。"

马玉福听完后考虑了半天，说道："也行，反正也就七八天的时间，等我回来，你再去好好看一下，这样时间也充足一点。"

由团政治处主任带队，一连选了一名老兵为代表，和马玉福按时参加了会议。报到的时候，接到会务组通知，由一连介绍经验，发言材料需要整理打印。几个人经过两天的加班，终于把材料上交到了会务组，但马玉福明显感觉到自己身体不适，到医院一检查，发烧 39 摄氏度，患上了结核性胸膜炎，胸部已经有了积液。

面对高烧 39 摄氏度的马玉福，大夫很坚决地说："你必须马上住院，你这病已经很严重了，一刻也不能耽搁。等退了烧，我们还要做胸腔抽水，至少需要半年才能恢复。"听完大夫的话，马玉福说道："不行，我在开会。"无可奈何的大夫给他开了住院单，让他开完会立即住院。

表彰大会五天后召开，马玉福的身体却因为耽误了五天而更差了，坚持做完大会的发言，整个人都垮了下来，连领奖都无法参加了，只能委托老兵上台领奖，自己匆匆赶往医院住院、输液。

马玉福住院不到三个月，突然有一天，刘三柳也住进了医院。检查结果是黄疸肝炎发展成肝坏死。马玉福去看他的时候，刘三柳和他说了三句话："老马，我实在坚持不住了才来医院。连队现在没有干部负责。这次我可能不行了。"

听完刘三柳的话，马玉福当天就出了院。回到连队以后，战士们对马玉福说道："刘连长多么盼望你早点回来啊，他疼得满头大汗，我们劝他去住院，他却说舍不下连队去治病。就这样一天一天地坚持。实在不行了，连卫生队的都不停地催他去住院，这才下了西宁。"

听完战士们的话，马玉福的心像刀扎了一样难受。两个月以后，刘三柳在西宁医院病故。

"听到刘连长病故的噩耗后，我的内心充满了愧疚，如果我早一点回到连队，刘连长就有一线生机活下来。他耽误医治就是因为连队没有负责的干部，如果我早一点回到基地，刘连长就不会牺牲。如今刘连长离开我们已经有几十年了，但我每每想起他，我的心就疼，就像刀割着一样。"马玉福痛苦地说道。

刘三柳的病故触动着马玉福，也触动着海娈。是啊，伟大的事业需要一个远大的目标，崇高的事业需要高尚的情操，在"两弹"研制的路上，所有的人都朝着共同的目标前行，他们之所以能够自觉地凝聚在一起，团结在一起，那就是因为他们有着崇高的信仰和为百废待兴的国家献出一切，甚至是生命的决心。

像刘三柳、马玉福一样坚守在221基地的警卫团官兵走了一茬又一茬，来了一茬又一茬，他们一直守卫着221基地，对于他们每一个人来说，那段艰辛而又充满激情的岁月，是他们为此骄傲一生的资本，就如一名战士所说："我没有在基地留过影，档案里也不准记载，但我无怨无悔。"

还有一群默默守护221基地的人，在外人看来，他们是再平常不过的牧民，而他们却肩负着掩护221基地的特殊使命，他们就是221基地的牧工。

1958年，选址决定金银滩草原为221基地的时候，世代居住在这里的1700多户7000多名牧民无偿迁徙到几百公里以外的祁连牦牛沟、托勒牧场、刚察县、湟源县等地。三年困难时期，在供应极度短缺的情况下，青海省政府为221基地调拨了两万多头牛羊，但基地没有人懂放牧，经中央批准，又从刚察、湟源等地选调70户家有青壮男性、根正苗红的牧户返迁回到金银滩草原，并将它们招收为基地牧工，吃商品粮，享受工人待遇。除了放牧为基地提供牛羊肉之外，年轻力壮的男子还要担负起221基地周边的巡逻任务。

牧场领导将青壮年牧民组成三队，一队在七厂区一带放牧，二队在一厂区一带放牧，三队就在2号哨附近放牧。后来，三队与二队合并成二队，与一队、农司队组成三个队，从外围把221基地包围起来。平时除了放牧，三个队发挥牧民骑马的优势，成为221基地的流动护卫队。虽然不是民兵，却都配了枪，一杆枪一骑马，风驰草原，配合骑兵连守护着221基地。

对牧工窦建德的采访进行了一下午，在采访的过程中，海变得知窦建德的父亲窦义全还是马背小学的主创老师之一。

"20世纪六七十年代，我们的牧民骑兵非常给力，警惕性非常高，保密意识非常强，只要外围有什么动静，一般都逃不过他们鹰一样的眼睛。一旦看到陌生人或是挑担子的，都得管管、问问，进行严格盘查，然后向上级报告。那个年代，不仅盘查陌生人，即使自己家里来了客人也要向上级汇报并备案，凡是外来的人都必须到派出所开证明，否则，连进都进不来。"牧工窦建德说道。

出生于1958年的窦建德是221基地一名很平凡的牧工，

从小就在草原长大的他过着和大多数牧民一样的放牧生活。突然有一天，他和他的家人又一起回迁到了美丽的金银滩草原。"阿爸，我们为什么又要到这里来，刚察草原不是很好吗？"窦建德迷惑不解地问父亲。

"孩子，这里是你出生的地方啊。"窦建德的父亲窦义全回答道。

"这里是我出生的地方啊，那我们为什么要离开这里，为什么又要回来呢？"窦建德追问道。

"因为需要我们回来守护这片地方。"

听着自己父亲的话，窦建德不理解，但是在以后的日子里，父亲的一举一动让他不由自主地把守护金银滩草原当作自己生命中一项重要的事情来做。

窦建德的父亲窦义全是金银滩草原再平常不过的一名牧民，1958 年他响应政府号召，迁徙到刚察草原。他很小的时候，自己的父亲就将他送进金滩乡的私塾上学。有了知识的窦义全就有着与平常牧民不一样的眼界，因此，当 221 基地需要一小部分牧民返迁回来，继续在金银滩草原放牧时，他便成为其中的一员，并在之后成立的农副处牧场担任管理员、出纳等职。

让窦建德骄傲的是，父亲窦义全不仅仅是农场的一名管理员，更是马背小学初建时的主创老师之一。

为了让牧场牧工的孩子们有学上，时任牧场书记的孟庆友把窦义全、张维春和朱全成组织起来，一个队一个学校，分成两个点，轮换教学。为了改变牧民们陈旧的思想观念，孟庆友和三位老师到每家每户做工作，希望牧工们能够让孩子们到学校念书。

孩子们的学堂是一顶帐篷，叫马鞍子帐篷。帐篷里面什么都没有，设施极其简陋。没有课桌，孩子们便席地而坐，盘腿为桌，黑板是老师自己随身带来的长宽不到一米的小黑板，一本教科书、一支粉笔，承载着老师的期望，孩子们的未来。

在夏天短暂的金银滩草原，老师们每天都要在各个大队间穿梭，他们付出的艰辛是无法想象的。马背学校随着牧民放牧地点的改变而改变。金银滩草原的冬天比较长，牧工们在冬窝子住的时间就比夏窝子的时间长，马背小学就跟着牧工转移到冬窝子。夏天到了，牧工们要搬到山里去，学校也要跟着搬到山里去。遇到大雪或者大雨，人和马就要遭受很大的罪。有一年春天，窦义全像往常一样骑着马去三队上课，路上遇到了沙尘暴，掀起了背在身后的小黑板，导致马受惊，窦义全从受惊的马背上摔了下去，头正好碰在一块石头上。

一个小时过去了，两个小时过去了，窦义全没有醒来。在学校里等待上课的学生着急了，家长也着急了，急忙沿着窦义全要来的路出去找。等大家找到窦义全的时候，已经是下午了。那一次，窦义全在家里躺了整整三天。

"我的父亲是一个很执着的人，他在家里躺了三天，等自己的身体稍稍恢复以后，便又骑着马去教书去了，我们也见怪不怪了，因为从马背上摔下来的事情时常发生，大多数的原因都是因为草原的风和那块黑板。"窦建德说道。

三位老师的文化水平都不高，但这三位老师为草原牧工的孩子们创造了一个识字学文化的机会。他们认真教书，严格按照教材教程传授知识，严格要求学生，注重培养他们的德、智、体全面发展，从而培养了一批有出息、有能力的人。在马背小学成立的十几年中，三位老师几乎没有休息过，因为自己的文化水平低，一到寒暑假，三位老师都要到矿区文教局培训班学习汉语、拼音、数学等专业知识，学完回来，再传授给学生们。

窦建德就在这样的环境中长大，受父亲言行的熏陶，也成长为一名守护草原的牧工。后来因为他受教育的程度比同龄人高，牧场就把他安排到仓库当管理员，后来又到二队任职，再后来到第四小学任后勤管理员，辗转几个职位，但不管在哪个位置上，他都像自己的父亲一样，任劳任怨，努力工作。

在写窦义全父子的时候，有一个画面时常会出现在我的眼前：一个顶着风沙雨雪骑马前行的人，背着黑板，在苍茫的草原上，那身影是那么孤独，却又那么伟岸。据窦建德回忆，他的父亲除了受伤躺在家里，平时从来没有给自己放过一天假，即便到了寒暑假，他都要通过努力的学习来填补自己在知识上的不足，从来没有过怨言。我想，他们作为最外围的守护者，根本不知道金银滩草原在当时背景下的重要性，更不知道自己的每一滴汗水都和那神圣的惊天一响紧密联系着，而他们在国家的一个号召或是一个命令之下可以付出一切，有一个原因非常重要，那就是他们明白自己是这个国家的主人，国家的荣辱就是自己的荣辱，国家的安危就是自己的安危，国家需要他们做什么他们便义不容辞。

在最平常不过的日常放牧中，这些返迁回来的牧民因为有着更加神圣的责任感和使命感，三十年如一日地把守护的责任从父辈传到了子辈。

华多尔杰 15 岁的时候就被 221 基地招收为牧工，一直工作到退休。虽然自己的工作就是放牧，但他却把这份工作看得比自己的生命还重要。

有一次，华多尔杰在放牧的时候，远远看见两个人往二分厂方向窥探前行，行色匆匆根本不像是本地人。华多尔杰立即赶到两个人的身边用生硬的汉语问道："你们在干什么？"

听到质问的两个人回头一看，原来是一个毛头小子，就没当一回事，说道："我们是到这个地方挖草药的，生活困难想挖点草药卖点钱。"

"把你们的证件拿出来我看看。"华尔多杰边说边把手伸了出去。

两个人拿不出证件，准备偷袭华多尔杰。华多尔杰一看情况不对，随即用羊鞭将一个人摞倒在地。另外一个人趁机向他扑过去，但经过几个回合之后，他就有点力不从心，呼呼喘着粗气。看着狼狈的两个人，华多尔杰说道："你们鬼鬼祟祟就不像是挖草药的，我是草原的儿子，我有鹰一样的眼睛，你们是逃不过我的眼睛的。"说完便将两个人送到了附近的哨所。

有一年夏天，牧场给华尔多杰分了 600 只小羊羔，放牧到 11 月份，基地就把一部分羊宰了做冬肉，剩下的羊由他和另外一名牧工一分为二。由于草场的草不好，牛羊饿得实在没办法，华多尔杰经过艰难的思想斗争以后，便将牛羊赶到青海湖边的草场放牧。也因为他的这一决定，也因为他始终把基地的牛羊放在第一位，他躲过了那一年金银滩草原几十年难遇的大雪灾，让自己放牧的牛羊幸存了下来。

"那一场大雪真的太可怕了，它就像一个魔鬼，吞噬了草原上无数的牛羊。我记得张文安家的一大群牛羊死得只剩下 13 头（只），还有一家只剩下 17 头（只），据经历过那场雪灾的牧工说，牛羊在雪地里走着走着就倒下了，再也没有站起来。"华多尔杰说道。

华多尔杰和大多数牧工一样，放牧 20 多年，并没有轰轰烈烈的事迹，但在那段特殊的岁月里，他的每一分守护都显得弥足珍贵。

221 基地的消防战士们

当我们在岁月的尘烟中回首，回到那个曾经让无数人燃烧过青春岁月的 221 基地，在时间的册页中依然清晰可辨的是一个又一个能让我们为之振奋、为之感慨的生命，如黄继福、蒲发忠、蔡成年、苏有凯等，这些将自己的芳华紧紧与 221 基地相连的消防兵战士，将最美的青春像火焰一般燃烧并相融在 221 基地的血脉里。

1952 年的秋天，对于互助县威远镇崖头村的老黄家来说，是收获幸福的时刻，年轻的黄有成夫妇迎来了他们的第一个孩子，奶奶拐着一双小脚忙里忙外，爷爷得知是个长孙，心里别提有多高兴，脸上的皱纹里都堆着笑，给孙子起名黄继福。

光阴在他们一家人的忙碌中迅速流转，转瞬间，黄继福就由孩童长成健壮的青年，中上等个子，典型的黄皮肤，剑眉下一双炯炯有神的眼睛。初中毕业后，黄继福就到生产队干活挣工分，在繁重的农活中为家人分忧。

1969 年年底，从地里干完活回家的黄继福看到村头贴着县武装部招消防兵的告示后，心中十分高兴。他从小就受解放军的影响，当兵便成了他最大的梦想。如今，机会就在眼前，他怎么可能错过，当即到村委会报名，并得到村支书的大力表扬。

通过 20 多天的忙碌，黄继福顺利通过政审、体检，成了一名光荣的消防兵。

"我们崖头村一共报了十几个青年，体检、政审过后，只有三个人是合格的，我和文守财成了一名消防兵，另外一个当了工程兵。在那个年代，当兵可是一件无比荣耀的事，说白了就是祖上积德的大事。为此，村里还给我们三个人佩戴了大红花，生产队长和乡亲们敲锣打鼓地把我们送到了公社，公社又将我们送到了互助县。"黄继福说道。

在黄继福的心里，只要成为一名战士，哪里都是战场，因为有这样的心理，当他坐着解放牌大卡车到达广袤的金银滩草原时，他内心的情绪依然是高涨的，并对未来充满了期待。

营房的大灶早就为他们准备好了晚饭——炒菜和馒头。一大盆炒菜里面还有很多肉，馒头也是白面做的，这样的饭黄继福在老家也只有过年才能吃上一顿，与家里平常吃的青稞面馍馍、清汤寡水的汤面有着天壤之别。

"大家一定饿了吧，随便吃，管饱。"带队负责人的一句话让安静的食堂顿时热闹起来，都是十七八岁的年轻小伙子，经过一天的奔波，肚子早就在叫了，于是他们不再羞涩，将饭盆围了个严实。掌勺的战士一边打饭，一边说："吃饱，吃完可以再添。"

"整整一饭盒的菜，每人手里两个白馒头，外加一碗西红柿鸡蛋汤，那可是我吃过的最香的一顿饭。我们老家偏远贫穷，即便你一年到头不停地干活、不停地努力，一家人还是不能天天吃饱饭。吃完饭，我就流泪了，我想起了我的爷爷奶奶，我的父母亲，还有我的兄弟姐妹，他们啥时候才能吃到这样好的饱饭啊。"黄继福说道。

到221基地消防队的第二天上午，指导员就给他们上了一堂保密教育课，上完课后，全体队员举起右手宣誓："不该说的不说，不该问的不问，坚决不告诉家人与亲人等。"此时，他才知道自己所进的消防部队不是普通的消防部队，而是为一个保密单位服务的消防部队，至于这个保密单位具体是做什么的，他不能问，也不能打听。

部队的生活就是在不断的业务训练和体能训练中度过，20多天后，黄继福分到二中队四班，驻地十八甲区。不到两个月，他被调到炊事班，他将炊事班当作练好另一项本领的阵地，很快就能做得一手好饭菜。八个月后，他又被调到通信班，在通信班里守总机、接电话。通信班看似平常的岗位，但很重要，每天要接到很多从不同地方打进的各类电话，他必须详细做记录，何处打来的电话？发生了何事？发生事故的地点？需出动多少人，几辆消防车？等等。这样琐碎的事情到了黄继福手里总能处理得利利落落，从不出错。除了守总机之外，他还要到瞭望台站岗，站岗期间，需仔细观察可视范围内的异常情况。

有一天傍晚，正在瞭望台上站岗的黄继福看到一行人来到瞭望台上，为首的一位首长衣着朴素，身材魁梧。一到瞭望台，就开始问黄继福："小鬼，你们平时的伙食怎么样？"

这位首长声音不但洪亮，而且语气里透着亲切，让黄继福紧张的情绪一下子舒缓了很多，他立即做了一个立正的姿势，响亮地回道："报告首长，伙食很好！"

"你们训练的情况如何呀？"

"一不怕苦，二不怕死！"

听完黄继福的话以后，这位首长看到他嘴唇上涂了紫药水，便指着他笑了，说："呵呵，你和我一样，都上火了呀，下去可要多喝水哟。"听到首长关怀的话，黄继福不知道说什么，只是紧张地傻笑。紧接着，首长又问他："晚上值班冷不冷？"

"报告首长，不冷。"此时的黄继福语气中透着坚定。

"后来我才知道那位首长竟是一位司令。"黄继福自豪地说道。

由于黄继福不怕吃苦，踏实肯干，很快便脱颖而出，当上了二中队四班的班长。

除了日常的训练，消防队承担的任务繁重而复杂，比如卸货车、拾大粪（支援农村生产），等等。某天，黄继福接到中队长的指示，让他带领全班战士到山里去挖山洞。

此时正值深秋，牧草已经泛黄，在秋风中摇曳的牧草，一浪高过一浪，好似家乡成熟的青稞地。见此情景，黄继福不由得想起了自己的家乡，想起了家乡的秋天。每到这个季节，慈祥的奶奶就会到地里摘一篮子已经长熟的蚕豆拿回家煮。想起这些，一抹淡淡的乡思就会悄悄地潜入他的心底。

乡愁是每一个人抵御不了的诱惑，但他更清楚自己是一名消防兵战士，是得到大家认可的班长，于是，黄继福把乡愁埋进内心深处，带着一个班的战士开始挖山洞的任务。

"中队长只给我们20天的时间，只有一个班的战士，在20天的时间里挖成一个小规模的山洞，任务是艰巨的。但是，大家就有一股劲儿，一股不服输的劲儿。我和我的战士们每天不停地挖土、装车，很快，一个有模有样的山洞就呈现在眼前。大家的干劲更加十足了。"黄继福说道。

然而就在关键的时候，意外的事情发生了，由于山包的土质比较疏松，挖到深处的时候出现了塌方。有两名战士被埋在了下面。

"班长，里面塌方了，两个人埋在下面了。"一个战士慌忙报告。

"什么？"黄继福边说边往山洞里跑去。

只见山洞里几名战士一边叫着被埋战士的名字，一边不停地用手刨着土。

黄继福也参与到了刨土的行列中，那时候，他们没有想过继续塌方的危险，想得更多的是用最快的速度把战友救出来。

在大家的努力下，两名战士很快被救了出来，因为塌方面积比较小，加上土质疏松，两名战士身体没有大碍。

被刨出来的战士全身都是土，脸上也被土糊了一层，醒来后开玩笑说："我去地下转了一圈，阎王不收，说我的革命事业还没有完成，又让我回来了。"

这件事发生以后，大家挖山洞的时候更加谨慎小心。只用了半个月，一个符合要求的山洞便完美地呈现在大家面前，他们出色地完成了中队交给的任务，并得到了中队长的称赞。

过了不久，黄继福又接到中队长的紧急命令："岳家庄的麦垛着火了，请求紧急救援！"接到命令的黄继福和另外一个班共 30 多人一起出动，火速赶到现场。

火势蔓延得很快，浓烟直冲云霄，就像一条翻滚在空中的火龙。

看着眼前的火势，黄继福也顾不得其他了，带领战士们拿着水枪往前冲，只听见一个个响亮的声音：一号战斗员就位！二号战斗员就位！三号战斗员就位！在中队长和指导员的现场指挥下，仅仅十几分钟，外围凶猛的火势就被压下去了。控制住了外围的火势以后，战士们用泡沫将麦垛的火熄灭，将农民的损失降到最低。

"我是农民出身，当我看到那么凶猛的火势以后，第一个反应就是，完了，这可是一个庄子一年的口粮啊。情况那么紧急，我顾不得个人安危，只有往前冲。"黄继福感慨地说。

军营是一个大家庭，是一个可以团结人、锻造人意志的大熔炉，五年朝夕不离的军营岁月，让他与战友们结下了深厚的战友情，心里充满了难舍的情怀。退伍在即，黄继福接到中队长的命令："黄继福，你即将退伍，在你退伍之前，我再命令你们和另外一个班一起去执特勤，有没有问题？"

"一不怕苦，二不怕死，保证完成任务。"黄继福认真地说道。

走出中队长办公室的黄继福凭自己的经验和感觉思索着，一个中队两个班一起出特勤，这次的执勤任务一定不一般，心里不禁兴奋起来。

黄继福记得很清楚，执行任务的那一天正是草原深秋最平常不过的一天，但对于即将退伍的黄继福来说，却是不平凡的一天。

两辆消防车载着30多位消防战士向草原深处进发，草原静谧得能清晰听见麻匹河欢愉的歌唱，黄继福的心情也随着草原而澎湃起来。车子前行不久，便拐进了草原深处，道路两旁是大小不等的小山包，让他奇怪的是，这些小山包与草原其他地方的山包有点不同，虽然山包上也长满了牧草，但每一个山包都很规则，有的还能够看到进出的门。这一切让黄继福内心充满了疑惑，但他从进221基地的那一刻起就明白，绝对不能问，这是保密制度。消防车拉着他们继续向南行进，经过一个下坡又拐了一个弯，在一片开阔、平坦的地方停了下来。

此次任务由消防大队中队长张如玉亲自指挥——到爆轰试验场执勤，位置在十八甲区西南方。按照命令要求，黄继福和战士们在爆轰试验场外的更衣室里更衣，将自己穿来的所有衣服全部脱下，从里到外换上工作服，戴上防风镜，从头到脚全副武装。之后，30多名战士一起进入试验场，首先仔细检查相关工号人员是否全部撤离，牧工与牛羊是否进入危险区。检查完毕，黄继福代表他们班向张如玉汇报道："报告中队长，检查完毕，工作人员全部撤出，牧工与牛羊没有进入，一切安全。"

"收到，按序撤出。"中队长回复道。

接到命令的战士们撤离爆轰试验现场，由消防队中队长将安全信号报告给此次爆轰试验的总指挥。

只听总指挥一声令下，掩体内的起爆负责人先在爆区内拉响了警报。半个小时后，一声巨响腾空而起。

"我们在外围静静地等候，内心既紧张又激动。当听到那一声'轰隆'的巨响时，我整个人兴奋得都在颤抖！在我服役期间，曾经执行过两次这样无上光荣的特勤任务，能够参与这样的特勤任务，此生无悔了。"黄继福自豪地说道。

与黄继福一同将青春燃烧在金银滩草原的还有来自大通县黄家寨乡许家寨村的蒲发忠、景阳镇金冲村的蔡成年，以及桥头镇窑庄村的苏有凯等 25 人。

家境贫寒的蒲发忠只上到初二就辍学回家种地了，但丝毫不减他对于书本的兴趣，无论是田间地头，还是农闲在家，他都拿出课本认真读。

有一年冬天，村里贴了招铁道兵的告示，18 岁的蒲发忠看到后便踊跃报名，因为他知道，没有书可以读，当兵是他走出家乡的唯一出路，是他实现梦想的起点。

体检的时候，由于太紧张，蒲发忠的血压因为达到 140 毫米汞柱而被淘汰。难过的他振作精神，回归到了平常的生活中。但他相信，总有一天，他当兵的愿望会实现的，也一定会实现的。没过多久，消防队招人的消息再次传到了蒲发忠的耳朵里，兴奋的他立即扔下锄头，径直往村委会跑去。遗憾的是，只招收一个名额，要填的表已经被同村姓桓的小伙子拿走了。为了抓住最后一线希望，蒲发忠跑到人家家里，打算画一张同样的表填好交上去。就在他画表格的同时，只听见家里的小喇叭传来公社武装干事的喊声："蒲发忠，蒲发忠，你明天早晨叫上会计一起到公社的院子里来验兵。"

第二天，蒲发忠和大队的会计早早就到了公社的院子里，鉴于第一次验兵的失败经验，大队的卫生员给他出主意说："发忠，听说喝凉水可以降血压，一会儿验兵前，你一定要多喝点凉水。"听完卫生员的话，蒲发忠立即喝了很多凉水，也不知道是喝凉水的作用还是把心态放平了，这一次的血压是正常的，体检、政审合格后，蒲发忠终于成为一名光荣的消防兵。为此，他开心了好几天。

与蒲发忠的经历几乎相同，蔡成年也参加了那一年的铁道兵验兵，同样没有被验上，同样也是在十几天后被消防队招收。而大通县窑庄村的苏有凯就比他们两个人幸运，只经过了一次体检和政审就成了一名消防兵，三个人一起在互助参加了三个月的新兵集训。而与他们一起参加集训的还有来自大通县另外几个村的 22 人和湟中县的 25 人，他们这批 50 人组成的新兵，在集训结束后便赶赴 221 基地。

蒲发忠作为新兵集训中的佼佼者，经常被张如玉中队长点名为其他班做示范。一年后，在组织的信任与肯定中，蒲发忠成长为一名消防业务骨干。没过多久，就被提升为一中队二班班长。

蔡成年从穿上军装的那一刻起，就暗暗告诉自己："好好干，一定不能糟蹋这身绿军装！"为此，他也付出了很多努力，从一个不谙世事的农村少年成长为一名合格的消防战士。到 221 基地以后，在编三中队七班，驻防乙区。

参加完三个月集训的苏有凯和蔡成年分到了一起，在编三中队七班，因为集训成绩优秀，一下连队，苏有凯就被提拔为副班长，第二年提为班长。

雷锋说过："一滴水只有放进大海里才永远不会干涸，一个人只有当他把自己和集体事业融合在一起的时候才能最有力量。"蒲发忠、蔡成年、苏有凯三个人经过部队的磨炼，早已褪去农村少年的无知，成长为一名有思想、有抱负的消防战士。他们三人以战斗员的身份参加全省消防大比武，其中，蒲发忠的班共拿回了 8 个奖项和全省消防汇操总分第一名。与蒲发忠一起参军的消防兵蔡成年和苏有凯，在参加的省级比赛中也分别取得过优异成绩。

取得的成绩都与平时的刻苦训练分不开，而他们执行任务时，也同样出色。

那是一个大雪覆盖草原的冬季，皑皑白雪装点着金银滩草原，草原是白的，四面的群山是白的，就像是很多敦厚的老人怀抱着 221 基地。就在那白雪茫茫的草原深处，有个不为人知的神秘山洞，那里是 221 基地存放铀切屑的隐秘处所。

蒲发忠带着一个班的战士去秘密执行一次特殊任务：将一些做过安全处理的特殊废原料运送到山洞暂时存放。他们不知道要运送的原料是 8 号切屑，只知道这些特殊废原料易燃，有辐射，需要做好防护。

一路上，麻匹河时而蜿蜒相随，时而又调皮地挡住他们的去路。但河水结冰，他们过河就比夏天容易一些，没过多久，车就开到了山洞前。

因为之前做过装卸特殊废原料的训练，因此在整个卸车的过程中，战士们将那些直径五六十厘米的铁皮桶两人抬一桶，小心翼翼地安放在山洞里并摆放整齐。摆放第一层时，由两名战士抬一桶，比较好摆放。到第二层、第三层时，摆放难度越来越大。最后一层的时候，每一名战士只能双手抱着桶往上摆放。

"一共拉了两趟，大家整整抬了一天。山洞里没有照明灯，很黑，我拿着五节手电筒为他们照明，一个个抬得汗流浃背。在等待第二趟车的空余时间里，他们呈大字形躺在外面皑皑的白雪上，雪因为他们身体的温度而融化，就像是镶嵌在草原深处的一个个丰碑，那一刻，我真的被我们的战士感动了。"蒲发忠感慨地说道。

当年，正值青春的消防兵战士，在任务面前从来没想过怕，并不是他们不怕，对于他们来说，能够执行一次艰巨的任务是一件很光荣的事情。我想这就是221基地人的精神，是在最艰苦的环境中折射出的最灿烂的光华。

有一次，乙区家属工厂里的棉花着火了，打电话要消防队去救火。接到救火电话的苏有凯立刻带领全班战士赶赴救火现场。到达救火现场后，蔡成年毫不犹豫地第一个冲进救火现场，抱起一捆捆棉花就往外跑，哪怕被烈火烧伤手背也不放手。

苏有凯一边指挥战士救火，一边也跳进屋里往外抱棉花。很快战士们就将火势控制并熄灭。但是，他们忽略了一个常识，那就是棉花里面藏火。就在他们返回中队后不到半个小时，苏有凯再次接到救火电话，原来刚才失火的现场又着了火。第二次救火时，八班战士姜元邦的右手被严重烧伤。经过这次消防救火，他们加强了乙区的消防安全措施，一天 24 小时轮班执勤，毫不松懈。

"消防消防，以防为主，防消结合。消防队的职责是什么？就是保护整个 221 基地的消防安全，所以，我们平时不但苦练基本功，同时还要做好预防工作。在我们服役的几年中，由于预防工作做得比较好，失火次数并不多。"苏有凯骄傲地说道。

在 1965 年以前，221 基地的消防工作仅由基地公安局安排的几位民警行使消防职能、职责，属于义务消防。第一颗原子弹爆炸成功后，由于 221 基地工作范围扩大，工作人员增多，家属陆续迁入，基于消防业务需要，于 1965年后成立了青海矿区公安局消防大队，实行兵役制。张佐臣为青海矿区公安局消防大队第一任大队长，副队长王学忠，教导员蔡义丰。下设三个中队。大队有政治教导员、大队长、副大队长、文书、通讯员各一名。三个中队分别有教导员、政治指导员、中队长各一名。一中队、二中队驻军甲区（西海镇），三中队驻军乙区（海晏县）。一中队由一、二、三班组成，二中队由四、五、六班组成，三中队由七、八班组成。另设有通讯班、瞭望台、作训股、防火股，隶属大队部领导，炊事班由司务长领导，专设一名上士负责伙食供应采购等，受司务长领导。每个队由一名卫生员行使全队简单的医疗卫生工作。消防大队核定人数127 人。1985 年下半年，中央批文规定厂矿企业不得有现役军人，因此将青海矿区公安局消防大队由现役改制成企业消防队，直到撤厂，青海矿区公安局消防大队完成历史使命，随之渐渐远去并消失在历史的长河中。

一支经得起考验的商业大军

有人说，时间最能考察、检验、磨砺、造就一个人。是的，在那艰苦的岁月里，时间不仅能让人升华，更重要的是，它能深刻一个人的记忆，更能够坚定一个人的意志。当严惠章老人离别221基地20多年后，再一次踏上让他魂牵梦萦的金银滩草原，往事历历在目，脑海中不断地闪现曾经工作、生活的一幕幕场景，一眶热泪情不自禁地潜然而下。

1940年12月出生在石家庄农村的严惠章，1956年初小毕业后，因家境困难，投靠在青海西宁工作的表姐，成为石油公司杨家庄油库的一名警卫，隶属商业厅。

"那时候家里穷，姊妹多，为了养活自己，就跑到青海投奔表姐。从石家庄往大西北走的时候，我只有16岁，没有直达的火车，需要不停地转车，就是上了这趟火车到了一个地方又转到另一趟火车上，越往西走，不长草的山越多，越走越荒凉，从来没有出过门的我心里直打鼓。但那时候年轻，知道表姐工作的地方可以找到工作，能吃饱饭，心里的期盼就比失望多一些。折腾了十来天才到西宁，很快我就找到了一份担任警卫员的工作，最主要的是，那时候的警卫是配有枪的，那感觉自然也就不一样了。"严惠章说道。

幸运的严惠章遇到了一位好领导——油库副主任邢棠。看着瘦弱的严惠章，他在工作和生活上给了严惠章很多照顾，这对于初入社会的严惠章来说，从心理上有了一些依赖。

一年后的一天，邢棠对严惠章说："小严，我要到另外一个地方去工作，你去吗？"

"邢主任，那地方也和这个地方一样是做警卫吗？"对于只有17岁的严惠章来说，他似乎才刚刚习惯一个工作，他不知道另外的一种工作和生活要面临什么。

"其实我现在也不知道具体要做些什么，但我想，你跟着我没错，你就跟着我吧。"

"我听你的。"

接到调令后两个人首先到青海省商业厅报到。几天以后，严惠章很清楚地记得那一天，也就是1958年的11月10日，一大早，十几位同志一起被神秘地安排上了一辆大卡车，先到西宁肥皂厂装了半车肥皂，然后开出西宁一直西行。

虽说是初冬，但高原上早已经寒风刺骨，为了取暖，十几个人尽量蜷缩着挤在一起，加上3个小时的颠簸，到达海晏县的时候，所有的人都冻得都失去了知觉。

"汽车一直在颠簸，我以为西宁已经很偏僻很荒凉了，但汽车穿过峡谷以后，眼前的景色就变得更加荒凉，无论你走多久，只有一种枯黄的景色，再加上寒风像刀子一样不停地往你的身上刺，心里不免有些许失落。说句实话，那时候我的脑子只是一片空白。"严惠章说道。

十几个人在海晏县休整了几天以后，严惠章被分到金银滩门市部，成为一名营业员。同行的一共有 5 个人，邢棠还是他们的领导。

草原对于严惠章来说是新奇的，很快就忘了一路颠簸和被寒风侵袭的痛苦，一眼望不到头的草原，远处的雪山就像是一位老人，让人有了些许安全感。他和另外 4 个同事住进了土坯房，殊不知，这一待，竟是 36 年。

门市部就设在麻匹寺附近，起初的服务对象大多数是藏族牧民和第一批从河南项城来的支边青年。唯一的交通工具是两匹马，进货或是往返县城办事全靠两匹马。刚到时，为了更好地和当地的藏族牧民沟通，几个人在会一点藏语的同事李忠友的帮助下，边学边干，但也闹出了不少笑话。

有一天，两名藏族牧民来到小卖部，他们扫了一眼然后径直往卖布的柜台走去，看着几种布料，两个人的眼睛同时盯住了放在最边上的那卷条绒布上。

"阿老，色立马古木得热。（师傅，条绒多少钱？）"严惠章听完，根本不知道对方的意思，便问道："你要什么？"对方依然就是那句话。藏族牧民看严惠章没有任何反应，便指着条绒布提高了一个声调又说道："阿老，色立马古木得热。"听不懂的严惠章以为对方在骂人，心中难免不愉快，嘀咕道："一来就骂人，我又没得罪你。"双方就这样僵持着。严惠章只好托人赶紧将懂藏语的李忠友叫了过来。李忠友用并不熟练的藏语问道："阿老，切果？"（师傅，你要啥？）对方一听到用藏语问他，脸上一阵惊喜，便笑着说："色立马古木得热？"

原来藏族牧民想要买条绒布，因为藏语中的"条绒布"发音带一个"马"音，所以严惠章以为对方在骂人，当知道他们要买条绒布以后，也露出了释然的微笑，可接下来的问题更头疼。藏族牧民买布料以方计算，就是一匹布的宽斜对角折一下，就是他们认为的一方，而大多数人买布料的习惯是按尺为单位，这连懂藏语的李忠友都听不懂了，几个人相互比画说了很久才搞明白。

"这件事情以后，我对学藏语的事变得积极起来，以免引起不必要的误会。"严惠章说道。

除了工作中出现一些需要面对的困难，在生活中，几个人同样困难重重。

"初到金银滩草原，我们就住进了土坯房，屋子里没有取暖设备，只有一个铁皮炉子，冷了就找一些灌木或是牛粪烧。闻不惯牛粪的味道，几个人宁愿受冻，也不愿烧牛粪。让大家最为煎熬的就属冬天了。冬天的金银滩草原只有一种风景，一眼的土黄色可以延伸到每一个人的梦里去。下雪的季节，一眼的白色耀得眼睛都睁不开。由于屋子太冷，墙上都结了冰，做饭时烧火墙上的冰化了，不做饭的时候又结成冰，睡觉只能和衣而卧。用水就更加困难，河水都结了冰，只好取冰加热融化，化开的水，第二天早晨又变成了冰。没有电，蜡烛还要省着用，天一黑就早早睡觉，睡不着，大家就你一句我一句聊一聊自己的家乡或家乡的特色吃食。没有食堂，吃饭需要自己做，而几个人都是十八九岁的小伙子，都不会做饭，每天不是面片糊糊、青稞面烤饼，就是炒土豆丝和大头菜。菜里没油没肉，与其说是炒不如说是煮。伙食费月底一块结算，按人平摊，用现在的说法叫 AA 制。三年困难时期，吃不饱饭，我们就到草原上找吃的。有一次，我们几个人实在饿得不行，就到草原上找吃的。大家走了很久，一点收获都没有。正当垂头丧气饿得抬不动脚的时候，邢棠对大家说：'我比你们年长一些，受的苦自然也多一些，小时候除了饿肚子，还要遭受地主的欺压，比起那个年代，今天的苦就算不了什么。同志们，咱们一鼓作气，再往前走走，说不定就能遇到和我们一样找食吃的兔子，那我们就能改善一次生活。'听完邢棠的话，我们一个个都打起精神往前走，功夫不负有心人，走了没多久，我们看到一个黑色的东西，几个人跑到跟前一看，原来是一头被狼咬死的牛，牛身上的大部分肉和内脏都被狼吃完了，只剩下四条腿。我们的一个同事说：'哈哈，这比一只找食吃的兔子实惠多了。'那一段时间，我们的伙食得到了很大的改善，体力也恢复了不少。但话又说回来,不是每次都能遇到这样的好事,很多时候还是吃不饱。夏天的时候,草原上有很多可以吃的东西,比如蘑菇、灰灰菜等,在我们老家,灰灰菜是野菜,可以吃,但在草原上吃多了就会中毒。刚采来的蘑菇有些不能直接吃,需要用水泡一晚上,不然肠胃不好的人很容易中毒,上吐下泻,非常难受。那个年代,大家几乎都是饥一顿饱一顿,没有一个人是好肠胃,都有中毒反应。时间久了,知道窍门了,再吃蘑菇就不中毒了。有一段时间,实在没东西可吃,饿得全身浮肿,自己就躲在被子里偷偷哭,特别想家。"严惠章停顿了很久以后又说道,"那个年代,都说苦,比起今天的生活,我们也觉得苦。可是现在回忆起来,我却不觉得苦。大家劲往一处使,心往一起聚。即便是三年困难时期,干起活来都不会退缩,抢着往前冲。一个个的心里敞亮得就像宽阔的大草原。"

门市部成立的第二年,221基地建设的步伐逐步加快,来自全国各地的建设者们一批一批进驻金银滩草原,草原上的人越来越多,帐篷也越来越多,人一多,物资的需求量就越来越大,门市部也变得繁忙起来。

当初成立门市部的时候,隶属海晏县商业局管,进货渠道比较狭窄。初到金银滩草原的很多人由于海拔高的原因,出现高原反应,罐头、奶粉、饼干、红糖、白糖等商品的需求量越来越大。加之三年困难时期,紧俏商品开始出现供不应求的情况。于是门市部开始实行凭票供应。为了满足广大建设者们的生活需求，门市部也想尽各种办法拓宽供应渠道，开始从西宁进货。

但随着人员的不断增加，门市部已经不能满足后勤保障的需要，先后又增设了一、二、三、四厂区门市部和乙区综合商店，统一由郊区经营部管理，但由于受海晏县商业局经营管理的限制，还是不能满足需要。

为了满足221基地建设者的生活需求，1963年，国务院召开了两部会议。第二机械工业部、商业部主要领导、青海和甘肃两省省长参加了此次会议，会议的主要议题就是在青海的221基地、甘肃的404厂厂区成立矿区商业局，目的只有一个：为矿区职工的生活服务。商业局隶属商业部，由商业部特需供应处领导对矿区实行特殊供应管理。

特殊供应就意味着生活的保障。此次会议召开以后，在最短的时间内，国家就分别从上海、天津、西安、太原、西宁调人。这些人中有售货员、厨师、糕点工、修表工、织补工、理发员、浴池服务员、司机等，各行各业的人齐聚金银滩，门类十分齐全。这些人都是经过严格政审合格后调到221基地商业局的，年龄在16岁到35岁之间，大部分都是党员和团员，他们中的很多人都是服务行业中的技术骨干和业务骨干。

1963年，221基地成立了矿区办事处，同时成立了矿区商业局，与海晏县商业局脱离，可直接从青海省商业厅隶属的各公司进货，同时还在西宁市成立了采购站，逐步打通了各种物资进货渠道，保证了货源充足、物价稳定，为基地的生活物资供应提供了充分保障。为保证冬季蔬菜供应，矿区商业局向广东、山东、河北及东北等地派出采购员，建立了进货渠道，在青海省民和县建立了蔬菜基地。烟、酒和其他紧缺品的供应，一方面靠青海省商业厅的大力支持，另一方面，在二机部后勤处组织下，与404、504、202等厂共同在北京成立了远望公司，二机部后勤处处长娄永福为董事长，直接与商业部特需局挂钩。221基地采购代表常驻北京，为争取大量商品提供了保障，像粉丝、黄花菜、木耳等紧缺商品，基本上能够敞开供应，这在当时的青海省已算是一流供应。

1947年7月出生在北京的何秋兰，刚毕业就被招到221基地器材处。后来调到矿区商业局，成了一名土产百货组的营业员。

回想起在221基地工作和生活的点点滴滴，何秋兰似乎被时光机带到了那个年代，回到了矿区商业局那个温暖的大家庭。从全国各地选调到221基地的很多人都是德高望重、身怀绝技的能工巧匠，他们放弃大城市优越、舒适的工作生活环境，挥泪离开父母妻儿，无条件服从国家的需要，来到气候恶劣、异常艰苦的金银滩大草原，投入221基地守护人的大军中，他们不但大展技艺，而且还把自己的手艺手把手传授给年轻的同事。

糕点厂的陈师傅、高师傅、张师傅几个人来到金银滩草原以后，眼前的 221 基地还在建设的关键时期，他们没有操作间，没有烘烤设备，这下急坏了几位老师傅。

"我们来是来了，但巧妇难为无米之炊，没有车间，没有设备，我们怎么做糕点呢？"一脸愁容的高师傅说道。

"我向商业局的领导说了，领导们说，现在是'草原大会战'前期的关键时候，一切都要向科研倾斜，我们的设备购置还需要再等一等。"陈师傅无奈地说道。

"大家都在积极进步，而我们三个大老爷们难道就白吃白喝地等着组织给我们安排？这不是男人干的事，要等你们两个等，我可等不了。"脾气有些急的张师傅说道。

"等不了那你说怎么办？两手空空，我又不是孙悟空，你还要我给你变个车间不成？"陈师傅生气地说道。

"孙悟空嘛我晓得你是变不出来的，但是我们的三双手也不是吃干饭的。我就不信我们有手有脚还做不出来一个车间。"自信的张师傅得意地说道。

"对啊，没有车间就搭一个车间，没有设备我们就用砖头和水泥砌一个烤炉和台案，这里寻两张铁皮还是不难的，我们还不能自制一个台案？"高师傅兴奋地说道。

"哈哈，要说鬼点子，就属你老张最多，烤盘、模具我们都可以自制。"陈师傅笑着说道。

"要说没脑子，也就属你老陈了，你说说你一个大男人，就被小拇指大的事情难倒了，唉！"张师傅趁机调侃陈师傅。

"对对对！大家都在求进步，我们三个都是老党员，总不能三个大老爷们让尿憋死了，老张的想法就可以让我们尽快大展身手。"高师傅高兴得手舞足蹈。

有了主意，他们就向矿区商业局的领导汇报了想法，领导们直夸三个人有觉悟，很快就通过了他们的方案，又给他们配了几个年轻的小伙子，让他们尽快实施。

此时的 221 基地就是一个规模庞大的建筑工地，他们需要的材料很快落实到位，三个人带着几个年轻人开始干起来。

"那时候，所有的人都有一股冲劲，大家在生活中都是一家人，互帮互助，但在工作中，谁也不甘心，都说党员干部要带头比、学、赶、帮、超。大家凭的就是一颗心怀民族大义的爱国之心，更是有着不可动摇的信仰和坚定信念。那劲头，我现在想起来都觉得全身是劲儿。"何秋兰感慨地说道。

一个月以后，三位师傅不但有了自己动手搭起来的简易车间，而且大到烤炉，小到烤盘、模具一样不落。设备全了，三位师傅的糕点手艺自然闪亮登场。他们生产出各式美味糕点和名优小吃供应给奋战在第一线的工作人员。

除了糕点厂，同时建起来的还有百货商店、副食商店、红星饭店、理发馆、综合服务部、服装厂等。

副食商店的工作量非常大，为了能够及时供应副食，矿区商业局领导抽调得力人员积极组织货源、采购、押车，培养一线业务人员，并做好卸货销售工作，把采购员千辛万苦发运回来的来自山东的大葱、香蕉、苹果、大带鱼，河北的白菜、萝卜，河南和四川的大肉、青笋、水蜜桃，广东、甘肃等地的各种新鲜蔬菜和瓜果等，及时卸车，摆上柜台销售，批发给各科研单位，满足全厂职工的需要。为了保证副食的新鲜，采购人员掐算时间，尽量在最短的时间内运回基地，一分钟都不敢耽搁。运货的车皮或汽车一到，不管是白天还是深夜，商店的干部职工齐出动，争分夺秒地卸车验货。

"卸货的时候，我们年过半百的局长、书记、经理，只要在家的，都要和大家一起扛菜筐、背麻袋。身材单薄的马章稳局长，百八十斤重的大筐双手一抓扛起就走，和年轻人一样出力流汗。"何秋兰说道。

百货商店棉布组的于录华、张宗发两位师傅，手把手教年轻人如何量布、放布、板布，如何给顾客当好参谋，如何选料、计算用料，亲自带领大家参加技术比赛展示非凡手艺。有一次，于录华师傅给年轻人教如何放布、板布的时候，让大家开了一回眼界：于录华师傅拿着一匹布飞速放开，只见一匹沉重的布料在他的手里如高山瀑布一般壮丽，接着他又迅速板起，这时，手中的布又如小河流水一般优美，转眼间布就板得整齐漂亮，让大家目瞪口呆，给人们一种难得的视觉艺术享受。

除了于录华、张宗发两位师傅，刘春生师傅给大家传授观体拿衣、快速叠衣、算账、包扎的手艺也很精彩。于万仓师傅的观足拿鞋、辨别皮鞋质量的技巧也很高超，他为顾客参谋选购鞋子更是充满了爱心和耐心。

食品组的康绍雄师傅把自己几十年积累起来的手艺毫不保留地传授给身边的年轻人。经他用手一把抓起的茶叶、糖果等商品，说抓多少，上秤一验不差分毫，出奇的准。他包的茶叶包，有好多造型，又结实又好看，而且捆酒瓶的技术更是了不起，一根麻绳在他手中飞舞几下，就能捆出漂亮的怎么拿都不会散的礼品装来，探亲访友时提在手上又体面又方便，很受顾客喜欢。

老师傅们不仅把精湛技艺传给了年轻人，更把老老实实做人、踏踏实实做事、待顾客如亲人、童叟无欺等中华传统美德传授给了年轻人，把艰苦奋斗、勤俭节约、少花钱多办事、不花钱也办事的好作风、好传统发扬光大。他们还将进货拆下来的包装纸、纸绳、麻绳等，都细心地整理好，供顾客打包时用，既方便了顾客，又降低了成本。

百货商店的工作岗位最脏、最累，也最危险的是土产组。他们经营着锅碗杯盘、大缸小罐、棉花草纸、家具鞭炮等日杂商品，品种繁多，供货量很大，需要经常采购进货，整天要和稻草、泥土、灰尘打交道。蒋淑琴在土产组工作的那些年里，任劳任怨，不管重活、累活都抢着干，虽说是一个女人，干起活来一点都不像一个女人。土产组卸车时，她总是挑最脏的东西抬，给大家留下了深刻的印象。1983年，蒋淑琴被核工业部评为先进个人，到北京参加表彰大会，聆听了姚依林、张爱萍做的报告并合影留念。

"那时候的我们，把集体的荣誉、国家的荣誉看得比自己的生命还重要，即便是有一两个自私的同事，跟着一个甘愿为国家奉献一切的集体，也蹦跶不了。而且只要遇到卸车或者需要给予支援帮助的事情，上到局长、书记、经理，以及那些德高望重的师傅，下到年轻人，都会竭尽全力。到了秋天腌菜的季节，200斤的套缸大家一起抬，没有领导和员工之说。"何秋兰说道。

为了让远离家乡的221基地人员过好每一个春节，矿区商业局会进一些鞭炮和烟花，而押运、销售鞭炮和烟花是件很危险的工作。为了保证安全，局长、书记、经理、主任各司其职，亲自把好各个环节，做好防范工作。经理亲自站在门外劝阻吸烟的顾客把烟熄灭了再进入商场，杜绝安全隐患。正因为领导重视，上下一条心地做好供应和安全防范工作，矿区商业局下属各单位从来没有发生过失火事故。

在自然环境中，由于海拔高、空气稀薄，大气压就低，机体缺氧的程度对人的影响和致病性的可能性就会变大。在海拔3000米以上的高原地区，极易患肺水肿、脑水肿等高原特发病。在医学上，把这类地区称为医学高度。

缺氧对人的神经系统有影响，会出现头疼、乏力、失眠等。缺氧对人的呼吸系统有影响，会出现气喘、胸闷等。缺氧对人的心血管系统有影响，会出现心率加快、血压增高等症状。缺氧对人的消化系统有影响，会出现消化不良、食欲下降等问题。

但是，从何秋兰的讲述中，丝毫听不到他们身体承受的痛苦，表现出来更多的是为221基地商业工作的不断发展立下汗马功劳的正面形象。我想，不是他们没有经历过高原缺氧的痛苦，更多的是他们不会去说。老师傅们几乎都是基地的先进工作者，或者是劳动模范，他们和全基地职工一样，五六个人住一间集体宿舍，在单位集体食堂吃饭。有的老师傅在基地一直工作到退休，才回到家乡和亲人团聚。有的老师傅直到20世纪70年代末80年代初，才在各级领导的关怀下解决了家属户口，告别了长期两地分居的生活，团聚在一起。更为可贵的是，在采访的过程中，年近80岁的严惠章、何秋兰等很多老人，他们回到自己的家乡以后，依然为当地的社区事业做着贡献，依然传承、发扬着"两弹一星"精神。

于录华、张宗发、康绍雄、王文汉、严惠章、何秋兰、蒋淑琴，以及那些留下名字、没有留下名字的同志们，他们虽然没有直接参与"两弹"的研制，但他们一样都是"两弹一星"精神的传承者。

鲁迅说过，这世间本没有路，走的人多了，也便成了路。金银滩草原刚开始的时候也没有路，可他们克服种种困难，硬是在海拔3000米的地方走出了一条强国复兴之路。

点燃草原的心灵之火

1963 年 8 月 13 日，陕西师大化学系毕业的张满昇和生物系毕业的张自学，带着陕西省高教局的派遣证，到祖国最需要的大西北去报到。报到单位是"国营综合机械厂"。

他们知道，去报到的单位是国家最机密的单位，从事尖端科学国防建设。能到这种单位工作，是党和国家对他们最大的信任。

一路上，两个人谁也不感到困倦，数着火车钻了多少个洞，1 个、2 个、3 个……10 个……20 个……

第二天下午 5 点左右，火车到了西宁站。

出了站，两个人正琢磨如何找到甲字十八号时，突然几名三轮车师傅站到他们面前。张满昇开口问道："请问西宁甲……"话未说完，师傅便接着话说道："甲字十八号，上车吧！"

师傅们很利索地把两个人的行李放进车子，拉着两个人直奔甲字十八号。过了不久，甲字十八号就到了，只听见有人喊："到胜利路！"师傅们连话也没回一声，就拉着两个人去了胜利路。

到了目的地，一座气派的小楼呈现在眼前，工作人员看完两人的派遣单便安排两个人住下。

一日三餐、不错的住宿环境，让两个人兴奋了很久。

只听见住在小楼里的人都在议论上山，上山就是进基地，但基地在哪里，谁也说不清楚。

张满昇记得很清楚，到了9月6日，有位负责人找到他，说道："你把这份名单带上，明日进基地。"

接到名单后，也不知怎么了，张满昇的心情反而复杂起来，一方面，不得不承认，自己是高兴的，因为他的理想就要实现了。另一方面，他又有些迷茫，自己到现在都不知道去的地方在哪里，有多远，有多艰苦，他想象不出来，一切都是未知数……

9月7日早上，张满昇就带着一批人，从西宁站乘火车，经过盘山攀爬，过了四五个小时，便到了海晏县火车站。车停稳后，有人喊道："张满昇，把名单交给我。你和李全英在九一中学下车，其他人都要坐专列进厂了。"

李全英个子不高，浓眉大眼，留着两条长辫子，左胸前上方口袋里，别着一只旧钢笔，标准的学生模样。

两个人爬上一辆解放牌大卡车，经过四十分钟的颠簸，汽车停了下来，只听司机从车头里喊道："九一中学到了，你们下车。"

下了车的两个人受到了校长袁广屏、管理总务的赵宝成（外语教师）和负责教务的王元刚（体育教师）的迎接。随后两个人每人领了一张床板，两条长条凳，领到各自的宿舍。

床板往长条凳上一放，就是一张床。铺上褥子，把被子一放，再收拾一下，简单的工作和生活就这样开始了。这个宿舍不仅是他们住的地方，也是他们的办公室。

安下心的张满昇看了一眼简单得不能再简单的宿舍，便走出宿舍，去看一下以后工作的地方。

学校坐落在海晏县的最东头，学校的旁边有条河，后面是一片金灿灿的青稞地。残缺不全的泥土围墙内，是六排朝南的简易平房，三排是教室和学生宿舍，另外三排则是教职工的宿舍兼办公室。另一排房子是南北走向的，门朝东，依次是食堂、炊事员和勤杂工的住房。食堂门外有眼水井和一个小锅炉。校园的西北角有个简易厕所，更远处是一片草地。草地上一两匹马和几头牦牛正在吃草。校园内的宽敞处还有一副篮球架，一个排球架。

只用了不到几分钟的时间，张满昇便浏览完了整个校园。此时的海晏县，正是金秋时节。在内地生活习惯了的张满昇根本感受不到秋老虎的热浪，更多的是一丝丝的凉意。

上班第一天，校长袁广屏就向两位老师介绍了九一中学的含义。他深情地说道："221基地由国家二机部九局直接领导，九局局长是大名鼎鼎的李觉将军，他率领的广大科研生产队伍和解放军官兵，从祖国的各个地方奔赴而来，会战西北基地。职工们奋战在221基地，他们的子女需要上学。这样，我们中学就应运而生了。因为是九局的第一所中学，故名'九一中学'。"校长停顿了一下，看了看两位老师又继续说道："目前，该校有三个班，高一年级一个班，

8 名学生，初二年级一个班，20 来名学生，初一年级一个班 10 多名学生。学生来源主要是工程兵、高炮师、警卫团、建筑工人子弟，另外还有海晏县、下巴台乡的牧民子弟。"

听完校长的话，张满昇心中对自己的职业又增添了几分神圣感。他虽然刚从大学毕业，但他清楚百废待兴的中国需要科技的力量，他虽然不能奋战在科研第一线，但为奋战在科研生产第一线的职工的孩子们传授知识，也是一件自豪的事情。

后来的几天，张满昇认识了教政治的刘其华，教数学的周芳蔗、李如琳、谢家琼，教语文的李玉琢，教音乐的仇华荣和临时借调来的教外语的周承德、王振昇、韦章良等。没过几天，教物理的魏通州、荣恩藻、教生物的张自学、教美术的刘润、教音乐的刘惠明、教语文的邵桂林等老师先后前来报到。

后来，张满昇又认识了食堂管理员王炳先、王炳先的妻子关华英和另外一个叫张纪荣的是炊事员。勤杂工是从河南支边青年中挑选出来的老青年李存山，负责上下课、开饭时候摇铃和烧开水。

在张满昇和李全英的记忆里，从他们来到九一中学的第一天开始，每天的饭就是一张不咸不淡，既不是死面，也不是发面的大饼，然后打一碗开水到自己宿舍就开水吃，这样的日子持续了半个月。

有一天，学校通知两个人去基地领大头鞋、皮帽子、棉大衣、一条单人毛毡，碰到了文教局干事谢亚文。

谢亚文见到两个人，便热情地问道："两位老师从繁华的地方到气候条件、生活条件都不好的金银滩草原，是不是有一点不习惯？"

"没有什么不习惯，祖国需要我到哪里，我就到哪里。"张满昇客气地回道。

"那李老师呢？"谢亚文看着不说话的李全英，问道。

"我也没有什么不习惯的，革命工作哪里干都是一样的，只是……"李全英犹豫了一下，把想说的话又吞了回去。

谢亚文看了看李全英，说："李老师，我们都是从祖国的四面八方赶到这个地方干革命的，有啥想说的话你就给我说，如果我能够解决，一定为你解决。"

听完谢亚文的话，李全英停顿了很久，最后委屈地说道："我也不是吃不了苦的人，我就想着食堂哪怕每天给我们一点盐我就心满意足了。"

听完李全英的话，谢亚文似乎明白了一些。正好到中午了，他便给两个人做了面条。吃到面条的那一刻，张满昇感觉真的就是神仙一般的享受。

过了不久，厂里便派了一辆大卡车，校长指定派张满昇跟着大卡车去兰州拉菜，改善学校的伙食。

学校也成立了伙食管理小组，想方设法搞好食堂伙食。

这件事以后，基地的领导经常到学校视察，除了关心学校的教学，也很关心食堂的伙食。

在上级领导的关怀和全体老师、职工的共同努力下，学校又到兰州拉了几次副食品，有白菜、萝卜、土豆、菠菜、大葱、大蒜、酱油、醋，等等。除了保证学校老师、职工食用外，多余的部分还可以卖给家属们。因此，在凭票供应的年代，除了肉食品和紧俏商品，学校的生活有了很大的改善。

随着食堂伙食的改善，加之三年困难时期已经度过，大家吃不饱饭的日子，慢慢一去不复返。

伙食改善了，浪费也就开始了。有一天，张满昇和另外一个老师检查学生宿舍的卫生状况，无意间发现学生宿舍、草地上、房屋顶棚上有不少被丢弃的馒头、包子，两个人一共捡了半脸盆。

这件事引起了学校的高度重视，因为这对于刚度过三年困难时期的师生们来说，简直不可思议，怎么会有这样的事情发生。

学校立即召开全校师生大会，让大家参观丢弃的馒头和包子，提醒大家，刚能吃饱饭，决不能忘记三年困难是怎样度过的，决不能忘记困难年代国家受的苦、老百姓受的苦，不能好了伤疤忘了疼，并做出决定，将每年的6月23日定为学校"厉行节约、反对浪费"的特殊纪念日，进行"勤俭光荣，浪费可耻"的传统教育。

1964年，随着工人、科技人员、警卫团战士、高炮师部队等大批人马涌入，221基地迅猛发展，学校学生人数大量增加，学校规模也不断扩大，旁边用泥土垒起的窑洞式平房，警卫团隔壁的简易房，都成了学生宿舍。

学生的宿舍问题解决了，但教学方面，却还没有物理、化学、生物教学器材和实验室，怎么也不算一所完整的中学。

为了尽快完善学校的硬件设施，张满昇和魏通州去西宁教学仪器社采购器材，接待他们的是一位女同志。

"您好！我们是青海省矿区一中的老师，我们想从你们社采购一批物理、化学器材。"张满昇说道。

"实验器材是有，但是需要等一段时间。"女同志拖延道。

"是这样，我们这个学校刚建立，学生大多数都是从全国各地的各个岗位支援青海建设的职工们的孩子。他们抛家舍业，付出了那么多，我们可不能亏待了他们的孩子啊。"张满昇激动地说道。

"哦，你们的学校在哪里？"女同志一脸好奇。

"我们的学校在海晏县。"

"海晏县海拔高度 3000 米以上，从低海拔地区来的人们都适应吗？"

"不适应啊，很多人刚来的时候都出现了高原反应，头疼，头晕，有些人都晕倒在了工作岗位上，但是，为了祖国的建设，大家都在坚持。我从陕西师范大学毕业后就分配到那里了，刚到海晏的时候，我也出现了高原反应，过了一个多星期才适应。"张满昇好像竹筒倒豆子一样，一口气说了很多话。

听完张满昇的话，女同志的表情开始变得亲切起来，她很客气地说道："我姓郎，是西宁教学仪器社的负责人，你们的情况我已经了解了，这样，你们不用买，我可以帮你们调拨一批。"

"真的吗？谢谢郎主任，我替我们学校的孩子感谢您！"张满昇高兴地说道。

没过多久，西宁教学仪器社先从西宁畜牧兽医学院调拨了一批生物标本、物理方面的自由落体演示器等。几天后，又从其他地方调拨了一大批电子元器件，有电子管、三极管、多级管、二极管、电容、电阻、变压器、压力计、比重计、温度计、玻璃管、试管、试纸、滤纸，等等。一共拉了好几辆汽车，因为太多，学校用不完，还给警卫团转拨了一大批。三个实验室的基本条件都具备了，学生们也如期上了实验课。

1967年初，九一中学新的教学大楼、师生宿舍楼、学校食堂竣工交付使用。三层的教学大楼，教室宽敞明亮，办公室阳光明媚，理化实验室布局合理恰当，生物实验室标本器材摆放有序。教学楼内厕所定时放水，冬天12小时供暖，给孩子们提供了一个干净舒适的学习环境。

1993年，九一中学向青海省海北州政府完成移交工作，郑重宣告：九一中学告别历史舞台。

在221基地的建设与发展过程中，学校为工作人员的孩子提供了最好的学习环境，不仅如此，还从全国各地的中学或是一流大学中选调骨干老师和优秀学生充实教学力量，这种师资力量的配备，在全国恐怕也是独一无二的，这也充分体现了九一中学的特殊性，以及党和国家对九一中学的重视和支持。

张满昇不停地回顾着过去的岁月，似乎也将海娈带到了那个年代，海娈在这个学校念完了初中、高中，那时候，她对于这个学校并没有太多的感情，因为很多在这里上过学的孩子们，他们并不属于草原。然而在经过了岁月的洗礼之后，海娈在上海见到张满昇，见到曾经教过她的老师，那份情感醇厚得溢满了她的肺腑。是的，作为老师，他们虽然没有参与"两弹"的研制，但是他们对221基地做出的贡献是巨大的，在那艰苦的年代，冬天为了让学生少挨冻，老师们天未亮就要去学校生火、打扫卫生，然后回宿舍整理家务、吃完早饭再去学校上课。

李觉说得好："想想革命的事业，想想牺牲了的同志，个人的一切又算得了什么？"从221基地成立到撤销，曾有数万人把自己的青春岁月留在了金银滩草原，有的甚至付出了宝贵的生命，他们中有科学家、技术员、工人、老师、医生、邮递员、消防兵、工程兵、解放军战士，等等。无数行业人员聚集在1170平方公里的土地上，为了能够为改变祖国积弱积贫的面貌，无数人用舍小家顾大家的担当，为苦难深重的中华民族自立于世界民族之林贡献自己的力量，这既是一种无上的光荣，也是义不容辞的责任。

不是尾声

1996 年 7 月 29 日，中华人民共和国政府就中国开始暂停核试验一事发表声明。声明中，中国政府再一次郑重说明："中国在任何时候、任何情况下都不首先使用核武器。中国还无条件地承诺不对无核武器国家和无核武器地区使用或威胁使用核武器。中国是世界上唯一作出并恪守这一承诺的核武器国家。中国从未在境外部署过核武器，也从未对别国使用或威胁使用核武器。"同时，中国政府也再次强调了"中国是爱好和平的国家，是维护世界和平与稳定的重要力量。中国赞成在朝向彻底核裁军目标前进的过程中实现全面禁止核武器试验爆炸。中国积极参加日内瓦全面禁止核试验条约的谈判，争取在今年内，通过协商一致，缔结一项公正、合理、可核查、普遍参加和永久有效的条约。中国愿与国际社会其他成员一道继续为此做出努力……"

　　这是一个崇高的目标，也是一个美好的梦想。中国政府也在用实际行动为实现这个目标努力着。

　　1994 年 6 月 15 日，中国核工业总公司国营二二一厂向青海省海北藏族自治州正式签订移交协议，成为世界上第一个退役的核武器研制基地。

二二一厂撤厂任务圆满完成。

1995年5月15日，新华社向全世界宣布："我国第一个核武器研制基地已全面退役。这个基地位于青海省，曾为我国研制第一颗原子弹和氢弹做出历史性贡献。这个基地环境的整治，符合国家有关环保法规的要求，并已通过国家验收。目前基地原址已移交地方政府安排利用。"

岁月似乎总是那么无情，当我们享受着国家发展带来的红利时，对于过去，很多人不屑提起，因为他们不曾经历过。站在无数人用鲜血和青春铺就的路上，我想，我们不能够忘记在这片凝重、庄严的土地上，那些以坚韧、强烈的生命意识，创造历史的人们，他们沉默、专注、勇于拼搏。

1993年4月25日，张爱萍将军题写的"中国第一个核武器研制基地"纪念碑落成典礼隆重举行。由二二一厂的核设施退役处理工程、部级验收会议的代表、驻厂部队、厂矿职工、离退休人员、家属等1000多人参加。"中国第一个核武器研制基地"12个鎏金大字在阳光的照耀下，闪烁着耀眼的光辉。持枪的警卫战士神情庄严地守卫在纪念碑两侧。国务院办公厅秘书局、国家计委、国家环保局和中核总公司主管部门领导，在锣鼓和鞭炮声中为纪念碑落成剪彩。厂长王菁珩在大会上满怀激情地说："在二二一厂撤销三大任务即将完成的前夕，雄伟壮观的纪念碑落成。

她将向世界展示：核工业两代人，为中国核武器发展建立历史功勋的二二一厂，在完成她的光荣历史使命后，将落下庄严的帷幕，画上圆满的句号。还草原一片净土、蓝天。"

纪念碑坐落在高3.8米的花岗岩平台上，四周是方形大理石柱，东、南、西三面以铁链相连，北面留有九步台阶。碑的正面是"中国第一个核武器研制基地"12个大字，背面用仿宋体镌刻的600字碑文，记载着221基地的所有人为国家国防现代化，艰苦创业、无私奉献、团结拼搏、勇攀高峰的时代精神和不朽业绩。南北两边分别是原子弹和氢弹爆炸时的蘑菇云浮雕。碑高16.15米，象征1964年10月16日15时我国第一颗原子弹爆炸成功的时间。碑的顶端是颗闪亮的原子弹模型，象征着我国第一颗原子弹在这里诞生。碑的下方四面都有9颗盾钉，寓意二二一厂36年的光辉历程，碑的顶部四面有四只展翅翱翔的和平鸽，她向世人宣告：热爱和平的中国人民，发展核武器的宗旨在于防御。

这成为我国第一个核武器研制基地的地标建筑。

作为纪念碑项目主要负责人的青海省雕塑家陈新元先生，他将合同中纪念碑保质期50年的项目，亏本十几万元做成了100年以上。他说："这件大事能落在我头上，我能为二二一厂建造一座纪念碑，是一件很令我骄傲和自豪的事。哪怕自己赔点钱也要做好，因为这个纪念碑对于我们中国，对于二二一厂来说都有着重要的历史意义，我希望那镌刻在纪念碑上的忠诚将被永远传承与铭记！就是这种简单的想法让我欣然接受了这个活儿。"

半个多世纪过去了，草原还是那个草原，蓝天还是那个蓝天，当年建设者们留在金银滩草原上的足音已经远去，曾经响彻世界的声音，曾经腾起在上空的蘑菇云，曾经让大地微微一震的辉煌，像是刮过戈壁、刮过草原的一阵烈风。

但值得我们欣慰的是，"两弹一星"精神经过岁月淬火的精炼，越来越清晰地呈现在我们的眼前，很多人都在为传承和发扬"两弹一星"精神做着努力。

海娈来自河南省登封市送表乡南坡村，她是家里的老大，在她的记忆里，小时候的日子过得很清苦。海娈10岁那年，一场意外失火将家烧了个精光，把本就艰难的母亲推到了更为艰难的境地，父亲经过深思熟虑之后，向上级申请，将一家人接到了青海。

在二二一厂生活的那段日子，海娈对它的情感一点一点加深，虽然她不是二二一厂的职工，但是她能够读懂父辈们将自己的一生贡献在金银滩草原的大情怀，因此，她在不知不觉中跟随父辈的脚步往前走。

在西宁市德令哈路的杨家庄大院，海娈分别采访了刁银兴、刘兆民、朱深林三位老人。第一位接受采访的是刘兆民，虽然已经快90岁了，老人健康的身体、儒雅的外表、清晰的思维给海娈留下了深刻的印象。但初次采访的过程却让海娈很失落，除了刘兆民老人对她缺乏信任感之外，她自己还存在采访技巧等问题，让她有一种无处下手的感觉。显而易见，这次采访并不理想。

海变总结教训，一步步摸爬滚打，逐渐成熟起来。走进朱深林的家，眼前看到的一切还是深深触动着海变的心，老旧的沙发，老旧的家具，简易的水泥地，令她恍若回到了20世纪80年代。朱深林两口子生活已经不能自理，退休不久的大女儿在照顾着老两口的生活，加之朱深林处在半失聪状态，要问的问题必须经过女儿大声地传递他才能听清，采访工作难上加难。

出生于山东济南的朱深林是8级钳工，这个级别在当时的221基地也只有三个人。在总装车间工作的20多年里，朱深林和同事们冒着极大的危险做事。为防止意外爆炸，他们的工作服和鞋子都是棉质的，工作条件的简陋和艰苦也是无法想象和描述的。朱深林一个月只有三天假，做实验的时候便无假期可说，大家一门心思扑到工作中，根本无法顾及家庭。

朱深林一共有六个孩子，让朱深林一辈子不能原谅自己的就是没有照顾好孩子们。两个孩子因为发高烧没有及时就医而致残疾，十几岁便夭折了。说到家庭时，朱深林的眼睛开始湿润起来，眼前这位老人是在总装车间奉献了20多年的优秀技工，相信他面对生命危险的每一天，都没有流下过眼泪，但对孩子的愧疚让老人流泪不止。

在老旧沙发的一头，坐着朱深林的妻子，清瘦的身体、满脸的皱纹、花白的头发似乎是过去岁月经历磨难的见证，她不停地重复道："我的两个女儿已经不在了，白发人送黑发人。"

采访的时候，朱深林已经88岁高龄，给海变印象最深刻的是老两口眼中饱含着的对去世孩子那深深内疚的眼泪。问到老人所从事的工作时，老人却一脸的骄傲，他说："比起我这小家，国家的安危才是真安危。"

去合肥采访，海变都不记得有多少次了，但凡回家探望一次父母亲，她都要把握机会采访几位老人。

记得第一次采访合肥安置点的老人们时正是三伏天，在高原凉爽气候下生活惯了的海变不但适应不了内地炎热的天气，更让她痛苦不堪的是蚊子的叮咬。

"退休的老人们喜欢在小区院子的阴凉处纳凉、唠嗑，我就跑到院子里和老人们一边唠嗑一边采访，非常奇怪，蚊子不叮咬老人们，专叮咬我，即便是喷了防蚊虫的喷雾，也不管事。因为不到一个小时，汗水就把药水洗干净了，蚊子便开始轮番上阵。这时候，老人们正是说得起劲的时候，我又不舍得错过最精彩的部分，只能忍受蚊虫的叮咬。母亲看到我身上被叮咬的一片又一片的大疙瘩，赶紧给我涂药。顾不得痒痛，我就开始整理采访的文字、录音，怕耽搁久了想不起来当时的情景。"海变说道。

还有一次在合肥采访，正是冬天。因提前与侯廷骟老人约好三天后见，没想到第二天夜晚合肥下了一场多年不遇的大雪，但已经与老人约好了，如果失约很不礼貌，海变依然约了自己的同学一起去侯廷骊老人家。

侯廷骊老人家住合肥教育学院，离团结村安置点有20多公里。

大雪纷纷，合肥大街上满眼都是被大雪压断的树枝，遍地狼藉。一尺厚的雪，每走一步鞋子里就会灌进雪水，没走多远，双脚已经冻得没有知觉了。寒气从脚生，脚冷，人的全身都冰冷。

敲响老人家的门，开门的正是侯廷骊老人，看到两人狼狈的样子，老人吃惊地说："下这么大的雪，想着你不来了，真是太执着了。"随后赶紧把两人请进了家门。

"结束采访已经是晚上七八点，回家需要中途转一次车，只剩最后一班车，我们俩拼命挤上了已经挤不进去的公交车，当时我还没有完全上去，司机师傅就关门了，一下夹住了我的胳膊。我发出一声惨叫，司机打开了车门，我还是硬着头皮挤了上去。"海变说道。

回到家里，海变的双脚已经冻得没有了知觉，缓了很久才有了一点点感觉。更为严重的是胳膊，钻心的疼使她的胳膊连抬都抬不起来。"现在回想起来，那种疼似乎还能感受到。被夹伤的地方，皮肤黑紫，肿得很高，直到8个月后才恢复。那次胳膊受伤留下了病根，如今遇到阴天或是下雨天，胳膊还是会疼。"海变停顿了很久以后又说道，"其实做什么事都不是一帆风顺的，当遇到拒绝接受采访的老人，那种受挫感会让我失去信心，但我又会很快调整心态，将挫折丢到一边，坚持采访。那一段时间，我白天采访，晚上抓紧整理文字。母亲家本来就窄小，没有可以让我整理文字的地方，我就搬个小板凳坐在沙发跟前，一边听录音，一边将其敲成文字。"

经过两年的努力，海变采访的事一传十、十传百地开始在 221 基地老人的生活圈中散播开来。老人们从开始的不愿意接受采访，到后面的主动上门要求采访，发生了意想不到的变化。这不仅仅是采访西宁和合肥安置点的老人们，老人们还把自己认为值得采访的人又推荐给海变，海变开始计划北京、廊坊之行。

2014 年 10 月，做足准备工作以后，海变踏上了北京、廊坊等地的采访之路。对于她来说，北京和廊坊都是陌生的，吃饭、住宿等都是她需要面对的问题，但是她没有一丝害怕，她知道，有 221 基地人的地方，就有家。

火车行驶在去往首都北京的路上，海变脑子里想的都是如何采访老人的问题，根本无心欣赏沿途的风景，夜越来越深，喧哗的车厢变得安静，旁边的人已经呼呼入睡，她却清醒得像是一只夜莺，为了自己简单的梦想而不停地努力着。

下车的时候，一缕晨光泼洒在一幢幢建筑上，给入秋的北京添上了一抹金黄，她想起了《北平的秋》里的一句话："天是那么高，那么蓝，那么亮，好像是含着笑告诉北平的人们：在这些天里，大自然是不会给你们什么威胁与损害的。"是的，对于每一个向往美好的人来说，眼睛里都是美好。海娈在心里不停地激励着自己，不停地看着公交站牌。她必须先要找一个落脚的地方，把自己安顿好，然后再去安置点寻访老人们。

采访过程中，海娈遇到吴景云的大儿子吴寄学。从他那里得知，吴景云是221基地的科技人员，曾留学苏联，回国以后响应党的号召：哪里需要就到哪里。无论是第一颗原子弹，还是第一颗氢弹，所用的无线电引信都出自吴景云负责的课题组，他们是为原子弹、核导弹、氢弹安装"眼睛"的人。

引信机是引爆控制系统中的重要组件之一。引信机的作用，相当于给核武器安上"一双慧眼"。它能观察最佳爆炸时机，使核弹头发挥应有的、最大的威力。但这个专业在当时却是一个薄弱环节，因此，高层领导非常重视，郭英会副院长曾亲自主持过引信机设计方案的汇报会。引信机从设计方案确定到样机鉴定、选取、试验、定型、协作生产都是由朱光亚副院长一手抓。作为整机设计负责人，吴景云全身心扑到工作中，对家庭的关怀少之又少。

遇到吴寄学时，吴景云老人已经去世一年多，失去父亲的悲痛依然笼罩在吴寄学清瘦的脸上，他悲伤地向海娈讲述着父亲的点点滴滴。二二一厂撤厂的时候，吴景云是副总工程师。从莫斯科到金银滩，从青春年少到华发如霜，那片土地上留下了他奋斗的足迹和身影。离别的时候，吴景云再也控制不住他内心对这片土地深深的眷恋，禁不住老泪纵横。

退休后的吴景云继续发挥余热，大力宣传 221 基地"两弹一星"精神，在北京安置点成立秀园党支部，他任临时支部书记。

他和支部的其他同志一起举办展览、歌舞表演等活动，积极宣传"两弹一星"精神，还组织了"二二一合唱团"，经常应邀参加北京各单位的演出活动，带领党员在水立方参加万人大合唱。由他自编自创的歌舞、诗词也得到了社会各界的认可与好评。

"我常常在想，父亲一生对于家庭的付出的确是很少的，对于我来说，几乎没有感受过父亲的陪伴、关心和照顾，家里所有的事都由母亲操劳，但他最终还是回归到了家庭。以前我想不明白，但是现在我想明白了。当我在老父亲身边陪他走过最后一程时，浮现在我眼前的是他为这个国家呕心沥血的辛劳付出，他的科研成果就是他的墓志铭，他用他的实际行动为我们这个家族树立了榜样，也为我们这些儿女们树立了榜样。"吴寄学深情地说道。

吴景云的小女儿说："父亲小时候受过特别多的苦，他美好的青年时代是一个人在国外度过的。回来之后，他住的几乎都是集体宿舍，吃的全是半生不熟的饭，回到北京以后，已近暮年的他不但积极传承'两弹一星'精神，还主动学习电脑，到电脑公司上班，他自己也说：'老有所教、老有所为。'我问他'怎么看待老有所乐'时，他说：'工作就是乐趣。'"

对吴寄学兄妹的采访，让海峦对没有早点开始采访而深感遗憾，因为有很多老人已经永远离开了这个世界。这件事深深地触动了她，使她加快了采访的步伐。

在采访过程中，海峦一直被这些老人触动着，很多人离开金银滩以后便过起了平凡而又简单的生活。由于保密的原因，老人们身边的很多人都不知道他们曾经在青海工作过。原子弹爆炸成功20周年的时候，有一位叫王自和的老人拿到了一枚纪念章，这是可以证明他参与"两弹"研制的最好见证。王自和老人特别珍爱这枚奖章，他说："这枚奖章里面，有我们的民族精神。"

一种难以平复的情绪激荡着海峦的心。王自和因为老寒腿，连出门都成问题，但是他的话语里没有丝毫埋怨。另外一位叫赵炯的老人，没有拿过去的光环为自己的将来铺路，而是重新走进学校开启他全新的人生。他们积极向上、乐观豁达的精神不就是221基地人的精神写照吗？

海峦与王苏老师是在网络上认识的，见面则是在廊坊。当时是因一篇署名为乐伯的人写221基地的文字，讲述的是她熟悉的二二一厂，亲切感瞬间让她有了一定要找到乐伯的念头。历时8年，通过微信平台才找到了乐伯，他的真名叫王苏。父亲是221基地的基层管理人员，父亲严苛的工作作风和简朴的生活习惯给王苏留下了深刻的印象，同时也深深地影响着王苏。王苏，青海师范大学毕业以后，被分配到221基地电厂上班，后又被分配到221基地的中学当化学老师。

退休以后的王苏一直怀念着那片让他牵念的金银滩草原，随着年龄的增长，深藏在内心对于那片草原的情愫也随之泛滥开来，便萌生了将221基地人的故事讲出去、把"两弹一星"精神传承下去的念想。2007年7月7日，成立了"二二一人文化工作室"，由二二一厂最后一任书记张秀恒亲笔题字。成立之初，成员有唐信青、王苏、吴寄学和裴秀德。

王苏对海峦说道："大家离开二二一已经太久，但仍然不能忘记那片土地，不能忘记曾经奉献过青春的那段激情岁月。尤其是唐信青，虽然很早就离开了草原，在那里待的时间不算长，但他对那片土地深深的眷恋却让人感动。我们这些人只要聚在一起，谈论的话题就离不开草原，离不开二二一厂。于是，几个人就开始筹划着为221基地人做一些力所能及的事情，做什么，怎么做？比如写文章，比如绘画、写字，比如制作纪念章等，后来大家一致认为只有以文字记录并传承'两弹一星'精神，才应该是最有意义的，对自己、对后代可以起到一个传承的作用。"王苏喝了一口水后又说道："这些年，我写了一些回忆文章，使221基地工作和生活的片段开始在我们的行动中慢慢复活。

力量虽然微弱，但是，我们一直在做，为父辈，为后人，我们一直在路上，一直努力着。"

我想，当王苏和海娈拿起笔打算把221基地人写出来的那一刻，都没有想过自己有多么高大。他们的出发点很简单：作为参与核事业者的孩子，他们了解父辈们所从事的这份事业的辛苦和他们在苦难中的挣扎，是成长者也是见证者。当他们在年幼时随父母从老家初上高原，都有一样的感受，那就是气候太差，是真正"鸟儿不坐窝，兔子不拉屎"的地方。没有绿树，山上都是枯草，天冷得邪乎，把有些孩子们冻得鼻涕都能拖过大河。小孩们常嘲笑那些拖着鼻涕的孩子："跨长江，过黄河。"那些最早进入221基地的孩子们，随着父母住过帐篷，住过地窝子，一直在搬来搬去。其中，核二代谭子兰就是在来回搬迁中被耽误上学的一个。在王苏的记忆里，她的父亲是副处级干部，她家最少有五个孩子，她是女孩中的老大。20世纪60年代初到70年代中叶，由于父亲工作的需要，她家就从这儿搬到那儿，再从那儿搬到这儿，从房子没有顶棚到有顶棚，一家七八口人就住在一间房子里。刚到厂里时，她已经是适龄儿童，由于221基地尚无学校，她错过了上学时间。搬到西宁西山湾也没有学校，她还是不能上学。就这样，一直到搬进大院她才有机会上学，进入一年级时已经10岁了。

王苏满怀深情诉说着221基地的故事，海娈是懂的，因为 221 三个数字已经镌刻进了每一个 221 基地人的灵魂里。

2015 年秋天，海峦踏上了前往淄博的火车。在淄博，海峦就住在王道贤伯伯家，她与王伯伯的女儿是闺蜜。

当王道贤听说海峦是自费采访后说道："闺女，你做的这件事，让伯伯很感动，你身上的这股劲儿，像我们 221 人的后代。"王道贤伯伯竖起了大拇指。

王道贤曾是 221 基地警卫团的一名战士，职责就是保护 221 基地。1964 年 1 月转业到基地公安局派出所，成为一名公安干警。无论是警卫团的战士还是派出所的干警，王道贤一直坚守着他的岗位而从来没有出过差错，也不允许自己出差错。由于从事工作的特殊性，海峦答应王道贤不将他的事迹写进书中，但她心里很清楚，虽然王伯伯没有直接参与到核武器研制第一线，但是他所从事的工作同样很危险，也很重要。

"1942 年大灾荒的时候，父母亲领着我们一家四口逃荒到东北长春，投靠我的姨娘，在那里住了一个月。因为父亲只会做木工活，在长春没有办法挣钱养活我们一家人，只好想办法到内蒙古的一个农村去讨生活。在那里，父亲给地主家当更夫，一家人勉强度日。我是从苦难中过来的人，心里很清楚这个国家的老百姓曾经经历过什么。1960 年 8 月，我参军入伍，从此便和草原结下了深深的情缘。如今，我离开草原已经 30 多年了，我曾经工作过的看守所也不知道是否还在。我已经82岁了，尽管非常想念那里，但我再也去不了了，只能在梦里回到我思念的金银滩草原了。"王道贤深情地说道。

2016年，同样是秋天，海变踏上了前往上海的火车。

有了去北京的经验，海变很快就在上海安顿了下来，并和提前约好的陈栋标老人见了面。

当年，陈栋标支援大西北的建设离开上海，把自己的青春岁月和金银滩草原紧紧联系在一起的时候，他也将自己的生死置之度外。"草原大会战"后期，为了取一份2000多公里外的绝密图纸资料，他主动请缨，连续四天五夜一眼没合，完成了这一项特殊任务……从执行特殊任务开始，陈栋标回忆着221基地的往事，如数家珍。在很多人看来都觉得不可思议，甚至是危险的事情，在陈栋标的眼里也不过是平常事。他从技术员做起，到质管处处长，再到研究员级别的高级工程师，一干就是30多年。

回到上海定居的陈栋标对于久别三十年的故乡既亲切又陌生，熟悉的乡音、熟悉的饮食让他亲切，而面对快节奏的大城市，在一个近乎封闭的"小社会"里生活习惯了的他又有点怯阵，但很快就适应了全新的生活。

"安置在上海的近400名退休职工中，我们上钢小区就有80多人，逐渐适应新的生活以后，很多老人自发地为小区做事情。大家的心向党支部靠拢，积极参与社区文明创建活动。有12名同志当过居委会干部，做过社区工作。

有任居民区党总支书记的，有挑起居委会主任担子的，有做居委会调解工作的。6名同志至今还任着楼组长的职务，热心为居民服务。76岁的李炳生就是其中一个。大家参加联防巡逻队、老年活动室值班及各项志愿者队伍活动，积极支持居民区的工作，参加各项公益活动。如谢仲铨医生，虽年近七旬，但也参加了许多志愿者服务活动，不比上班轻松，可他仍然乐此不疲。我们这些同志热情、忘我地工作，做出了一定的成绩，还得到了有关方面的肯定和表扬。同时，大家依靠党组织传播'两弹一星'精神。'浦东爱国主义教育基地'之'两弹一星村'，就是由我们这些老同志组成展室讲解员小组，承担讲解任务，还经常邀请到其他地方讲课呢。"陈栋标自豪地说道。

据了解，"浦东爱国主义教育基地"自建立以来，展室接待过各级领导、机关干部、军人、职工、社区居民、学生参观100多批次四万余人次。应邀进行过近百场次的讲课和报告，听众累计近万人次。他们以自己亲身的经历、真实的故事声情并茂地向听众讲述核事业发展的光辉历程，讲述20世纪50年代党中央和毛主席的伟大战略决策，讲述我国发展核武器的重大意义，解读什么是"两弹一星"精神并传播着"两弹一星"精神。

采访结束，已近黄昏，一缕夕阳铺在大地上，像是给上海市披上了霞帔。海雯的眼前浮现出了很多老人的身影，他们讲述着他们的过去，像一道光一样感染着海雯，就如这眼前的景色，最美不过夕阳红。

海变与自己的中学老师约好了第二天的采访，但由于胆囊发炎比较严重，无法继续采访，只能电话告别，买了返回青海的车票。

2017年立春那天，李忠春老人永远离开了他的亲人和他心心念念牵挂的金银滩。在他坎坷的76年中，经历过旧社会的苦难，也参与了祖国核事业的建设，并深切地感受到了全新的中国健步向前的雄姿。他和大多数在221基地工作和生活过的人一样，一生是不平凡的，却又是那样默默无闻。很多人在这个地方付出了生命，很多人直到生命逝去的那一刻，都没有留下只字片语。

一个人独自外出采访的困难，海变都一一克服了。但让她难过的是，与之前约好的老人或生病或突然离去，那份悲痛无以言表，令她独坐在旅馆里伤心很久。

十年来，在合肥、廊坊、上海、淄博、西宁、北京、哈尔滨、四川、河南、石家庄、舟山、天津等地都留下了海变执着的脚印，寻访了近百位老人，近距离了解了共和国第一颗原子弹的缔造者和参与者，他们是平凡的，也是高贵的，他们创造过共和国的辉煌，但解甲之后的他们朴实、低调，默默承受着岁月留给他们的所有。

可以这样说，海变心里的故乡是红色的，当这个故乡成为记忆被封存起来时，便唤醒了她的红色乡愁。2019年，海变整理出版了口述史《红色记忆》，捧着这本书，看着书本中的一个个故事，她觉得这不是结束，而是下一个开始……

历史无言，精神不朽。

中华民族从衰败走向振兴，从农奴翻身成为主人，并为之注入新的元素和更为丰富内涵的，是沉淀了千年的力量，这股力量在中国共产党的带领下，将渴望和平、反对战争，渴望光明、反对黑暗的愿望变成现实。

毛泽东在《念奴娇·昆仑》中写道："横空出世，莽昆仑，阅尽人间春色。飞起玉龙三百万，搅得周天寒彻。"是的，如今的中国已经不是一百多年前的中国，在实现民族复兴的伟大道路上，中国的脚步将会走得更加铿锵有力！

2021 年 3 月　　初稿

2021 年 7 月　第二稿

2021 年 10 月　第三稿

2022 年 2 月　第四稿

2022 年 10 月　第五稿

2022 年 12 月　第六稿

2024 年 5 月　第七稿

参考书目

1. 李植举著：《中国核盾牌》，文化艺术出版社 2006 年版。

2. 降边嘉措著：《李觉传》，中国藏学出版社 2005 年版。

3. 彭继超著：《东方巨响——中国核武器试验纪实》，中共中央党校出版社 2005 年版。

4. 刘西尧、施知、李德元等口述，侯艺兵访问整理：《亲历者说"氢弹研制"》，湖南教育出版社 2017 年版。

5. 王菁珩著：《铸剑——在我国第一个核武器研制基地的岁月》，中国原子能出版社 2017 年版。

6. 核工业二二一离退休人员管理局编：《难忘激情岁月》。

7. 核工业二二一离退休人员管理局馆藏资料。